U0631128

楚天吟遍

——荆楚田园诗词集

胡胜芳 主编

春风文艺出版社
·沈 阳·

图书在版编目（CIP）数据

楚天吟遍：荆楚田园诗词集 / 胡胜芳主编. 沈阳：春风文艺出版社，2024. 12. -- ISBN 978-7-5313-6845-8

Ⅰ. I227

中国国家版本馆 CIP 数据核字第 2024C988R3 号

春风文艺出版社出版发行

沈阳市和平区十一纬路 25 号　　邮编：110003

四川科德彩色数码科技有限公司印刷

责任编辑：平青立　　责任校对：张华伟

幅面尺寸：160mm×240mm

字　　数：400 千字　　印　　张：27

版　　次：2024 年 12 月第 1 版　　印　　次：2025 年 1 月第 1 次

书　　号：ISBN　978-7-5313-6845-8　　定　　价：86. 00 元

序

诗歌是语言的精华，是思想的花朵，是情感的果实，是文学宝库中的瑰宝。

中国的旧体诗词更是独树一帜，独领风骚，其语言之美、韵律之美、意象之美，无与伦比，实乃国粹，不朽经典，在绵绵数千载的历史长河中，叩击着一代又一代人的心灵，给人们以艺术享受和文明熏陶。

回顾旧体诗发展的历史，有高峰，亦有低谷。特别是在20世纪初那场声势浩大、影响深远的新文化运动中，新体诗勃然兴起，旧体诗几乎遭到遗弃，但依然在探索中艰难前行。随着我国改革开放的不断深入，政治、经济、文化的繁荣兴盛，旧体诗迎来了迅猛发展的时期。中华诗词学会会长周文彰在诗词论坛上的发言称：截至目前，中华诗词学会会员编号已达到51700多个，诗词刊物1500多种，诗词作者队伍估算300多万人，每天产出诗词数以十万计。这是一个相当令人惊叹的文学现象。

田园诗是旧体诗的一个重要流派，主要以描写田园风光、自然景物、农村生活见长，其语言清丽洗练，风格恬静淡雅，诗境隽永优美，以独特的艺术魅力和深刻的思想内涵，奠定了她在中国诗歌领域乃至文学史上的重要地位，赢得了无数读者的喜爱和推崇。

楚地多歌吟，神韵传千古。荆楚大地物华天宝，人杰地灵，历来不乏诗词名篇佳作。尤其是进入新时代后，在党的正确领导和国家的关心支持下，湖北的乡村振兴，美丽乡村建设呈现出一派欣欣向荣的景象，农村农业的改革进步，乡村的巨变，为诗人们的创作提供了更广阔的题材和全新的意境。诗人们欢呼雀跃，在这片新奇的土地上，调整吟咏姿态，寻找诗歌灵感。他们引吭高歌，创作出一大批描写美丽乡村农事和自然风光的佳作，《楚天吟遍——荆楚田园诗词集》，就是在这个轰轰烈烈的背景下应运而生的。

《楚天吟遍——荆楚田园诗词集》以湖北省中华诗词学会会员作品为主，收录了包括退休教师、公务员、农民、企业家以及大学教授、专家学者在内的四百多位作者的作品。这些作品，或写景，或抒情，或咏物，或叙事，各具特色，各展风姿。既有游览湖北风景名胜的观感，又有对湖北美丽乡村建设成就的讴歌；既再现了湖北农村的美丽风光和劳动、生活的场景，又展示了湖北人民在省委领导下振兴乡村的昂扬姿态和精神风貌。从创作的技术层面看，既有旧体诗的中规中矩，又有新的时代元素入诗入境。作品不仅具有一定的广泛性，还达到了一定的艺术高度。这本诗词集的出版，必将为传统文化的传承与发展添砖加瓦，为宣传和推动我省乡村振兴、美丽乡村建设增添光彩。

本人是退休后开始学写旧体诗词的，作为一名起步晚的爱好者，出于对诗词的热爱和敬畏，受托在此诗词集付梓之际，勉为其难，聊撰数语，以为序。

沈景艳

2024年6月

目录

CONTENTS

段维

湖北省黄冈市英山县人，法学博士、华中师范大学教授，兼任中华诗词学会乡村诗词工作委员会主任、湖北省中华诗词学会会长、《心潮诗词》评论版主编。

架上豇豆

身形幻作龙，藤叶湍如瀑。
借此欲冲天，可怜头被束。

记年前为老父备柴

片柴捆扎已堆山，不满其犹未抵天。
到老人寻万全策，再传薪火五千年。

老家山塘

记忆似沉璧，探之何所依。
流分春燕尾，鱼戏月蛾眉。
老树久欹岸，枯藤犹绕枝。
水衣争泛绿，应是故人稀。

拂尘园瓮栽太空莲花开有寄

云汉归来何所依，芳心南北复东西。
请君入瓮无非我，灭顶之灾全赖泥。
数叠清圆掩珠泪，花红双颊饰胡姬。
传杯人在烟霞处，唯恐重逢事已暌。

临江仙·园中葱

岁月青葱常忆及，此时直面青葱。倒悬湖笔怒成丛。莫非心底事，罄竹也难工。
过雨毫端珠似泪，晶莹返照眸中。摇摇坠落即无踪。刨根寻究竟，露白玉玲珑。

巴晓芳

湖北日报社高级记者退休，有诗集《行吟阁集》等多种著作行世，主编《1977级大学生诗词选》等多部诗词选集。

神农架香溪源

一道清泉出涧沟，山花鸟语总难留。
涓涓馥郁神农赠，分付香流天尽头。

访英山茶园

汉上尘霾日，英山谷雨天。
偷闲离案牍，拾趣觅林泉。
老马长途倦，茶园一刻眠。
归兮何处去，菊豆负余年。

罗田县“脱贫明星”黑山羊

呼哨一声冲圈房，千军浩荡卷山岗。
林深草茂飞鞭急，人笑车喧赶路忙。
若得春风吹细雨，何须流水引渔郎。
多年枉住天堂寨，今日方知跪乳羊。

沁园春·游开封清明上河园

汴水清波，古都名郡，约我逍遥。尽黄花拂面，柳丝牵袖；惊鸿照影，飞阁凌霄。杨业挥兵，包公断案，杨志穷途叫卖刀。惊回首，是张公笔墨，现世重描。
京华好梦陶陶。隋堤外，酒旗烟树飘。有瘦金书秀，清明图美；欧苏文妙，王范言高。器物弥新，衣冠远被，不见凌烟画战袍。归去也，谢茶楼戏馆，歌舞笙箫。

王新才

武汉大学教授，中国图书馆学会阅读推广委员会副主任，武汉心潮诗社副会长，武汉诗词楹联学会副会长。

春　意

寒林色日添，不肯一丝潜。
木笔心尤急，沾毫已润尖。

早春即景

江山日暖雪消空，春色遥看渐不同。
最爱长条苏柳眼，一枝晴嫩已临风。

有　忆

王家垸子老堤头，最记西风野蓼秋。
隐树鸣蝉犹噪晚，绕花飞蝶不知愁。
一河轻涌东西浪，数翅交飞上下鸥。
总为离家方少小，长怜遗梦遍神州。

麻河东西汉湖临望

未立卮言况德功，临流尽付一望中。
无边心思沧浪水，四下烟云淡荡风。
古柳不藏霜鹭白，尖荷恰翘野蜓红。
都来五十余年事，误尽韶华已自翁。

木兰花·中秋后三日返乡

秋来忽作连阴雨，百里急驱归近午。
小池荷叶半枯残，桂子风中香栩栩。
慈亲渐老时牵绪，兄弟久分矜一聚。
杯空挥手各天涯，奈任乡关遥自故。

张雷咏

湖北省武汉市人。中华诗词学会、湖北省中华诗词学会会员，作品发表于《诗刊》《中华辞赋》等，有诗集《大江东去》。

登谢朓楼怀李白

秋风万里送鸿征，未带高楼酣酒声。
莫叹人生春梦短，从来仕路客心惊。
身怀道骨八荒近，诗驾紫烟千古名。
欲扯流云当快马，随君东海缚长鲸。

登安陆白兆山即兴

白兆峰巅回首望，谪仙逸事雪中藏。
五花马去诗犹在，千载歌还酒未凉。
几度闲云将野鹤，三秋淡月伴君王。
不愁宫阙少颜色，只为青山添墨香。

洪　湖

行看闲云浮浪尖，落霞野鹜水中潜。
泛舟邀月荷相送，遣兴凭栏风亦甜。
几曲红歌还旧梦，千家飞燕探新檐。
天工开得十分景，古泽三分迷眼帘。

端午过香溪琵琶桥感吟

飞来琴轴扫空翠，覆手香溪慰寂寥。
旧曲随风归北漠，新弦拨浪咏南桥。
直将芳草美人赋，翻作炊烟农舍飘。
自此琵琶声不歇，云雷激荡起江潮。

沈景艳

湖北省委机关退休干部。中华诗词学会会员，湖北省中华诗词学会会员，中国百家文化网文化艺术创作委员会副会长，《九州诗词》顾问。两百多篇诗词作品散见于各报刊，多篇在全国全省诗词大赛中获奖。

游腾龙洞

腾吞日月景生辉，卧吐江龙瀑布飞。
水复山重天地远，芒鞋竹杖兴来归。

谷雨吟

昨醉清明酒，今尝谷雨茶。
熏风玄夜过，一夜满城花。

闰土情

卅载离乡后，回邀伴宴中。
观颜询别事，执手忆孩容。
语罢情无尽，酒酣意正浓。
千秋吟判袂，更醉一相逢。

春雪三首

一

山川六花舞，清气满乾坤。
高岭银装道，东风化雪痕。

二

纷纷玉絮飞，碧落散寒威。
山雀栖檐下，渔樵踏雪归。

三

风吹雪漫天，寒气逼人前。
小酌三杯酒，蹉跎又一年。

戴刚年

曾任湖北省洪湖市政府常务副市长，市委副书记，市人大常委会主任。现已退休，居住武汉。中华诗词学会会员，湖北省中华诗词学会会员，九州诗词常务理事，鹰台诗词会员，琴台诗联编委。诗词见载于《中华诗词》《中华辞赋》《星星诗刊》《湖北诗词》《九州诗词》《鹰台诗词》《诗苑》《琴台诗联》《迪光诗刊》《洪山诗苑》等刊物，曾在全国征文大赛中获奖。

洪湖眺远

已归游子望无涯，万顷沧波是我家。
曲岸氤氲生碧雨，湖光潋滟唤霓霞。
风帆迢递连天月，归梦潆洄满地花。
欣看鹤翻云起处，滔滔水阔唱兰槎。

渔家乐

疏篱茅舍炊烟斜，堤外微波映断霞。
雨洗天清听浪雨，风过气朗赏湖花。
横舟泊岸半壶酒，惬意怡情大碗茶。
漫看水滨兰棹静，欢歌咏唱醉渔家。

莺啼序·咏荷

莲开镜湖百里，似霓裳曲舞。摆裙衩、楚楚临风，出水朵朵听雨。碧且馥、浮香绕岸，青萍涨断莲舟路。又游鳞吹浪，翩翩弄姿吻露。

画舸萦波，结伴撷趣。正清风几许。卷帘望，气爽神迷，乍闻湖渚蛙鼓。醉荷林、欢声袅袅，共拈韵、鱼笺同赋。过烟堤，临泛当歌，情浓筝柱。

紫荷靓丽，花里名媛，逗惹蜻蜓驻。莺燕眷、鹭鸥回旋，频诱蝶蜂，蕊艳田畴，叶媚空举。应时独雅，修身养性，虚名淡泊无争顾。茂池塘、扎厚壤根固。欣呈百态，盈盈拥簇而居，漾起芳菲高度。尊其圣洁，廉者清良，创典章无数。秀美立，亭亭仙骨。碧水涵濡，吐灿流芳，洗空世故。高茎挺拔，出泥不染，花开洁净芳心放。伫微波、一任繁花妒。捻毫抒发诗章，酷暑凉生，静听荷诉。

李诗德

湖北省监利市人。中国作家协会会员。曾在《长江文艺》《福建文学》《广州文艺》《湖南文学》《中篇小说选刊》等刊物发表散文、小说等作品。出版有诗集《水埠头》、散文集《骑马过桥东》、中篇小说集《界桩》、长篇小说《门朝南开》。

端　阳

端阳或可农家乐，相约盐溪意趣多。
艾草斜悬燕垒屋，田荷浅露浪随坡。
起哟鼓响桡分水，划吔船来龙在河。
老酒半壶宜慢饮，教娃唱首太平歌。

清明夜宿桃花中学赠立权兄

祭扫每回三月天，鸡鸣犬吠不成眠。
野桃窗外噌噌艳，新柳篱边寸寸妍。
梦系河湖桥垱后，泪流青冢石碑前。
儿长女短揪心事，一夜相倾语未焉。

游麻河东西汉湖有感

名曰东西两汉湖，水连江汉楚天孤。
舟行云淡望辽阔，岸远莲浮承露珠。
入社采风诗未了，经年事病语难图。
碧波一洗来时垢，灵感看它有是无？

无　题

西风渐起贼悠悠，我有千愁不怕偷。
焦虑成癫装赏月，浅浮似病乱谈秋。
时光裂缝沙皆漏，老友围圈酒未休。
昨夜刷屏回故里，怅望一雁过荆州。

姚泉名

湖北省武汉市人。中华诗词学会常务理事，中华诗词学会乡村诗词工作委员会副主任兼秘书长，湖北省中华诗词学会党支部书记。

癸卯秋偕京鄂诸君上梁子岛

放舟犁浪弄哗哗，绿岛捧来渔父家。
一鉴银波天有限，半湖秋日意无涯。
沙芦将白作花赏，盐蟹新黄执酒夸。
围坐小轩听野史，百年也入后人茶。

壬寅仲秋宿英山白莲河

庸庸寓江肆，碌碌未开胸。暂作英麓客，来宿万叠松。彷徨西河畔，蹙然结愁容。天吝今岁雨，百载信难逢。苔枯竹风死，秋暑用残锋。平滩生碧草，浅波逃螭龙。山根黄一线，岸痕忆溶溶。忧心到稼穑，逸兴觅无踪。为惜西流水，当年筑坝封。储玉十亿亩，东楚得年丰。无水助诗画，有水溉茶峰。民生谢水利，旱涝不伤农。感此心暂适，临窗卧吟蛩。晓来日复灿，云色淡慵慵。

行香子·参观天门长寿山原村

雨卸云轻。翠叠山晴。沃畴间，塑帐连营。瑶池仙种，毕现真形。挂番茄红，葡萄紫，鸭梨青。

偷闲尘里，娱心陇上。且陶陶，做了渊明。偕亲唤友，别却愁城。去童园疯，桃园采，稻园耕。

白泰山

字宏荣，号红云阁主。中华诗词学会会员，湖北省中华诗词学会会员，荆门诗词学会会员。

〔正宫·叨叨令带折桂令〕乐秋

山村翠柳轻烟荡，秀林黄鸟欢声唱。池塘锦鲤嬉波晃，浅滩麻鸭开怀逛。好风光也么哥，好风光也么哥，田头畈尾都兴旺。(带) 真的是仙境天堂，风卷红霞，云托朝阳。

地起宏图，天开丽象，人御祥光。喇叭里韶音朗朗，广场上长袖昂昂。粮满粮仓，钱满钱囊，美了山川，富了家乡。

桃　花

云浮山岭瑞祥连，风惠吹燃绿水前。
锦绣蕾花铺彩雾，流连蜂蝶戏香烟。
春光透进诗词卷，丽象揉皴翰墨篇。
陶令安知千载后，神州处处尽尧天。

少年游·醉了立夏

柳丝窈窕楚原中，远岭渐葱茏。飞霞托日，散云舒晚，群鹤写长空。

兴来把酒诗词里，醉倚竹林风。满眼葱茏，牡丹才谢，又见石榴红。

白守成

湖北省天门市人，中华诗词学会会员，湖北省作协会员，曾在多家刊物发表新旧体诗八百余首，出版诗集四部。

次陆游临安春雨初霁韵纪客居粤地

鬓衰似雪映窗纱，已惯风云老岁华。
举步方知双胫软，观书总觉两眸花。
欲凭秃笔修诗赋，乃向来生借酒茶。
每望乡关身是客，吾心乐处即为家。

有感城区居民自发上街扫雪

隆冬一夜白茫茫，路阻途艰车马惶。
挥臂凌风疏冻道，持锹动帚利街坊。
觉来可净门前雪，悟至还除瓦上霜。
莫视高行作闲事，心胸坦荡世无墙。

冬钓夜归

轻车斜月载歌回，渔获无多心不灰。
岁晚宜寻闲适境，风寒更俏蚴虬梅。
逍遥日子诗为乐，自在时光钓作陪。
老伴围炉烹夜话，开瓶犹可饮三杯。

秋读小记

逸老书虫迷似痴，只叹平仄悟来迟。
形衰不舍黄昏笔，才浅犹耽皓首诗。
常慕先贤多妙句，深惭俗子少清词。
芸窗展卷读苏李，一遣三秋寂寞时。

成晓慧

笔名成萌，中华诗词学会会员，诗作散见于诸多书刊和各家网络平台。

鹧鸪天·悯农

眼望禾苗绿满丘，耕人祈愿岁无忧。防洪抗旱持家计，沐雨经风励志遒。
勤细作，获丰收。奔波劳碌累心头。一年四季无闲日，苦尽甘来廪实酬。

鹧鸪天·劳动情怀

满院流香映彩霞，枇杷柑橘缀枝丫。青青月桂迎红日，郁郁春兰绽玉花。
栽白菜，种黄瓜。生机勃发竞芳华。勤劳喜获丰收果，绿色时蔬品味佳。

鹧鸪天·植树节有感

三月和风节日忙，神州处处沐春光。种槐插柳防洪患，植柏栽松益寿阳。
添景秀，避尘荒。辛勤绿化美城乡。精心管护年年造，十载青山出栋梁。

临江仙·秋兴

天降甘霖秋景异，生机无限重重，晴明黄鹤九霄冲。白云添画卷，硕果漫山红。
大地秋收呈瑞气，田园机器轰隆，农民忙碌乐无穷。欣闻香谷酒，醉客笑融融。

陈建新

中国诗歌学会会员，中华诗词学会会员，湖北省中华诗词学会会员，湖北省楹联学会会员，天门市诗词楹联学会会长，《天门诗词》主编。

芒种随笔

连天麦穗稻花香，汗水催肥垄陌黄。
四季勤劳皆富庶，三秋笑语喜盈仓。
立党为公风雨顺，知民从事政声扬。
此时忙里偷闲笔，物阜新吟写景章。

乡村春事

赏花拾翠竟陵西，望杏开田社燕低。
水响犁耙闻杜宇，鞭鸣日月溅香泥。
和风满苑花含笑，细雨连畦牛奋蹄。
蝶绣春图铺锦缎，莺穿柳浪泊青堤。

题邓昭学先生摄影《山村晓色》

阳光尽染千层绿，柳色初匀万缕芳。
碧草沿坡铺玉缎，青萝漫苑隐肥羊。
门前石径依山远，篱畔璜溪绕舍长。
欲待炊烟飘袅袅，还凭晓日播煌煌。

青玉案·雁南飞

才归又踏南征路。叹离别，情如诉。挥泪长亭萋草故。晨星浮晓，残霞向暮，千里追云去。
天涯望断相思树，夜梦惊回旧游渚。莫问红尘知几许。一翎烟月，满江鱼语，衔菊秋时序。

陈继平

湖北省松滋市人。副高职称，松滋市汽配工业总公司退休。喜爱诗词，每年在各类各级刊物上发表多篇诗歌并获奖。

春雨感赋

好雨知时添紫气，农夫绿野种繁荣。
辛劳垄上千畴耜，励志田间万户耕。
春播妍华增秀色，秋收富庶漫金英。
酬勤地厚随天意，五谷丰登笑语萦。

初　夏

绿肥花落景无穷，柳岸成荫映碧空。
沟壑溪泉流玉露，山腰林木舞松风。
静听夜雨送春激，翘看朝阳迎夏红。
季节轮回天道善，瓜香果熟满园丰。

初夏之夜

清风拂翠落残花，嫩绿阴凉百姓家。
阡陌蝶飞撩紫燕，荷塘鱼跃戏青蛙。
楼前霓彩广场舞，月下银光宝剑华。
处处莺歌欢乐曲，声声优润送流霞。

梦童年

蝉鸣蛙鼓夏思长，苦乐童年正梦乡。
游戏门前爬枣树，跳台水面借槐杨。
白天林下捉知了，晚上禾田捕鼠狼。
人老依然常念幼，才将趣事入诗章。

陈四关

网名尚墨斋人。湖北省天门市人，农民。作品散见于《香江诗潮》《荆楚田园文学》《天门文苑》等微刊。

干驿镇植树造林感言

仲春杨柳郁氤氲，古镇长渠已翠氛。
干部挥锄除草乐，学生浇水植苗欣。
且观小树成龙影，更想参天写凤文。
湖畔清波何以荡，践行发展绿先闻。

甲辰开岁寄怀

甲辰开岁瑞无边，紫气东来数万千。
世界风云多烈烈，中华儿女更乾乾。
乘龙倒海翻新浪，跃马登山扬巨鞭。
喜看神舟飞将去，清音美曲上蓝天。

野　菊

不怨贫寒地瘦荒，甘心寂寞任天狂。
缘生野处多幽色，爱绕篱周更妙香。
花艳林边餐雨露，叶藏丛下笑风霜。
自由自在何须宠，无息无声暗吐芳。

程琳姣

公务员退休。喜爱唐诗宋词。中华诗词学会会员，湖北省中华诗词学会散曲分会会员，天门诗词楹联学会理事。

赞湖北仟仟鹤源食品有限公司

誉扬荆楚不需猜，养殖加工细剪裁。
物集三乡迎巧匠，商通四海筑高台。
百湖施惠千家鸭，万里销丰八面财。
金字招牌荣故里，天然食品冠群魁。

访省十佳农民梁红清

率真军客倍精神，归梓兴农硕果频。
集众连塍酬地阔，潜心三熟溢仓囷。
梦怡陌上千篇景，根植秋中满目春。
榜样光辉照荆楚，一村一品惠乡民。

干旱期游漳河水库

秋风清冽润枯肠，久旱漳河尚可当。
水响千鱼惊雀鸟，湖宽两岸惠农桑。
泛舟夕照归航远，入画烟波旅愿偿。
徒羡诗神亲笔赋，情深语涩不成章。

土城珍米

质优味美色晶莹，相伴石家河水生。
点缀土城偏得最，封题珍米独驰名。
天灵惠泽神奇地，时泰酬人玉糁羹。
好雨借风齐着力，清香久远五洲迎。

陈邦安

湖北省荆门市人，中华诗词学会会员，湖北省中华诗词学会会员，潜江市诗联学会会员。
诗词曾获奖，入选九部全国性诗词集。

江汉四月

迷蝶无影雨如烟，四月乡村难觅闲。
杜宇声声无止境，插秧田里对歌欢。

农家乐

春满田家笑满盅，电商农事掌中融。
械收名产刚清地，一动手机便卖空。

沁园春·野望

江汉风光，千顷棉荣，万顷稻香。看四湖之畔，金蛇长舞；东荆两岸，铁马纷狂。龙虎欢腾，貔貅奋勇，竟与天公试比强。开新纪，尽铁流浩荡，分外昂扬。

五千年漫沧桑，叹历代田夫最苦惶。溯炎黄畴昔，刀耕火种；明清旧土，腰耸肩扛。天道酬勤，科学导种，今是农机替稼郎。瞻远景，更津津乐道，兴旺农庄。

陈西平

湖北省监利市汴河镇莫桥村人，中华诗词学会会员，做过村小校长，担任过乡镇干部，爱好诗文，出版个人诗集《晚晴吟》。

鹧鸪天·春

雀戏和阳春色稠，江堤芳草绿油油。黄莺婉转鸣新曲，紫燕低飞恋旧楼。
蜂合唱，蝶双游，嫣红姹紫溢香流。农夫挥汗忙耕作，稚子牵鸢乐不休。

鹧鸪天·容城春晓

春在枝头百媚生，江南分绿到容城。浓妆淡抹如茵碧，万紫千红弄艳情。
星闪闪，日清清。夭桃映水笑盈盈。弦歌一曲流云寄，缕缕和风送郁馨。

故乡情

家乡陈迹已无痕，放眼频观尽是春。
遍地园林山水绿，沿途村落院楼新。
停车招手认窗友，携酒登门谒故人。
再访亲朋联旧谊，畅谈晚事爽心身。

诗　痴

梦中得句欲癫狂，坐起披衣走笔忙。
搜索枯肠寻妙语，诗成不觉露晨光。

陈先华

高级教师。湖北省、崇阳县诗词楹联学会会员，《崇阳诗联》编委，作品散见于报刊及网络平台。

“仙女浴池”景点

曾经仙女浴清波，巨石为屏挂碧萝。
活水一潭闲荡漾，牛郎来否对情歌？

菜　园

村前屋后三分地，往复耕耘岁月稠。
晨起施肥衣带露，晚归锄地汗涔头。
丰收菜果青黄紫，茂盛田园春夏秋。
四季风光铺画卷，花繁果实入双眸。

老屋遐思

三间老屋百年长，蓝瓦青砖斑驳墙。
白菜粗粮填肚腹，红炉薄絮御风霜。
归家戴月晨昏累，伏案移灯文字香。
苦乐蜗居裁锦梦，乡思缕缕入诗囊。

浣溪沙·晚秋即景

久旱甘霖降晚秋，千家喜乐到心头。笑声荡漾满田畴。
雨打风摧金桂落，云封雾锁黛山浮。柿红几树探高楼。

曹善宇

湖北省中华诗词学会会员，咸宁市诗联学会会员，通山县诗词楹联学会会员，通山诗词楹联学会通羊分会副会长。

庭院养花

百尺云楼总向阳，兴花种植绿庭芳。
枝枝红杏妆骚艳，节节幽兰沁雅香。
竞逐娇蜂哼小曲，追寻彩蝶赏园光。
银锄作笔情为墨，汗水浇春靓画廊。

乡　愁

林荫深处即吾乡，鸡犬篱笆笑语扬。
一畈方田翻绿浪，几垮村落映霞光。
苍山布谷催农令，碧水涟漪衬画廊。
耕读无闲人不倦，勤劳纯朴永流芳。

内蒙古览胜

大漠边关景象奇，茵茵碧草映虹霓。
天高鸟啭云飘舞，地阔羊咩马奋驰。
玉带清流犹嵌镜，娇花绿毯若镶衣。
琵琶一曲声悠转，塞外风情尽是诗。

临江仙·港口新村

古镇新村楼宇耸，长堤烟柳朦胧。榴丹粉黛缀青丛。碧湖游锦鲤，亭榭舞雕龙。
廊庑弯弯环绿岛，傍山渔馆香浓。荡舟雅客醉春风。蓬莱仙阁地，港口赛瑶宫。

蔡萍

笔名五月，湖北省黄冈市团风县人。湖北黄商集团《黄商人》报记者、编辑。团风县诗词学会副会长，黄州区书画诗联协会副会长，《茶村诗词》执行主编。

浣溪沙·周日至老家

一别经年再辨家，儿时记忆逐天涯，躬身再度探桑麻。
老宅放闲情不了，东河漫步日偏斜。轻吟往事听鸣蛙。

行香子·过杜皮雪山岭村

赋得清闲，来约春山。翠烟凝、如幻如仙。盘行垄上，曲径蜿蜒。有风车舞，田园绿，古道宽。
拂去尘埃，抖落忧烦。这心情、恰似吟边。相期邂逅，拨动心弦。对一重岭，一重路，一重天。

眼儿媚·杨汉湖

风皱清池漾轻舟，曦日染汀洲。一行新柳，几堆残雪，是处清幽。
寸心未许闲情旧，攒梦忆前游。何时归去，何妨对酌，欲诉还休。

鹧鸪天·初六郊外游

一入乡村总觉新，云舒风软长精神。迷离薄雾丹青画，寂寥郊原风雅痕。
心静谧，事纷纭。清幽山水涤轻尘。等闲学做云游客，岁月缝花不老身。

蔡柏然

中华诗词学会会员，武汉市新洲区诗联学会副秘书长，全国模范教师。著有《走近唐诗》等。

参观新洲区三店千亩瓜蒌生态示范园

瑟瑟绒毡铺满架，珊瑚秀蕊笑颜彰。
仙蒌晔晔摇钱树，圣果彤彤致富光。
杜牧荒郊愁问酒，新民故土乐兴乡。
经由网上销全国，满目琼楼驭富康。

秀美新洲

岁岁频添佳画卷，新洲胜地好风光。
阳逻巨港千船竞，李集荷塘万亩香。
古镇瓜蒌游四海，星城火箭访穹苍。
村村景点迷人醉，处处蓬莱秀美乡。

甲辰早春

柳枝生出嫩芽尖，一树寒梅一夜妍。
人日漫天飞瑞雪，神州大地兆丰年。
激情冬奥开新局，摘桂姑娘续美篇。
岂惧妖魔兴瘴疠，艳阳高照我昌然。

退休吟

红颜忙碌里，白首乐无烦。
退隐敲平仄，悠闲种菜园。

蔡金朝

自幼对传统文化、诗词书法具有较强兴趣和爱好，性喜于山水田园之间，偶尔舞文弄墨以寄情。

山村之夏

五月村郊满画屏，山光水色续春英。
园中顾盼开心果，陌上追寻畅意风。
刺蔓荆棘皆茂盛，花丛草木尽欣荣。
忙闲且视天时论，稼穑常萦布谷声。

星梦茶园

谷底山坡到岭峰，高低远近郁葱葱。
花墙串道其间布，水榭凉亭险处腾。
老嫩娇身经雨雪，金枝玉叶耐寒冬。
几番造就茶之最，再度赢得十面红。

信步田野

夏日炎炎灌稻浆，青禾盖地绿茫茫。
雏鹰展翅灵姿健，老柳舒枝逸态苍。
舞草含情添景况，鸣虫聚籁送斜阳。
清心寡欲田间走，陌上追风旖旎乡。

葡　萄

半壁葡萄似画帘，舒藤引蔓上云端。
珠光宝气结成串，剔透晶莹挂满竿。
乐意欢心出境外，和颜悦色上厅前。
或青或紫人皆爱，味美滋滑解嘴馋。

蔡寿华

湖北省黄冈市蕲春县人，县教育局退休干部，蕲春县诗词学会顾问。

菩萨蛮·小雨独山探春问梅

天街风绿蕲河树，问梅览胜空山去。万树丹霞天，红颜润雨娇。
暗香溢袖袅，倩影枝头闹。谁佑冠花台，报春驿使来。

鹧鸪天·秋末游云丹山

秋末云丹秋意深，黄花红叶紫嫣皴。太平浅水寒烟翠，赛老螺峰数碧青。
登极顶，纵金声。簪花把酒酹天灵。高贤礼让全程伴，谁说西宾不销魂。

鹧鸪天·踏秋龙凤山

龙凤山深秋色浓，露濡霜染树摇风。疏枝肃肃三秋解，枫叶彤彤二月同。
携游伴，醉临峰，望穿八里水乡容。楼亭岸柳镶湖堰，望断云蒸霞蔚中。

西江月·春情

绿浪春波摇曳，更多笑靥奇葩。枝头争艳斗芳华，醉了苍颜白发。
莫悯影单身瘦，犹能情纵天涯。撷来一缕早春霞，滴翠飞红入画。

柴棣华

笔名管见。湖北省黄冈市浠水县人，黄州区中学语文高级教师退休。著有《管见诗歌诗话》集。

快岭村展新颜

明清小镇远流传，惠雨春风换靓颜。
柏路三条成要道，小河十里荡清涟。
良田造物翻金浪，飞电生光耀翠峦。
燕舞莺歌桑梓地，崭新时代艳阳天。

又

葱茏小镇新风采，巨擘捐资建校园。
教学高楼昭碧野，塑胶跑道映蓝天。
图书场馆掀书浪，星月站台看月圆。
胜景频添舒望眼，豪情壮志力超前。

牛车河农业示范区咏赞

山重水复雾云垠，横亘长堤造库身。
白玉盘中碧螺动，鱼鳞波里画船巡。
群山躺卧玉湖醉，鸿雁高飞景物新。
拂煦清风荷稻笑，老区今日抖精神。

程细林

湖北省咸宁市通山县人，中华诗词学会会员，湖北省中华诗词学会会员，湖北省楹联学会会员，咸宁市诗词楹联学会理事，通山县诗联学会常务副会长。

摘野菜

春阳日暖竞芳菲，嫩绿丛生野菜肥。
漫步田边寻几簇，一篮美味带香归。

雨山湖风光

高山竞耸入苍穹，百顷粼光跃画中。
半岛青松偷吻月，环湖秀竹醉摇风。
龙腾大坝雄姿展，鸥伴轻舟翠幕笼。
墨客无心垂晚钓，烟霞绕处看飞鸿。

鹧鸪天·忆栽田

忆起当年抢插秧，乡邻互助换工忙。冰糖鸡蛋当茶点，腊肉干鱼佐饭汤。
真情意，实心肠。丰餐款待种田郎。栽禾不惜腰身断，换取秋收万担粮。

成新林

网名小林，退休高级语文教师，中华诗词学会会员，近年积极参加诗联活动，偶尔获奖。

观刈麦

南冈十里灿金黄，飒飒金风送稻香。
机割车拖流水线，无须童稚与壶浆。

故乡竹林

昔日荒峦今翠岭，漫游故地叠峰深。
涧溪汩汩奏流水，龙种葱葱匝野禽。
曲径通幽寻旧迹，烟涛盈耳幻仙音。
山肴野蔌柴门宴，一效前贤饮竹林。

南园除豆草

清晨暂且搁诗书，身往南园手荷锄。
白菜逢春薹正旺，豆苗傍草影纤疏。
弯腰淌汗清丛秽，摘蕊挑鲜采美蔬。
有客拜年寻迹至，戏余陶令赋归欤。

鹧鸪天·小暑去菜园感怀

梅季从来小暑连，清蒸烧烤两厮缠。水涝南亩如汤煮，日曝东坡似火煎。
枝昨茂，叶今蔫。倚锄伫立苦难言。何时科技调风雨，果硕瓜甜夙梦圆。

陈立权

毕业于长江大学，中学高级教师，中华诗词学会会员，湖北省书法家协会会员。

闲居吟

赤莲老叟花甲过，村野闲居作赋吟。
胭脂河水过前垸，紫龙山脉绕后门。
盐溪潺潺流今古，桃花朵朵仰星辰。
小楼一栋立河岸，绿树两排掩鸭群。
春植百果品鲜味，秋扫落叶添釜薪。
芰荷微动知鱼乐，塘水浅深晓雨晴。
园里菜蔬常嫩绿，瓮中浊酒亦甘醇。
故交远来剪葱韭，新朋偶访具鸡豚。
吐纳清气天阔地，谈笑稻禾昏对晨。
檐前对弈敲棋子，月下临风弄管琴。
牧笛流声亦流韵，胡笳消酒且销魂。
抚弦无意看脚本，研墨有心效古人。
习篆工颜助雅兴，摘花栽柳养精神。
频煮早茶清肺腑，常拭老花读古文。
无事提壶浇杏李，思亲节假看儿孙。
春秋冬夏悠闲度，名利是非不复存。
悟得山石皆不见，只留格局不留痕。

小　鹅

细雨麻风缓缓吹，勤劳老妪种芳菲。
鹅儿不解赏心事，直叫主人难忘归。

陈爱文

中华诗词学会会员，湖北省中华诗词学会会员，洪湖市诗词楹联学会副会长。曾任《洪湖诗联》主编，有诗联集《苔花吟》。

庆丰收

柳迓金风丹桂开，田畴一望雁南来。
哨声频响捉鱼乐，鼓点轻敲摆臂谐。
刘镇虾王歌惠策，王村蟹帝赞科牌。
且观民俗馆中宝，智慧兴农大舞台。

风光无限好

从古到今湖岸吹，江花似火紧相随。
风车一转银元宝，红日方升金甲龟。
长臂善摇优雅舞，蓝材平卧静心追。
无油无炭何愁电，绿色满园欣展眉。

鹧鸪天・湖乡团聚

高铁民航聚一堂，你飙粤语我京腔。椰风南海传春讯，冰雪北疆说素装。
聊老少，道家乡，招商项目竞开张。归途同样多惊喜，遇见洪湖莲藕汤。

鹧鸪天・汇联水产品有限公司

南粤引来金凤凰，链条环扣耀湖乡。种苗优育源头稳，科蕾盛开成果强。
塘库满，购销忙，全程护驾笑声扬。善联似虎添双翼，研发大楼灯亮堂。

陈安平

湖北省武汉市新洲区人，武汉、新洲区诗词楹联学会会员。作品散见于《湖北诗词》等刊。有诗集《岁月漫笔》。

村头大排档

栅上华灯闪，天天夜市忙。
张三挑烤鸭，李四撷肥肠。
莲藕煨汤粉，鱼头泡饭香。
武夫聊酒道，墨客论诗章。

山村变了样

风调雨顺柳婆娑，户户家家变化多。
把钓农夫哼老曲，持弦少艾奏新歌。
红楼院里蜂追蝶，绿水池中鲩戏荷。
树下媪翁聊日月，山村故事满筐箩。

初春即景

朝露润新芽，春阳暖万家。
陌头观柳绿，坝上赏梅花。
喜鹊惊晨梦，黄鹂唱早霞。
先生忙把卷，老汉扎篱笆。

西江月・秋临感怀

夏去芙蓉褪色，秋来丹桂飘香。菊花遍野是金黄，众鸟枝头闹唱。
白发何须悲戚，疾身切莫愁肠。填词奏曲伴秋阳，日日心花怒放。

陈斯茂

湖北省天门市张港镇人。从教四十载，退休后始学习吟诗赋词，操琴自娱，练球健身。现为天门市诗词楹联学会会员。

热烈庆祝张港诗词楹联分会成立十五周年

泼墨吟哦十五春，诗乡晋级耀星辰。
字斟句酌朝朝醉，心旷神怡曲曲新。
汉水扬波增韵味，塔湾传酒宴骚人。
裁冰镂玉显身手，磋艺言欢格外亲。

张劲（青山）甲辰春归乡团聚有作

宦游发小返家门，羁旅乡愁记祖根。
寒食思亲寻古迹，踏青赏景咏新村。
亲朋纵饮推心醉，贤士愁吟恋母恩。
但愿时光长静好，年年团聚话乾坤。

惊蛰抒怀

龙年惊蛰麦苗黄，寒气惊人异往常。
何以疏林空寂寞？皆因冰霰太猖狂。
柳芽缓缓平湖静，草色迟迟苦雨凉。
企盼春雷惊大地，莺飞蝶舞谱华章。

临江仙·桃李

数载黉门拼搏，谆谆化雨劳心。焚膏圈点石成金。幼苗勤管护，释义苦沉吟。
桃李芬芳人醉，笑看两鬓霜侵。郢歌成曲付瑶琴。听泉常煮酒，踏雪访梅林。

陈桂兰

湖北省中华诗词学会会员，十堰市诗词学会会员。十堰市楹联学会理事，花朝女子诗社副社长。

郊外赏油菜花

十里长郊看菜花，金波风拂漫无涯。
穑夫垄上欣然笑，已待新油香万家。

初冬回家乡

最爱孟冬看瓦霜，舍前木叶著红黄。
农家禾谷才收好，又紧翻耕种麦忙。

苏幕遮·夏日乡村

木成荫，榴似火。野水芙蕖，波上含羞朵。耳语百禽林表坐。溪绕芳流，两两鱼儿过。
麦飘香，枝坠果。水响蛙欢，移步青秧播。农事年丰无可惰，汗落珠抛，湿背勤劳作。

鹧鸪天·庆丰收

又是声声笑里忙，榴红橘绿万般香。田间处处稻禾醉，池里重重莲藕长。
前田畈，后山梁。丰收装满万箩筐。肩挑车载农家路，最喜神州五谷粮。

陈翠萍

中华诗词学会会员，湖北省中华诗词学会会员，武汉诗词楹联学会会员。作品散见于网络微刊、纸刊。

梅

冬来雪落万枝条，喜有梅花分外娇。
不畏严寒堪励志，迎春绽放暗香飘。

兰

谷岸幽幽草泛青，兰花朵朵似精灵。
身离尘世清香远，惹得诗人赞不停。

竹

如韵清风翠绿枝，躯干多节自成规。
莫言寒暑似春景，洼处山头有美诗。

鹧鸪天·冬日春城之旅乘飞机感

冬暖迟寒似杪秋，春城之旅碧穹游。云如大海层波涌，天外霞光彩练悠。
寻玉月，过琼楼，邀来仙女共歌讴。寰球壮丽怜吾眼，灿烂多姿看九州。

陈干桥

湖北省黄冈市黄梅县人，网名烟雨平生。中华诗词学会会员，黄梅《流响》诗词执行编委。

春在田野

寻春无计到虾田，春挂枝头柳甩鞭。
一片蛙鸣争浅水，几声鸟唱落晴川。
惯居小镇身心惰，始出高楼气息鲜。
未向豆花挥手别，早来双蝶秀缠绵。

田畈闻布谷声

欣闻布谷声，燃起少时情。
人在秧田走，心同稻浪生。
但思年岁好，不饿步行轻。
日月催吾老，难忘糠菜羹。

摘蚕豆角

谷雨滋蚕豆，皮青籽实圆。
人从畦上走，鸟在垄中旋。
带露时光采，扶禾乡味怜。
归来妻笑我，俨似一农仙。

陈海燕

武汉诗词楹联学会、湖北省作家协会会员。著有长篇小说《鱼贩吟》，中篇小说《歌舞足道》等。

武湖嬗变

黄祖操兵名武湖，春时水满至冬枯。
围圩万顷纵横绿，移户千幢今昔殊。
飞架虹桥通岸北，穿梭高铁串新区。
层楼极目汇佳景，巨变桑田又一珠。

倒水河见闻

风和日丽鸟鸣枝，柳绿杨青燕舞时。
布谷声中人早起，春河水暖鸭先知。
渔翁撒网求生计，白鹭腾空秀玉姿。
滩草萋萋牛最爱，悠闲钓客一竿持。

乡村见闻

无垠山水紫烟中，村舍星罗各不同。
锦簇黄花围宅院，云闲翠树作帘栊。
稻粱有报迎宾客，衣食无忧慰叟童。
歌舞翩跹彰盛世，黎元生计乐融融。

孟夏重游涨渡湖

万顷湖光似镜磨，湿园倩影费吟哦。
青山微墨天生画，绿水无弦浪送歌。
高树蝉鸣催夏韵，浅滩鲤跃诱诗魔。
重游此日疑仙境，佳句频传感慨多。

陈红霞

中华诗词学会会员，丹江口市诗词楹联学会会员。爱读书、旅游，诗作散见于《湖北诗词》、『荆楚田园』公众号等。

立春雪霁访农家

雪霁均州落日斜，故人邀我至农家。
路边杨树褪华服，房后梯田覆玉沙。
但见繁多蔬与肉，又尝精致酒和茶。
觥筹交错谈民富，龙岁长开幸福花。

采桑子·农家

春风袅娜莺飞舞，溪水潺潺。袅袅炊烟。
布谷声声催种田。
辛勤栽种黄栀子，种稻田间。养鸽房前。
憧憬丰收绽笑颜。

长相思·岁暮

风亦狂，雪亦狂。低氧翻山四体僵。巡边雪海忙。
思儿郎，盼儿郎。岁暮团圆添感伤。保家卫国强。

陈家斌

湖北省应城市教育局退休。中华诗词学会会员，湖北省楹联学会会员，作品发表于《中华诗词》等多家刊物。

陌上初夏

农家逢夏日，割麦插秧忙。
田畈机声响，晴空布谷翔。
旷原铺锦绣，油菜吐芬芳。
蛙鼓塘边唱，欢歌伴夕阳。

做客廖家湾

秋高气爽桂芬芳，做客山村菊正黄。
侄辈下塘捞鳖蟹，兄台陪坐话农桑。
清茶时果浓香溢，佳酿鲜蔬美味尝。
饮罢三杯情未尽，禾场舞乐已飞扬。

渡江云·畅游聂桥村

驱车驰沃野，春风扑面，美景眼前过。借风能发电，造福乡村，巨塔耸高坡。新村亮丽，白鹭飞、满畈嘉禾。迎贵客、雀鸣莺唱，绿柳舞婆娑。

欢歌。扶贫解困，产业隆兴，结丰收硕果。奔小康、新楼座座，告别穷窝。农家院里佳肴美，饮村醅、心悦颜酡。诗兴起、新词畅意吟哦。

陈建中

湖北省丹江口市丹投公司职工。热爱田园生活，常用文字记下美好瞬间，让生活在文字的记忆里生彩。

走进寨山村

一路采风追晚秋，烟霞绕指寨山头。
沿途灵雀深幽闹，迎客酒香郭外流。
柑橘环坡织金甲，鸭鹅啄浪彩云游。
院中醉爱村民叙，喜悦朝朝写满楼。

新时代农民工

背起行囊去远方，披星戴月觅诗行。
高楼林立添新瓦，大道腾飞涂彩装。
一席春风驱烈日，三杯清酒御严霜。
榻前时忆村头语，切报平安入梦乡。

登龙山塔感怀

星辰日月三光聚，宝塔犹思骚客来。
挥笔疾书烟雨事，倚窗倾诉雪霜台。
横云紫气绕天柱，飞鹭白帆系影槐。
谁解均州千古志，一江清水久徘徊。

苏幕遮·秋爽

气生金，霜纵火。沟壑山川，无不霞烟裹。接水林台摇婀娜。芦絮扬帆，万里江天过。

系心舟，邀月坐。对饮三杯，索性舱中卧。揉碎星星明镜磨。胜咏清词，一片琴虫和。

陈其荣

湖北省黄冈市蕲春县退休教师。

题三角山千年茶树

三角山前嘉木苍，盘根属地自洪荒。
英随雨露风烟古，气度丹葩宇宙香。
密叶交柯犹闪烁，高枝结实任行藏。
繁华不竞仍坚守，兀兀穷年老此乡。

骊山游

翠岭含烟晓雾开，闲云野望似徘徊。
离宫古木参天静，渭水沧波逐浪来。
不见台前周女笑，难闻池畔贵妃哀。
一时人物风尘外，圣代丹霄没草莱。

西江月·思归

浅恨飞花点点，深愁换紫番番。高楼缥缈又笼烟，可惜归途不见。
不奈乡心迢递，怎堪楚思翩跹。江头江尾任流连，泊在云廊水殿。

渔家傲·雷溪赞

柳动长堤风袅袅，修篁拔萃迷芳草，碧水蓝天光互照。雷溪好，一帧画面蓬莱岛。
映带清流楼户绕，月台亭榭供游眺，常有锦鳞穿窈窕。人欢笑，依声共唱阳春调。

陈欣荣

中华诗词学会会员，湖北省中华诗词学会会员，十堰市诗词楹联学会会员，竹山县诗词楹联学会会员，稻香诗社社长。酷爱诗词，行吟寓乐。

机　耕

替代黄牛是铁牛，躬耕垄亩好消忧。
燃油倍利通身劲，风雨无难整日遒。
春撒一田丰谷种，秋成满目遍农畴。
纵横自有公心在，奋战晨昏赋稔收。

秋　丰

露浥梧铃桂影寒，荻芦逸韵柳丝干。
峰尖老鹤征新景，径外高鹏涌远岚。
藕脆榴红橘果俏，鱼肥鸭绿玉茭端。
秋浓稼穑随人意，乐在乡村富在缘。

咏　雪

暴雪纷飞不守章，凡尘路远可修狂。
临溪便是长河水，在野即成大地裳。
气冻寒冰冰若镜，林凌树挂挂增霜。
全神贯注风光近，无限清绝好个凉。

秋熟图

举目田园喜气张，无边果穑垒成墙。
榴甜李脆知风信，枣爽桃鲜溢月光。
稻谷莲蓬迎客笑，高粱玉米向君忙。
平畴陡水多欢悦，岁报秋丰著小康。

陈向阳

辽宁省沈阳市人。中国诗歌学会会员，湖北省作家协会会员，湖北省中华诗词学会会员。

惊　蛰

春雷乍动暖风拂，惊醒蛰虫万物苏。
最是农忙逢此季，翻田播种绘耕图。

春分时节

万物醒来新，光阴昼夜均。
风吹杨柳醉，拂面不寒人。

贺《龙湾古韵》创刊

东风入潜城，古韵又新生。
骚客龙湾聚，吟诗作赋评。

二月二

二月龙头起，柔风化雨稠。
枝条萌嫩绿，春水又开流。

陈信国

湖北省十堰市郧西县人。中华诗词学会会员，湖北省中华诗词学会会员，十堰市诗词学会会员，郧西县诗词学会会长。

知　了

初生嫩枝上，蛰土数年期。
归路通高节，空囊蜕俗姿。
控弦多暑意，鸣噪为情痴。
转眼秋风至，凄清是别离。

壬寅年季春与师友游玄鼓山

每临悬壁醉陶陶，也学刘郎句咏糕。
野屐柴扉曾省识，轻车松影共游遨。
紫藤多事半村馥，荼蘼惊尘一径骚。
愧我浅吟无好句，淋漓大笔待诗豪。

野　梅

纷纷小雪共花枝，独领风骚非自私。
冷蕊含情终日见，孤芳承意几人知。
流连岭外放怀梦，妆点樽前贺岁诗。
百卉卷舒空有约，只缘开落不同时。

长夏无雨

时序至秋难为裁，骄阳依旧独登台。
昏昏北雁不知去，切切残蝉尤可哀。
野鸟侵阶生计苦，枯禾满地我心呆。
若能云汽涵三省，定送疯魔到九垓。

陈亚萍

湖北省中华诗词学会常务理事，黄冈市诗词学会副会长，黄梅县诗词学会会长，著有《清平乐吟草》。

夏　至

昼长夜短暑来侵，老柳蝉鸣传噪音。
习习熏风揉旷野，沉沉骤雨过高林。
石榴彩绚撩人醉，菡萏香浮惹蝶寻。
祈愿金秋仓廪实，耕夫汗水化甘霖。

农民丰收节

雨洒东篱雏菊妍，风吹芦荻舞江天。
辞梁紫燕呢喃去，列阵青鸿缱绻迁。
机械追欢吞玉稻，村姑惬意采银棉。
丰收岂止农家乐，我赋新诗贺稔年。

冬访大河镇天门村

漫步山村路路通，丹枫举火傲罡风。
琼楼栉比祥云绕，冬日和熙暖意融。
水阔桥横摇岸柳，天高岫远看征鸿。
赊来一幅桃源景，惹我遐思入梦中。

风入松·春访五祖洪楼村

一犁春雨水香熏，霞蔚小山村。霰融雪化池塘畔，广玉兰、初绽芳茵。梅蕊盛情开放，馥清迷醉游人。
田园雏燕舞祥云，薹惹蝶蜂勤。黄鹂枝上鸣新曲，惠风轻、频送氤氲。携友登临观景，瀑飞泉涌如喷。

陈治陶

湖北省黄冈市黄梅县人，万达运输公司工会主席退休。东坡赤壁诗社社员，湖北省中华诗词学会会员。

乡村振兴

湖区处处满朝霞，水稻无边披绿纱。
党政同心施妙计，干群协力展才华。
旌旗引领千帆竞，碧浪翻腾万里涯。
广阔田园添丽景，农家今也路飞车。

临江仙·黄梅

赣北皖西梅邑县，祥和物阜民丰。巨龙京九跨长虹。楚乡公路网，线线已相通。
经济腾飞千里跃，兴科重教扶农。和谐友爱气氛浓，如今凭政策，再次展雄风。

小　满

入夏迎来小满天，池莲碧翠柳含烟。
林间白鹤鸣声脆，水畔青蛙叫语甜。
压树枇杷辉院落，铺畦麦穗灿平川。
年年此季初收获，菜籽飘香土豆鲜。

鹧鸪天·赞濯港镇丁字街村新貌

港畔湖边地出金，古村换貌悦人心。稻虾并作千畴旺，菱藕兼收万亩森。
开富路，赖方针。三农一曲唱乡音。花繁果硕民居靓，往返轻车夹道林。

陈永凤

湖北省随州市随县人。随州市女子诗社副社长，随州市诗词楹联学会会员，湖北省中华诗词学会会员。

山村夏景

树覆浓荫夏日长，榴花灼眼枣花香。
枇杷摘罢油桃熟，又见枝头杏子黄。

夏木阴阴

浓荫匝地送清凉，棠棣梧桐枣柿桑。
风点榴花燃赤火，篱牵蕉叶砌青墙。
高槐底下争棋子，老柳旁边放竹床。
栀子听来多少事，诉于枕上梦留香。

鹧鸪天·山村忙年

岁尾乡间格外忙，成车年货往家扛。杀猪宰兔做腌肉，挖藕抓鸡灌腊肠。
磨豆腐，切麻糖，张张大网下鱼塘。春联写上丰收景，焰火连天画小康。

踏莎行 ·秋游

偶弃轻车，另寻别趣。山乡野菊频留步。
何妨暂做武陵人，悠然不记来时路。
石屋依山，茶庐傍树，花鸡黄犬怡然处，
钓翁兀自乐无穷，游人不觉斜阳暮。

陈新中

湖北省诗词学会会员，应城市诗词楹联学会副会长，市老年大学学员会副主席。

富邦数字农业

富邦勠力冶良臣，追逐心期梦不泯。
无土栽培冰玉果，滴泉溉养翠清茵。
风流破解千年梗，数字敲开四季春。
家国情怀为己任，惬当盖有问源真。

夏　收

稼穑登临麦浪翻，菁华岁月赖丰年。
金波连野青山外，香雾黏空碧汉前。
时事夸甜言栩栩，酒筵鼓饱腹便便。
垄头一望千重浪，马达声中下夕烟。

伍家山白龙井

千载遗翰名胜景，骚人墨客蹑其踪。
白龙一去信音杳，古井独余亭榭中。
江上烟波生缥缈，山间草木郁茏葱。
织成好梦山河秀，今日非和那日同。

过新四村

胜日寻芳百草萋，无边美景一番迷。
车穿绿野飙长带，雨注苍洲涨阔溪。
村道载传先烈事，广场高树古贤遗。
鸿恩圈点古村落，万户千门春色篦。

陈云兰

网名夏莲。湖北省天门市人。天门市诗联学会干驿分会副会长。近几年诗词联作品200余篇发表于各级纸刊、丛书。

干驿风景河（辘轳体选四）

一

风吹四季荡清波，岁岁柔情献秀禾。
侧畔桥头弹雅韵，东乡庶子听新歌。
流来稻穗千田满，送去银棉万担多。
喜庆丰收诗不尽，摇姿岸柳共吟哦。

二

无愧家乡幸福河，风吹四季荡清波。
舒心水岸观云影，养眼花坛瞅绿萝。
鸟觅害虫匀啄木，鱼争诱饵乱穿梭。
闲鸦放胆落枝捡，直上高杨筑暖窝。

四

晓色澄明浪打坡，自欣锦鲤扭秧歌。
岸边燕翅剪烟柳，桥外船篙惊早鹅。
日出三竿收暖气，风吹四季荡清波。
再观绿瘦红肥处，蝶舞蜂飞让客过。

五

透明心境任消磨，怀抱银河暗放歌。
不羡海中藏异宝，为骄幽处歇天鹅。
落花逝去纷争少，瑞雪飘来感慨多。
三九未曾生冻骨，风吹四季荡清波。

陈育阶

湖北省楹联学会会员，宜昌市楹联协会会员，长阳县诗词楹联学会会员。著有《鸣镝诗草》。

芒种节

布谷声声唱柳塘，农机割麦又插秧。
迎来芒种忙忙种，期盼丰收粮满仓。

初夏雨后

巴乡雨后雾烟轻，树木葱茏叠纵横。
翘望梯田禾稼壮，榴花似火耸高层。

暑夜赏月

伏暑乘凉闲聚会，庭前赏月话团圆。
言谈只道如昨夜，众所周知胜往年。

咏夏至时节

野陌寻幽趣，青茶亮眼眸。
禾摇腾细浪，柳舞荡温柔。
梅雨时将过，熏风午未休。
山鹰旋彼岸，布谷唱田头。

程平

湖北省武汉市新洲区人。资深中医。农工党武汉市委委员，武汉诗词楹联学会副会长，新洲区诗联学会会长。

东湖梅园

今此湖山我欲来，万千名卉一时开。
香风有信人趋骛，满眼飞花雪作堆。
倚树红妆争自拍，隔墙黄鸟忽相催。
亭台近水真佳处，休向阶前扫落梅。

春日有忆，怀张剑南先生

已是春归人未归，相思情动泪花飞。
遥闻杜宇惊啼血，兀立江洲恨落晖。
陋室倾谈曾寄语，新诗良会久暌违。
飘然已作逍遥客，携取白云上翠微。

访麻城丫头山古村

春风一路紧相催，犬吠蓬门迎客来。
为访名山寻故事，且从村肆酌新醅。
廊桥纵贯分林沼，老屋沧桑忆旧垒。
几树茶梅初着色，嫣红姹紫为谁开？

游杜公湖湿地公园

杜公湖近府河边，隔岸云低接柳烟。
荻老风前作雪舞，鸥飞堤外傍沙眠。
林塘远近人来去，客路参差自转旋。
形色四时各成趣，游观何惜赏花钱。

程菊仙

高级政工师，诗词文学爱好者。

乡　趣

月溪花影小桥横，迎客流萤夜照明。
我欲临风观北斗，开窗放入几蛙声。

春日有感

万里春风播玉时，浓情先上向阳枝。
马哥岂作寻芳使，龙角尖尖新韵驰。

故园新貌

绿水扬波化彩虹，青山引凤岭葱茏。
翩翩起舞渔歌醉，喜看小康奔大同。

故园吟

小溪流水浣纱红，沃野良田五谷丰。
物阜忙收农户乐，栗肥棉白画图中。

垄上吟

河龙环护畈清幽，画卷宏开豁眼眸。
绿野青松鸣楚韵，留将岁月纪风流。

程章旺

中学教师退休，清江诗联社秘书长，作品曾在市县田园诗联赛中荣获一、二、三等奖。有诗文集《峥嵘岁月》。

省级示范村长埠村采风

昔日荒墟荆棘多，如今开发变金窝。
香盈院醉兰和桂，水漾萍浮鸭与鹅。
蔬果千畦临绿黍，稻虾万顷接红荷。
楼台柳映闻琴瑟，饱赏新村尽放歌。

陈坝村脱贫赞

初心牢记立潮头，村换靓装环境优。
白鸭园中行款步，天鹅湖畔放歌喉。
莲香金鲤珍珠养，柳映虹桥画舫浮。
繁育澳虾圆富梦，脱贫决胜小康讴。

赞美丽乡村河桥村

长港穿村碧玉流，渔姑唱和放歌喉。
鸭嬉菡萏珍珠滚，柳舞轻波翠影浮。
鱼跃稻香添美景，男欢女笑庆丰收。
红楼绿树花如海，丽日蓝天落远鸥。

赞省级文明村新安村

依港环村碧玉流，稻香鱼跃庆丰收。
遍栽蔬菜富千户，精养龙虾畅九州。
桥廊画联扬美德，岸边绿柳映红楼。
乐园拳剑伴歌舞，他日重来胜景游。

操雅心

湖北省十堰市人。中华诗词学会会员，湖北省中华诗词学会理事，十堰市诗词学会副会长兼秘书长。

凭舟武陵源二首（新韵）

一

才过山程又水程，逸舟推浪浪重重。
几回看尽武陵景，半是烟云半是峰。

二

听风听水半听蝉，玉棹逐波分绿烟。
满眼浮华皆过尽，诗心种在武陵源。

访房县酒神湾见山桃草即兴

谁种山桃掩径斜，红深影翠放千花。
灵犀一笔枝头上，便引香风到万家。

踏莎行·春踏秦巴山植物园

紫陌烟轻，妙香雾袅。我今有意和春好。
旧桥新柳钓东风，偏偏吹得梅儿老。
软步莺堤，顾怜芳草。一川浅蕊堆多少。
琼林几处不同声，春声又在巴山道。

孙世权

湖北省潜江市人。湖北省中华诗词学会会员，潜江市诗词楹联学会会员。有诗词作品散见于各种报刊。

春　忙

熏风拂过麦金黄，布谷声声唤插秧。
放眼村村门未锁，檐前紫燕理家忙。

水杉树

知君择地楚门开，历尽艰辛远涉来。
千树英姿披雨雾，一身正气荡尘埃。
初生只要三杯水，已死还捐九尺材。
难得清廉持杖节，人称化石又新栽。

惊蛰杂感

蓑衣带雨挂房头，云卷苍穹闹未休。
遣兴雷公因薄醉，陶情蛙蛤试清讴。
三更催种千村醒，一艺存身百姓求。
水暖桃源时尚早，扶犁惊蛰垦丰收。

春　草

小芽已绽悄无声，钻出春泥欲启程。
乐向荒原抽细叶，甘为牛马献长茎。
一年一萎何须悔，寸草寸心难舍情。
待到萧萧冬日里，当柴煮奶把茶烹。

代元树

丹江口市作家协会副主席，丹江口市诗词楹联学会代理会长，中华诗词学会会员，作品散见于《中华诗词》《农村新报》等报刊。

雨中登恩施大峡谷

绝巘巍巍生紫烟，蜿蜒高路入蓬山。
雨丝恍若神相拽，我自欣然天界攀。
壮胆扶梯虚窄滑，惊魂贴壁陡斜弯。
俗尘名利俱忘却，谁掷王冠苍翠间。

水都新韵

拱门吊塔立寒风，马达轰鸣各逞雄。
涵洞贯穿江补汉，沧浪值守北并东。
莫辞世上千般难，愿作人间一义工。
雁去燕来春又至，靓山疏水漫苍穹。

关门岩丰收节景象

阵阵金风阵阵香，田间垄上抢收忙。
颜开秋霭伴烟霭，飞扫草场腾晒场。
青鸟钟情鱼米稼，红枫调色路湾梁。
带机翻滚添诗意，蜜橘码堆丰满仓。

望海潮·丹江口大坝泄洪

摧波掀浪，翻江倒海，狂涛搅碎沧溟。腾闸跃蛟，松缰野马，隆隆阵鼓雷鸣，冲浪奔群鲸。夜来秀灯影，霓闪霜凝，景色无边。网传图美霸荧屏。

沧浪筑坝云生。觐仙山太岳，净乐通灵。乌雀早喧，渔舟唱晚，香飘四季鱼羹。钓叟隐堤樱，浣女惊鸥鹭，江上舟行。汉水粼粼北去，捎满寸心冰。

代翠姣

笔名暗香盈袖，麻醉师，湖北省中华诗词学会会员，天门市诗词楹联学会会员。天门诗联学会副会长，执行主编。作品散见于全国多家刊物。

赞横林镇新貌

观湖匡岭菜园过，丽景天然韵事多。
特色兴农千件事，清淤净水九条河。
管桩神力声惊月，夹岸金柑香满坡。
喜看横林今巨变，行踪到处动吟哦。

菩萨蛮·胡市漫咏

东乡掩映斜阳里，催舟一棹微澜起。渔场两三家，出泥菡萏花。
脱贫丰煜去，颐养新民住。膝下揽春温，无须出远门。

金卉庄园一日游

春风一路踏青忙，满眼芳菲入画廊。
绿野黄莺鸣翠柳，虹桥紫燕剪清香。
游人多赞新花卉，骚客偏怜旧竹杨。
我欲移家来此住，诗情酒兴任疏狂。

清流峡谷

天然峡谷绕清流，万壑千岩顺水游。
山貌秋容无限好，溪声林色几时休。
人从此地辩风物，我望他乡问去留。
安得身轻如白鹤，乘风直上景全收。

丁光义

湖北省天门市人。爱好文学。含饴弄孙之余，写写文字。已创作几十万字的散文、诗词，有的已在杂志发表，或收录于有关书籍中。

观壶口瀑布

地动山摇震耳聋，天兵浩荡撼长空。
浊流卷起千层雪，巨瀑催生万丈风。
两岸高峰扶瑞景，一壶黄液泄穹窿。
奔腾直下驱雷电，鬼服神惊世上雄。

赞江汉水杉公园

风和日丽百花妍，翠绿连绵不见边。
鹭鸟翻飞鸣碧海，游人信步享幽烟。
水杉菡萏随心醉，纨扇鲛绡伴舞旋。
十里油城添锦绣，潜龙昂首跃云天。

游张家界

孟夏时光百草萋，欣然结伴赴湘西。
金鞭溪畔千峰耸，索道仓旁万木低。
锦绣凤凰观夜景，葱茏峡谷现虹霓。
欢声笑语惊天月，苗土山乡梦自迷。

戴　军

黄冈中学特级教师，中华诗词学会会员，湖北省书法家协会会员，黄冈市诗词学会常务理事，著有诗词集《愚鲁斋吟草》。

初春赏梅

严冬历尽又迎春，数度清香透本真。
群卉丛中相伴立，隐身其内赏时新。

沁园春·神农架礼赞

荆楚名峰，瑞气葱茏，直指苍穹。看层峦蒙雾，红枫掩映。峡沟奔浪，古木峥嵘。秋雁飞归，金猴逗闹，万类霜天竞动容。凭栏处，共神龙起舞，翁妪欢融。
昭君故里情浓，引乐山乐水客鞠躬。赏绣楼庭院，老墙古井；紫藤秋卉，石刻惊鸿。清冽香溪，虹连两岸，峭壁斑颜橘果红。极目望，正新村座座，笑傲云中。

黄州东坡庙会吟

东坡庙会起仙乡，远播神州美誉扬。
挂帅苏翁开阔道，登高食味送馨香。
唐风宋韵轮番亮，灯舞龙巡次第忙。
遗爱湖边诗鼎沸，主城崛起唱辉煌。

家乡癸卯春来早

神仙寨脚故园亲，春意祥和人气纷。
大畈棚中庄主会，长渠岸畔铁牛奔。
药材片片翻山去，茶树兜兜向岭伸。
好借东风齐奋力，兴农有术土犹金。

丁旭

个体园林主，中华诗词学会会员，《戴湖丝雨诗词》副主编。

冬日早起重吟

犬吠凌晨月半规，小园踱步几来回。
浓霜重打墙头草，玉露滢开院外梅。
冷暖天机温度表，枯荣岁月里程碑。
乾坤日夜浮今古，繁衍功名与是非。

冬日阳光

隆冬好似小阳春，午后阳光格外亲。
躺椅京胡花鼓调，果盘瓜子铁观音。
邀约棋友走车马，定做火锅加卤拼。
岁月沧桑门外柳，小康庭院享温馨。

冬日夜晚随笔

朦胧夜色两三星，归鸟巢边落叶惊。
室内嘈杂喧酒宴，院中料峭透窗灯。
沧桑岁月新甲子，冷暖人生老愤青。
再向儿孙说过往，甜酸苦辣炼精英。

初冬晚宴

月似弯镰挂树梢，农家晚宴膳佳肴。
绿茶豌豆花生米，窖酒鸭头海底捞。
蜂鸟似乎巡爽味，金菊格外艳良宵。
拳迷手指猜三五，老少无欺饮半勺。

杜在新

与儿子合著出版长篇纪实小说《登峰，从无声世界走来的清华博士》。发表诗词数百篇。现为湖北省中华诗词学会、天门诗词楹联学会会员。

绿植吟

爱护家园添植绿，葳蕤爽目衬花红。
群山锦绣森林茂，大地斑斓百卉融。
一季鲜葩堪败谢，千年古木却葱茏。
无边翠染生机蕴，福泽子孙须建功。

梦里踏青

浅浅草生原野外，依依鸟啭故园东。
寻芳陌上茵衔粉，拾翠西湖绿映红。
鹰隼盘空飞羽疾，马蹄腾地绝尘匆。
扬鞭远去惊为幻，亦解乡愁寄寸衷。

鹧鸪天 ·年聚依韵并和酬代翠娇老师《近春怀远》

腊鼓咚咚何用催，每思慈母恨难回。千桩琐事酿成酒，万缕乡愁叠作堆。
趁佳节，共觞杯。还乡衣锦醉心扉。阖家团聚欢声漾，饮尽辛劳绕膝偎。

南歌子 · 景灯

璨璨灯星海，煌煌火树河。虹霞万缕织金罗，溢彩流光闪烁，九州歌。
熠熠龙蛇舞，莹莹鹤凤娑。嫦娥慕恋送秋波，天上人间辉映，共吟哦。

邓爱红

退休教师。多个诗词联曲学会会员，黄州美术家协会会员。

春　耕

布谷声声鸟语醺，春时不误抢耕耘。
轻纱细雨蒙蒙下，浑水憨牛步步勤。
戴笠穿蓑儿女累，端茶送饭妪翁欣。
田园遍野农夫影，铁械机鸣响入云。

麻城四月看杜鹃

四月人间谷雨天，八方赏客涌龟巅。
红霞烂漫铺云际，玉帝嫦娥诧景妍。

乡村夏夜荷湖

夏夜晴空避暑烟，休闲散步至湖边。
蝉嘶蛙鼓鸳鸯戏，鹭涉蜓飞彩蝶翩。
朵朵红花成剪影，田田绿叶荡秋千。
流光溢彩心犹醉，月色荷香酿锦篇。

鹧鸪天·初秋

云淡风轻暑未消，三伏热浪肆时飙。田冲稻穗扬花絮，岭畈棉枝孕朵绡。
黄菊俏，紫薇娇。松青竹翠柳腰昭。村旁柿树红灯挂，院内瓜藤绿果摇。

邓关仁

湖北黄梅人，爱好格律诗联。湖北省中华诗词学会会员，黄冈市诗词学会会员，黄梅县诗词楹联学会会员，文昌阁诗联社社员。

迎新走笔

建业兴家意未然，清茶一盏敬流年。
迎春爆竹惊寰宇，送腊屠苏祭祖先。
鸟语莺歌芳草地，山花海树绿杨烟。
迢迢千里思乡切，待得归期共月圆。

大　雪

狂飞乱舞漫苍穹，雪覆冰凝路不通。
游子还家情切切，归车滞道意忡忡。
纾危泡面饥肠慰，济困村民冻雨逢。
互助相扶多百姓，凝心聚力建奇功。

探　梅

铁骨虬枝不染尘，繁华装点万家春。
暗香透雪香盈袖，疏影凌霜影照津。
雨霁危崖舒素靥，云收雅苑织红茵。
芳容一睹圆佳梦，冶性陶情好健身。

大　雪

一夜雪霜山白头，飞来冻害势无休。
情真何惧天灾降，且把归途作漫游。

邓奎

随州市女子诗社编辑，随州市诗词楹联学会会员，中华诗词学会会员。

垂钓

云落清溪缓缓流，轻吹小曲布金钩。
浮标暗点提竿急，惊动枣花飞满头。

蝶恋花·春趣

时序已将颜色换。才谢梅花，又见桃花绽。粉瓣含羞开媚眼。和风香送衣衫满。
嬉闹顽童浑不管，喜鹊惊飞，扰得林梢乱。留照且同春久伴。忘情莫记韶光短。

临江仙·山居

庐结尖峰堪惬意，清风明月为邻。瀑飞鸟唱自芳芬。路开一径，舒臂揽祥云。
兴至碧湖邀锦鲤，佐餐壶里乾坤。山珍四季送殷勤。牧羊弄曲，画里漫逡巡。

浣溪沙·岁末有记

凛冽霜风涤旧尘，院中梅朵送芳芬。更添瑞雪好迎春。
盏底醪糟香米酿，梁间新腊柏枝熏。聊供游子洗征尘。

邓庶民

荆州市洪湖诗词协会会员，中华诗词学会会员，湖北省中华诗词学会会员，现任燕窝镇金秋诗社副主编。

柳　絮

莫道云英美，谁云柳絮飞。
随风如雪落，映日叹春归。

江滩即景

久旱江波浅，闲船坐绿荫。
青山迟雨遍，赤脚度秋深。

二九日赴金秋诗会

半月凝霜挂夜空，与君畅饮话相逢。
谁知座上吟诗友，曾是田间放牧童。

童　趣

年幼着迷处，村西泵站边。
冬天烧野火，夏季怼河鲜。
采得桃梨涩，偷来瓜果甜。
行山君老表，你可在人间？

邓友爱

退休后学习诗词创作。现为中华诗词学会会员，湖北省中华诗词学会会员，十堰市中华诗词学会会员。

春山吟

东风拂绿故乡山，鸟语花香柳似烟。
几只蜜蜂随意舞，一双彩蝶尽兴旋。
客听碧水千年去，燕乘白云万里还。
眼过田园芳草地，诗成阆苑著春天。

郊　游

兴步春山赏艳香，千红万紫斗芬芳。
南坡一片桃花俏，北岭数层油菜黄。
翠柳柔枝穿小燕，清泉老调唱新阳。
流连胜景迷幽径，最爱诗林画卷长。

茶　花

初雪轻飞吻素心，琼枝玉树绽红晕。
娇羞妩媚殷肠热，嫁与东风共晓昏。

咏海棠

老树新芽少女妆，红腮倩影似新娘。
百花斗艳天姿俏，阆苑神仙种海棠。

邓思华

黄州人，湖北省诗词学会会员，曾任《东坡赤壁楹联》杂志主编，诗词多见于报刊。著有散文集《赤壁楚声》。

早春吟

柳岸郊游心境好，早莺吟唱露含英。
群芳绕树随人处，胜日春光踏笛声。

东坡赤壁雪

赤矶几次雪纷纷，翠竹迎风抖拂尘。
兵甲威龙高宇下，普天飞却是银鳞。

过年路上

首节号名春，天公瑞雪巡。
龙来威气足，兔去调腔彬。
绽蕾偎摇叶，张灯照往人。
赶年冰路阻，瞭望贴门神。

迎春曲

早有黄莺歌盛世，梢头翠鸟扑春风。
蜡梅不晓天温变，紫竹依然日夜蓬。
幽燕绕梁待荻外，野凫浮水戏空中。
韶光一派迎新曲，农种烟耕盼岁丰。

董发雄

湖北省黄冈市蕲春县人，退休教师。中华诗词学会会员，黄冈市诗词学会会员，蕲春县诗词学会会员。

赏雷溪河菊花园

楼外雷溪彩菊园，红黄粉白笑容妍。
蜜蜂蕊上随心闹，蝴蝶丛中着意翩。
绿叶嫩枝沾玉露，帅哥美女敬诗联。
花人合一家乡好，胜日寻芳雅兴牵。

故乡歌

满望家园爱意长，山清水绿好村庄。
流泉映日金波跃，秀木迎风瑞气藏。
肥沃禾畴通富路，神奇艾草制膏方。
依依最是根生处，一曲欢歌颂故乡。

小寒农家即景

踏石寻溪邻里过，冬阳满院泛轻霞。
红梅月季新香吐，萝卜青包路客夸。
犬吠猫蹲鸡斗戏，犁收耱躺主端茶。
山村信步醉人处，却是平常百姓家。

家乡蜜橘园即兴

小径蜿蜒穿翠丛，漫山遍野挂灯笼。
乡民醉品酸甜果，背篓提箩乐自融。

杜冰

湖北省宜昌市长阳土家族自治县人，卫生系统退休。现为长阳诗词楹联学会副会长。诗词作品散见于《长阳诗苑》等媒体。

题高山大棚西红柿

温棚遥望雪茫茫，时序更新果饰妆。
碧绿橙红犹抢眼，种田也是种风光。

题癸卯丰收节

风调雨顺好秋光，田野悄悄一片黄。
果穗沉沉藏更露，丰收歌舞遍山乡。

秋收冬藏

细雨迎冬寒气来，山川一夜雪皑皑。
秋收故事先储库，精理情怀细剪裁。

土家山寨新貌

白墙黛瓦好村庄，横看成排竖对行。
蜜柚红栀兴果药，物流超市务农商。
小吃旅宿引游客，巴舞山歌抢眼光。
地阔天宽能展智，众多学子乐回乡。

杜继安

退休公务员。中华诗词学会会员，湖北省中华诗词学会会员，有个人诗词专集《田园拾趣》。

鄂东行

清明雨霁春潮涌，诗友群邀游鄂东。
浠水巴河波滚滚，罗田茶岭绿葱葱。
黄莺对语含新露，紫燕衔泥舞晓风。
昨夜归来花入梦，心怀大别映山红。

老宅归吟

蓬门陋室不常开，断壁残垣倚古槐。
杂草榛荆侵石院，马蜂山雀跃窗台。
我询她是哪家媳，她问我从何处来。
堂内空留启蒙桌，倾心难觅幼时孩。

蝶恋花·癸卯孟春老宅会友

二月花朝花带雨，芳草萋萋欲共春光舞。
喜鹊登枝鸣鸟语，声声唤我回乡去。
杨柳迎风千万缕，梦寐难求唯恐邀期误。
久别春花秋月叙，弟兄友谊添情愫。

沁园春·新洲春季物资交流会

大别山南，杏绽时节，柳垂草生。眺旧街古镇，茶园翠翠，孤城新集，麦垄青青。飞舞黄蜂，蹁跹蝴蝶，遍地回春百卉荣。花朝日，备杜康琼液，款待宾朋。
沿河十里旗旌，集南北万宗货物盈。看游人攒动，机车稠密，匠工献艺，杂耍精英。古玩鲜花，贾商吆喝，再现清明河上形。交流会，续千年青史，盛世传承。

范迎难

湖北省潜江市退休教师。湖北省优秀语文教师。爱好古诗词。湖北省诗词学会、潜江市作协会员，出版诗集《花间尘韵》。

农翁犁田

手把铁牛犁野田，欢歌一路不须鞭。
仓廒贮满虾香稻，可与山珍上绮筵。

春　耕

身披杨柳杏花风，手掌农机晨雾中。
一垄新田一垄愿，张张笑脸泛桃红。

立夏催耕

布谷催耕犁绿波，熏风着意绽新荷。
蛙声鼓落芙蓉雨，浸润心田种好歌。

小满飘香

风摇麦浪染金黄，立垄欣闻小满香。
籽粒丰盈穿鸟乐，农机备唱夏收忙。

游梨园

丛树花开如雪原，游蜂忙里懒偷闲。
何堪随手折枝乐，可晓农夫背顶天？

范银月

高级教师，荆门市诗词学会女子分会副会长，荆门市书法家协会副主席，掇刀区书法家协会主席。

儿子中考上榜龙泉寄语

餐风饮露历三秋，得报佳音喜胜愁。
衣带加身何未解，龙泉新榜待轻舟。

一盏心灯

梅枝傲骨雀先登，巷尾街头喜气腾。
月色多情偏觉冷，孰能点亮一心灯。

雅集分韵青字赋蜡梅吟

凝香绽放作丹青，粒粒金星落画屏。
只叹今冬雪无迹，芳心欲寄又谁听。

赴悦蓉庄

孤路通城道道弯，悦蓉庄在那青山。
沿途松柏自成景，侧耳聆听流水潺。

校园内老师的小花盆

兰心如锦蝶翩翩，欲与花仙逐梦圆。
盆小苗新君莫笑，株株承载是春天。

校园春早

二月春风送暖晴，校园次第百花争。
桃红谢了杏将白，不及操场娃练兵。

范文彬

湖北省黄冈市蕲春县人，退休教师，蕲春县诗词学会理事，中华诗词学会会员，湖北省中华诗词学会会员。

咏　柳

汉江岸畔柳青黄，万缕千丝竞秀狂。
紫燕翩翩飞絮乱，随风起舞弄春阳。

夏　夜

日落西山染黛峰，茫茫暮色隐鸣虫。
昙花乍现窥新月，翠柳多姿笑晚风。
陡使鱼惊朱鹭起，还添星烁碧池融。
迷人夜景撩诗兴，愧对毫笺腹笥穷。

山花子·美丽乡村长石

公路蜿蜒入岭端，土门坳上动车欢。廊阁多姿柳潭碧，艳阳天。
三棵苍枫存古韵，一台精品展新颜。当代村民心最惬，享昌年。

鹧鸪天·赞驸马坳

驸马坳村名自扬，宜居乐业地祺祥。紫薇吐蕊街头靓，桂子花开庭院香。
美廊阁，绿池塘。集成光伏送他乡。健身场馆明灯亮，幸福村民沾党光。

范之良

湖北省黄冈市人，『老三届』，大专文化。先后务过农，做过工，从过政。黄州区委办公室退休。

观　荷

绿盖半篙迎暮雨，红香一点沐清风。
谁知水下多情种，尤谢污泥养护功。

乡村办年即景

袅袅轻烟出灶房，满村皆是糯飘香。
舂粑机器欢声唱，办酒翁婆笑语忙。
几筐珍馐琼户摆，一家年味众人尝。
谁家童稚频顾望，静等打工爹与娘。

故乡秋景

谁将金色染秋装，却遣绿荫藏故乡。
满眼葱茏峰滴翠，当门潋滟浪摇光。
碧空云淡归鸿过，林舍轻烟酒菜香。
我欲问询农圃事，忽闻山下笑声扬。

清明祭祖

又是清明祭扫时，陌阡行客尽于斯。
耳旁轻霭频相顾，眼底葱茏似有知。
焚纸鸣鞭叩宗祖，跪香揖手示青枝。
慎终追远惟虔意，驱驾回城赋小诗。

方大连

笔名方兴，湖北省天门市人，高级教师。中华诗词学会会员，湖北省中华诗词学会会员，湖北省楹联学会会员，湖北省中华诗词学会散曲分会会员，天门市诗词楹联学会会员，诗词散见于多家刊物。

春的旋律

报春斗雪绽红梅，和煦东风连夜归。
湖岸田鸡千嗓唱，河边线柳万条垂。
流温沟里鸭追赶，天暖峰旁雁徙回。
浮麦芸薹枝叶茂，犁铧破土水花飞。

橙黄橘绿

日月如梭天转凉，田园秋序美风光。
葡萄提子红圆好，冬枣鸭梨甜脆香。
霞丽树棉披素色，日明稻穗耀金黄。
锦鳞游泳盈塘里，丰稔村村喜气扬。

鹧鸪天·冬日乡村一瞥

凛冽玄冬白絮扬，雪天初霁现乌阳。田间处处芸薹绿，村里堆堆稻谷黄。
禾场内，电杆旁，通明灯火亮堂堂。人声鼎沸机轮转，妇女丁男脱粒忙。

方瑜泉

罗田县诗词学会副会长，多次在全国诗词大赛中获奖。

春　野

露带些些绿，风呈淡淡黄。
莺声飘不远，浸透菜花香。

农家春色

堆云叠翠一坡茶，傍舍临溪数垄瓜。
最是莺啼新雨绿，春声淋湿野人家。

三月农家

晓日惊从蝶翅升，菜花香涌浪千层。
小楼静泊春深处，淡淡炊烟作缆绳。

麦收时节

杜宇催春去，山村麦子黄。
鸡声惊晓月，人影动高冈。
汗酿千盅蜜，风生万斛香。
斜阳张醉眼，笑语已盈仓。

方正玉

爱好古典诗词，作品散见于各种网络平台。系湖北省中华诗词学会会员，鹰台诗词学会会员。

乡村四月

布谷催耕种，乡村四月忙。
瓜田栽黍豆，稻地插禾秧。
鹅鸭池蛙闹，鹭鸶蜂蝶翔。
暮春芳草茂，喜雨润农桑。

秋　分

秋色宜人渐觉凉，层林尽染露含霜。
高粱红艳千般秀，桂子娇黄十里香。
朵朵棉花开沃野，排排候雁往南方。
眼前禾稻翻金浪，节序轮回谷满仓。

春　雨

喜鹊登梅捷报春，和风化雨涤纤尘。
浇开柳绿禾苗壮，浸润桃红草木臻。
紫燕衔泥寻旧宅，黄莺绕树觅芳邻。
如丝如线霏霏洒，拂过山川满目新。

河传·暮春农村即事

日暖，香漫。柳婆娑。布谷催种行歌。育秧移插两相和。穿梭，汗珠津润禾。
莫误农时蛙唱晚。惜春短，夕下不知返。蒜薹栽，豆瓜栽。秋来。喜盈何用猜？

冯强

湖北省中华诗词学会会员，湖北省楹联学会会员，辽宁葫芦岛市连山区作家协会副主席。

作品散见于《湖北诗词》《荆楚楹联》等刊物。

江畔梅园

琼花怒放岁临年，好事相约醉抚弦。
切盼不闻春杏早，无心盛睹蜡梅先。
江鸥喜报佳人到，渔火笑迎轻舸还。
若论水娇山美处，鄂西丹水半边天。

竞攀虹螺山

虹峰峻峭险中奇，万树千花雾影迷。
纵览苍穹衔碧海，横观谷壑坠清溪。
一行游众披云锦，九曲石阶架雨梯。
举手长空摘日月，南天玉顶笑红旗。

春夜听雨

好雨潜来夜色浓，山苏水醒雾蒙蒙。
杨眉柳鬓偷争绿，杏眼桃腮暗竞红。
窗鼓随筝声渐渐，灯花陪墨意融融。
心思浸润诗书外，未觉春宵过五更。

凉水河桃花节

俏装云鬓轻描眼，粉黛香腮蕊蕴甜。
不占东风席上客，却为春宴第一仙。
梨白杏艳多俗韵，李闹梅香少媚颜。
牵动百年诗者趣，未闻桃色已成篇。

傅万运

湖北省天门市人，企业退休职工。喜爱看书，写作，摄影，摆弄花草。天门市诗词楹联学会会员，部分习作被市级诗刊采用。

老来学诗

耄耋之年学赋诗，牌朋棋友笑吾痴。
平平仄仄从头起，国粹传承岂道迟。

问　天

桃李芬芳夜失眠，举杯把酒问青天。
为何只许春回去，却不容人永少年。

春　耕

绿意盎然春锦织，铁牛悦吼备耕时。
农家汗水润禾土，仓廪丰盈定可期。

茉　莉

冰肌玉骨素衣妆，淡淡清幽韵味香。
不与百花争艳色，只留芳郁在心房。

赏　花

风景河边赏菜花，金黄一片向天涯。
盎然春意香飘远，蝶舞蜂飞沐早霞。

丰桂芝

湖北省十堰市人，退休教师。中华诗词学会会员，十堰市诗词学会会员。作品散见于《农村新报》《中华诗词》以及微刊等。

西沟巨变

西沟四月正韶光，日暖风轻百草香。
碧水青山流逸韵，红花银瀑泻华章。
滩中选景成诗境，岭上含亭似画廊。
户户马头墙上立，家家美酒醉康庄。

秋日的百二河

清晨最爱步河湾，旖旎风光景万千。
绿叶携珠迎早客，清流映日绽娇颜。
秋芦飞絮扬白首，紫蝶噙香栖碧杆。
更有一波红扇舞，欢歌笑语唱华年。

临江仙·五一游郧阳同心广场有感

似锦繁花犹烂漫，红黄橙绿娇妍。馨香迎面沁心田。群蜂忙采采，蛱蝶舞翩翩。
是处顽童争戏闹。何妨春尽追欢。几番催促返家园，欲归还小立，搔首意悠然。

踏莎行·农耕

雨润花红，风梳柳翠，蜂飞蝶舞成双对。插秧播种抢时机，家家户户田间汇。
日落霞飞，牛归犬吠，灶台锅里红烧味。淡茶疏果犒辛劳，醪糟一碗心先醉。

高洪清

教师。随州市诗词楹联学会会员，曾都区诗词楹联学会会员，有诗作发表于《中华诗词》《中国楹联》《湖北诗词》等报刊。

闹元宵

十五玉盘娇，神州似画描。
高跷花样踩，腰鼓打新潮。
狮子龙灯舞，莲船彩轿摇。
汤圆锅里煮，美酒伴良宵。

临江仙·山乡春早

大地回青新万象，农田沃野春耕。归门燕子万家鸣，水边丝柳摆，舴艋一舟横。
涧壑岭峦飞白鹭，曦霞映伴歌声。乾坤万物尽峥嵘。山川烟袅袅，乡镇犬声声。

蝶恋花·春早图

柳絮飘空春早媚，涧唱溪潺，壑岭山依翠。百鸟争鸣田野魅，岩悬壁峭飞流坠。
香客迢迢阡陌至，暮鼓晨钟，深谷藏禅寺。鸡犬相闻如画醉，炊烟袅袅多诗意。

蝶恋花·白云湖春韵

万紫千红春景魅。剪燕穿梭，翻舞双飞翅。湖面游船童稚戏，渔翁撒网舒伸臂。
水岸垂杨丝柳翠。对对鸳鸯，交颈相依睡。白鹭凌空莺啭媚，亭台倒影游人醉。

高敬求

笔名秋爽，热爱书画、篆刻、诗词歌赋。

春　晓

晓见暖阳升，江边宿鸟腾。
舟行掀白浪，日照化残冰。
佳气林烟秀，春风岸草兴。
何人呈美意，只有老天能。

苏幕遮·春

笑明霞，无积雪。春色撩人，游客情怀切。园里梅花开不歇。杨柳风骚，雀集林中悦。

望行舟，观嫩叶。滚滚江波，日夜淘淘烈。灯灿楼高身骨结。作画吟诗，快乐消年月。

晓　行

天回和气花千树，节候逢春万物荣。
妙处寻幽香得意，超然解绿鸟传声。
东风吹拂园梅秀，嘉瑞随来晓日明。
莫笑诗痴游踏早，佳人更比我先行。

惊　蛰

微雨霖霖惊蛰寒，春雷未动雾烟繁。
风行不止湖波荡，日隐迟归野雀欢。
百草初新知节候，三农正发弄泥团。
游观山水田家乐，索句抒怀求万安。

高水明

湖北省武汉市新洲区人，新洲区诗词楹联学会会员，武汉诗词楹联学会会员。

晨 练

春风拂处柳如烟，桃李花开香满天。
举水河滩迷太极，无边思绪忆当年。

旧街花朝节

绿水青山映旧街，花朝节至客商来。
铺天货物新时出，盖地人烟沸鼎开。
路北高台歌曼舞，桥南大马驭童孩。
抖音微信留芳影，再赋新词乐快哉。

西江月·村行

油菜花开蜂绕，和风蝶舞翩跹。乡村旧貌换新颜，春播别开生面。
昨日荒丘野草，今时宽道桑田。机耕机种闹喧天，喜看家乡巨变。

西江月·涨渡湖

湖上清波细浪，园中湿地佳游。杉林赏景驾轻舟，一路鸳鸯作秀。
黄颡鱼儿肥美，引生多少乡愁。水乡深处起高楼，楼外枝繁叶茂。

高云

笔名云崖无边，湖北省丹江口市人，中华诗词学会会员，湖北省中华诗词学会会员，诗词作品发表于多家书刊，收入《国学教材教程》。

摘瓜人

七亩三分地，鸡啼五鼓辰。
胡家黄小狗，相伴摘瓜人。

仲夏歇凉趣记

东郊林树下，绿草卧阳西。
投石惊蛙跳，浑溪恐鸭啼。
嗡蜂追蝶绕，疾狗捉猫迷。
休说城中好，何如野外泥。

长相思·乡情

土屋房，竹屋房，庭院梧桐阴自凉。小河长又长。
李二娘，许二娘，芳草青青放牧羊。黄昏下夕阳。

清平乐·乡遇

闲时悠转，十里青山远。老树藤边稍懈懒，吼得三声吠犬。
闻风犬主调驯，才知同学登门。邀客提壶煮酒，星稀叙旧良辰。

宫金花

湖北省中华诗词学会会员，湖北省散曲学会会员，随州市诗词楹联学会副秘书长。随州市女子诗社秘书长。

浣溪沙·山村春景

日照晴峦映彩霞，山林滴露育新茶。清新秀逸景无涯。
李白桃红兰影倩，莺歌燕舞柳姿斜。农机垄陌话桑麻。

浣溪沙·茶姑

日丽云轻燕剪霞，蜂飞蝶舞戏丛花。春姑岭上植桑麻。
笑靥惊枝催翠绿，歌声动地种新芽。风香景美韵无涯。

蝶恋花·春华

一夜春风芳气吐，李白桃红，草木青油布。岭上新芽初溶露，轻烟诗色和光煮。
忽听花枝飞细语，一季繁华，百日莺啼序。喜看人间春永驻，浓情长寄尘寰处。

行香子·暮春

漫步河东，草绿芳丛。春光艳、蝶恋飞红。蛙鸣碧水，鱼戏漂萍。看鹭鸶欢，鸳鸯醉，水儿淙。
柳烟袅岸，杨花惊梦。叹时光、催老芳容。良辰将去，思绪千重。恋一笺诗，一幅画，一双鸿。

龚德银

号西水居士，湖北省中华诗词学会会员，冰心文化传媒副主任，诗作散见于纸刊及网络媒体。

家乡丰收图

秦巴处处染金黄，放眼田园赛画廊。
北面乌鸡鸣小院，西边红鲤跃高塘。
桂花不语迎人醉，橘柚含情待客尝。
且看年年秋色好，天蓝水阔是家乡。

端午见闻

五月榴花次第芳，熏风轻吻麦头黄。
清晨田妇煎鱼嫩，半晌邻翁裹粽香。
阵阵流莺飞细雨，家家煮酒过端阳。
书生今日多闲趣，读罢《离骚》读《九章》。

鹧鸪天·诗意西河

小小清溪一镜磨，青山竹影入琼波。草迷旷野花迷路，稻满平畴果满坡。
三只鸭，两群鹅，晴湖柳畔扭秧歌。乡村十里频欢笑，应是常居幸福窝。

行香子·十星农家

树绿西村，荷碧南塘，看不尽山色花香。家家户户，六畜声忙，正猪儿哼，鸡儿叫，犬儿汪。
入春种豆，逢秋采菊，笑浮生烟雨农桑。门头璀璨，星耀红光。喜苏家美，韩家富，李家强。

管桂英

中学教师。『我手写我心，我文抒我情』，喜欢用文字记录生活中的所见、所闻、所思、所悟。

家乡新貌

山寨风光似画廊，柏油大道绕村庄。
如梭公汽穿田野，不见当年泥土冈。

举水河边格桑花

格桑花海人徜徉，童叟城乡笑语扬。
水秀山清图似锦，国强民富乐安康。

观广场菊展

昔日黄花五彩妆，银丝老太抖音忙。
安居乐业歌昌盛，中华八方锦绣彰。

游武汉植物园有感

曾经野岭荒滩地，今日百科植物园。
欣看人工巧展智，中华处处舞蹁跹。

管家能

有作品发表于《中华诗词》《东坡赤壁诗词》《中华六十年诗人大典》等。

庭前紫薇花

丛丛簇簇窜枝头，露润阳浇艳欲流。
一片晕红胡着雨，香风凝梦幻洋楼。

雨中过丹桂园

一帘红雨湿心头，玉树琼枝空着稠。
天若有情天惜艳，怎将香气葬人愁。

大寒即景

无视霜寒伴雪开，北风频送艳香来。
群芳未报君先放，傲骨铮铮岭上梅。

管又明

湖北省黄冈市蕲春县人，网名沧笙踏歌，中华诗词学会会员。

观荷感吟

百亩湖塘一色栽，芙蕖万朵伴君开。
如花少女含羞立，入梦佳人带笑来。
月映罗裙留玉影，风摇粉面衬香腮。
出泥不与谁攀比，独上文坛夺首魁。

秋　雨

风摇叶落雁鸣秋，蜀地猿啼万壑幽。
四面蓝烟开画卷，一湖碧水荡渔舟。
星移牖户人如玉，雨打芭蕉月似钩。
梦里家山依旧在，红尘白了少年头。

寒　柳

风摇白絮满天飞，青眼招人素练围。
雪野云移梳玉鬓，河关日暮霭霜霏。
柔枝接露香流韵，瘦腕披霞气势威。
水巷春归含笑意，隋堤雀跃映星晖。

冬　菊

初冬沾露沐秋坪，雪拥河关冷气生。
月上琼枝妆秀色，霜摧玉叶没瑶城。
满园瑞日牵鸿过，十里香风引凤鸣。
霞映东篱留素影，花飞阆苑动诗情。

桂亚洲

湖北省黄冈市黄梅县人，湖北省中华诗词学会会员，黄冈市诗词学会理事，黄梅县诗词学会副会长兼文昌阁诗联会长。

过新安村

若逛桃源莫远寻，新安有景让人钦。
桥廊曲折溪流韵，石径回环花醉心。
几处文禽鸣树柳，谁家黄犬憩亭阴。
墙头彩绘名诗画，乐颂尧天雨露涔。

访问梅村

峰林蓊蔚草花稠，石径双边鸟唱悠。
溪涧潺潺声调脆，笙歌袅袅韵音柔。
金黄栈道银灯灿，水碧瑶池画舫游。
览旺寻幽犹尽兴，问梅村景竞风流。

乡　景

夏风拂柳舞姿柔，琼阁成排入眼眸。
满畈茱萸红映日，连天芍药绿铺畴。
田间山雀依腔唱，水里龙虾逐浪浮。
最爽莲荷花灿灿，乡村漫步乐悠悠。

瓜农吟

苗禾数顷叶如茵，拂面花香不染尘。
喜看东坡天映碧，乐闻夏日地生银。
瓜甜蒂熟心中美，客醉诗成笔底新。
科学施方兼善策，丰歌妙曲奏扶贫。

郭传龙

湖北省仙桃市人。湖北省中华诗词学会副会长，湖北楹联学会常务理事，潜江市诗词楹联学会会长。有诗联作品见诸《诗刊》《中华诗词》等刊物。

田　趣

初夏田园景物新，奔来诗眼意尤珍。
榴丹蒲翠荷风远，豆壮秧肥麦味淳。
柳下闲谈三辈事，虾池漫钓一叠云。
如今何故少忙月？现代农机耕作频。

采桑子·村头即景

田翁垄上心花放，遍地金黄。籽满芒香。
喜待开镰尽入仓。
村姑柳下欢声朗，比试衣裳。竞说描妆。
靓照飞歌寄远方。

咏　农

忙季耘农淡季工，朝沾野露晚披风。
归来小院一盅酒，笑枕温馨入梦中。

初秋游借粮湖舟上小憩

细浪拍舷岸语稀，凉风带水薄沾衣。
荷香袅袅催人梦，不与船头鹭鸟嬉。

郭志云

退休职工，湖北省中华诗词学会会员，通山县诗联学会通羊分会常务副会长。

题港口新村

庄连港口水连天，小筑如诗路似弦。
彩溢长廊环绿岛，波摇短棹戏红莲。
一湖景色游人醉，两岸沙汀白鹭旋。
摘朵云霞揉入酒，村头鱼馆品三鲜。

乡村即事

赤日炎炎未肯休，银锄挥动汗如流。
练摊频现提篮女，耕种难寻负轭牛。
当季园蔬呈五彩，应时鲜果亮双眸。
多篇韵律描农事，总把心声说旧愁。

咏　茶

白云深处是吾家，晨品和风晚饮霞。
雾谒枝头蜂戏蕊，蝉鸣叶底蝶亲芽。
泥炉慢煮三江水，诗友频分五岭茶。
也学兰亭吟雅句，隔屏犹咏四时花。

西江月·石宕村寄怀

南鄂明珠石宕，通羊模范村庄。梧桐引凤凤求凰，一派繁荣景象。
坦道纵横有序，楼群错落成行。频挥彩笔写华章，抒发豪情万丈。

管文华

爱好诗词书法。中华诗词学会会员，湖北省楹联学会会员，天门市诗联学会会员。天门市老年书法家协会理事。

步韵陆游《临安春雨初霁》遗址春晓

雨霁熙阳透薄纱，城垣泛绿著菁华。
通幽里弄红楼阁，拓邑亭边白杏花。
骚客踏青闲赋韵，游人赏景戏分茶。
遗园陶玉迷难解，众粉猎奇忘返家。

“月满中秋诗韵竟陵”晚会即景

缤纷炮仗绽云天，万达西江灯火延。
管乐吹簧惊玉兔，霓裳舒袖赛天仙。
拼诗兴起飞花令，竞舞蹁跹望月圆。
如织人流皆鼎沸，良宵美景乐无眠。

行香子·秋游京山吴岭水库

库水茫茫，松影苍苍。天高气朗鸽翱翔，沙鸥辗转，塞雁成行。更鱼儿跳，鸡儿唱，狗儿汪。
炊烟袅袅，村楼幢幢，鼓锣喧嚣炮声扬，新婚喜庆，一派和祥。正枣花艳，棉花白，稻花香。

〔中吕·山坡羊〕禾场一隅

金风拂叶，醇香飞泻。欢歌笑语声声悦。日西斜，乘凉些，翁俦煮酒淘星月。炫舞熊娘来戏爹，婆，品尽蝶；爷，醉步瘸。

甘纯才

天门市陆羽高中高级教师退休，湖北省中华诗词学会会员，天门市诗词楹联学会会员，天门市作协会员。作品发表于多家文学刊物。

三月赏春

东风和煦正佳期，李白桃红绽放时。
报晓黄莺常趁早，追春紫燕总嫌迟。
漫游碧水鱼嬉浪，喜赏芳园杏展眉。
陶醉自然翁不老，夕阳再度赋新词。

咏　菊

荷败叶枯时，黄花绽放期。
芳枝寒露润，玉骨冷霜滋。
簇簇激情语，丛丛励志诗。
盈香招蝶舞，雅韵恋秋痴。

清明雨

细雨点清寒，坟茔烛火残。
思亲风不语，孝子泪频弹。

唐多令·怀念故人

童稚耍篱边。古稀浮眼前。旧梦回、宛若今天。多少夜长清泪洒。终挂念、两情牵。
斜照忆当年。冷枝啼杜鹃。唤东风、再写思笺。蝴蝶采花桃杏里。恰似我、意缠绵。

龚良学

湖北省天门市人。天门市诗词楹联学会会员，中华诗词学会会员，湖北省中华诗词学会会员。雅爱诗词，作品散见于各类专业诗词刊物。

国家湿地公园张家大湖写景

秋来水落浅滩平，白鹭悠游爪印增。
赤膊顽童捞蛤蚌，飞篙老叟赶鱼鹰。
野荷色染云天碧，罟网纲横鲢鲤腾。
苇荡轻舟惊宿鸟，朦胧月影映渔灯。

春　播

薄云细雨送风凉，时至清明渐断霜。
牧野牛羊寻嫩草，耘田犁耙赶朝阳。
秧棚笑满谷芽翠，菜地香深花瓣黄。
但学蜜蜂勤酿采，便携春景绿洪荒。

〔黄钟·人月圆〕乡村皮影戏

艺师齐聚银屏后，投影舞刀枪，频操傀儡，轻敲云板，锣鼓铿锵。字正腔圆，韵行流水，出口成章。义夫节妇，忠臣孝子，立判玄黄。

过文学泉睹人捕龙虾

文学泉边水，清波碧草丰。
雾中垂钓线，荷下觅虾踪。
设局鱼争饵，收纲网不空。
舞钳张目怒，处处布牢笼。

高水明

湖北省天门市人。退休教师，自幼喜爱古典文学，天门市诗词楹联学会会员，湖北省中华诗词学会会员，湖北省楹联学会会员，中华诗词学会会员。作品散见于多家书报刊。

春　分

春分气暖地酥融，岸柳垂帘叶序葱。
麦孽增脂妆翡翠，菜枝压朵曳玲珑。
莺巢疏影馨香气，燕垒虬檐玉画宫。
黎庶勤蕲栽绮梦，耕耘沃野播清风。

咏油菜花

千手观音玉臂扬，仙簪菊萼巧梳妆。
烟浮碧野蜂偷吻，日涌黄金蝶恋香。
绝色橙心花粉醉，妙姿莲座蕊裙芳。
春酣沐浴阳光喜，夏嫁农夫实廪仓。

游凤凰古城

凤凰旅邸纳朋俦，夜幕星空灯火柔。
亭阁虹霓滋古韵，沱江碧水泛莹舟。
化妆女士苗家服，情调男儿湘寨留。
入俗随乡融一体，笙歌醉尔解千愁。

天门山过玻璃栈道

倚山挨壁谨严行，犹恐粗心失稳恒。
突兀峰峦祥瑞霭，苍茫碧绿黛眉横。
人间胜境奇幽险，眼下景观晶灿莹。
挑战唯须依胆大，不然枉到武陵城。

黄金辉

曾任湖北省中华诗词学会会长。中国作家协会会员，国家一级编剧。发表作品500万字，出版专著15种。

长江新镇潘家湾写意

分洪决口沙荒处，新纪容颜画笔描。
白里透红街面颊，绿中敷彩地衣袍。
长堤伸展劳劳手，高路回旋楚楚腰。
黛柳秋波湖岸望，盈盈眉眼更妖娆。

浣溪沙·燕子花

羽叶经霜早报春，呢喃燕语暖乡村。连田紫被绿茵茵。
花盛献身滋沃土，稻香垂首谢深恩。农人共命是知音。

宝鼎现·退田还湖

洞庭流脉，江水故道，斧头湖畔。千百年、荒滩野趣，夏涨秋干冬宿雁。地虽偏、有通江河港，连接武嘉二县。忆童年，捕鱼挖藕，度过饥荒苦难。
忽闻号令传霄汉。广积粮、备敌来犯。垒淤泥、造田围垸，磨烂了千锹万担。双季稻、也难超“纲要”，野鸭菱荷不见。更施加、化肥农药，生态失衡遗患。
还我多彩湖湾，环形路，四时画卷。野莲籽、萌发新荷，花开笑脸。两天鹅、黄昏约伴，蒲草遮帷幔。愿家乡、鱼跃鸟鸣，悦耳舒心久远。

黄细梅

笔名梅雨纷飞，从事幼教工作。中华诗词学会会员，湖北省中华诗词学会会员，通山县诗词楹联学会会员。

芒种有吟

青梅煮酒慰耕艰，劳碌农人未敢闲。
才插秧苗千畹稻，又收麦垛几重山。
浓茵蔓地无休岸，热汗潮衣有笑颜。
若得秋时仓廪满，权当大奖自家颁。

鹧鸪天·故里春雨

万缕银丝钓望江，半山春色雾茫茫。榱檐串起珍珠链，笋杪沉凝翡翠光。
弦美妙，曲悠长。泥花逗试放牛郎。日来一枕相思梦，多少深情植故乡。

卜算子·冬日回故里见邻院梅开有寄

一夜北风嚎，万木银装裹。半树虬梅骨傲娇，笑靥情如火。
笑不择时机，笑也无人可。我欲怜香抱画归，冷院深深锁。

定风波·情系雨山水库

雨后层峦万木新，一潭澄碧满铺银。忽有鹭鸥飞自下，如画，半湖鱼蟹半湖云。
还把诗心朝岸靠，停棹，野花争趣草成茵。贪色不知天已晚，回看，落霞渐瘦忘归人。

黄金洋

湖北省天门市石家河镇吴刘村人。湖北省中华诗词学会会员，天门市诗词楹联学会会员。

乐　农

锄地去开荒，田园寻乐章。
退休赋闲日，想嗅菜花香。

秸　秆

几代辛劳弃草堂，曾经茅屋建民房。
焚烧秸秆需思想，犹忆捡柴炊饭娘。

小寒偶悟

轻启篱门寒雀哓，悠悠蔓草渐萧萧。
岸边鹅静候冰破，水底蛙眠待暖潮。
金菊流连秋日景，蜡梅尤喜朔风撩。
何须柳絮迎春舞，自有桃红映面娇。

黄国兴

湖北省天门市小板镇人。中学退休教师，天门市诗词楹联学会会员。爱好诗词，多首诗词在《农村新报》发表。

漫步江滩

堤岸芬芳丹彩红，骄阳明媚灼春中。
雁声浩荡楚天阔，滩色缤纷诗酒丰。
尚有流莺栖树唱，堪将舞影伴音融。
夭桃着意惹人醉，缕缕清香入草丛。

农村新貌

骋怀晓畅踏乡关，极视平阡悦目环。
四野风声翻稻浪，几行网影筑虾栏。
青蔬着意园中造，白果萦情顶上攀。
圆梦路宽村变样，富民娱乐可休闲。

水调歌头·登黄鹤楼

徒步鹤楼上，扑面楚风来。长江逝水东去，举目望琴台。最爱龟蛇蜃景，赏羡古今壁画，历代有奇才。饱眼停留恋，翰墨孰能猜？

时光短，乡情远，思绪裁。沧桑岁月，觉似梦里醒惊呆。一过前尘往事，几度霜枫落木，此世值悠哉。且醉人间好，心性笑颜开。

韩秋桂

供电公司退休，武汉诗词学会会员，诗词偶见于《江流有声》《武汉诗词》《新洲诗词》等刊。

夏日乡村游

骄阳西下照山河，大地生辉锦绣多。
树绿青青芳视野，花红朵朵美心窝。
池荷田稻香飘晚，塘岸村边柳映波。
如画家园新景象，一边欣赏一边歌。

咏　秋

处暑炎威未减狂，金风幸得送新凉。
甘霖沥沥润园地，瓜果青青溢馥香。
新菊娇娆丹桂雅，蓝天芳美雁鸿翔。
栗莲月饼中秋贺，气爽云高好景光。

春游随感

花开春暖满田园，剪影闻香喜戏喧。
大道弯弯如玉带，车轮滚滚赛云帆。
青山着意随心伴，绮榭多情笑语欢。
美好风光观不尽，莺歌声里把乡还。

咏山茶花

生于岩石上，绽放露霜时。
寂寂香山野，娇颜如美眉。

韩远禄

湖北省武汉市新洲区人。中华诗词学会会员，湖北省中华诗词学会会员，武汉诗联学会会员。著有诗词集《齐安晚唱》。

早　春

梅林万点红，绿柳薄帘栊。
翠草噙珠露，牛耕燕子风。

油菜花开

香风曲道绿荫斜，二月农田开菜花。
借问春光何处好，黄金海上有吾家。

山　农

住隐深山云雾湮，溪桥对岸小桑田。
无须前去农家问，别是桃源一片天。

桃花溪

一河两岸彩云低，追蝶飞花影复迷。
最是春光留不住，桃花随水一芳溪。

卜算子·春耕

牛耕喘雾中，水响翁犁后。料峭春田透骨寒，泥湿沾衣袖。
燕啄垄边浆，鸡唱村头柳。一缕炊烟唤归来，解乏三杯酒。

胡才柱

湖北省十堰市竹山县人。湖北省中华诗词学会会员，偶有诗词作品在县以上刊物及网络媒体登载。

新　茶

一夜玲珑雨，青枝十万芽。
春山翻水墨，小巷试新茶。
碧落千杯少，香生二月赊。
寸心随驷马，直到故人家。

谷　雨

好雨依时动，春风久不争。
新秧苗叶小，大麦穗花盈。
十里消芳境，三山孕盛明。
留人听布谷，共我夏初声。

文峪河村圣母山风光

圣母千山绿，飞云万壑葱。
一湾松吐翠，半壁岭来风。
雾散群峦现，林开百鸟逢。
独临崖顶阔，坐看水长东。

初夏重游圣水湖

再赴兰亭约，庸城花渐稀。
风停前夜雨，雾沾旅人衣。
上堵呈门阔，平湖试水微。
谁于丹墨里，一棹破青围。

胡学华

笔名深山朽木。江汉油田退休职工。多家诗词学会会员，著有诗集《人生留痕》。有三百多首诗词入选《中国文学名家》等书籍。

荆楚人家

竹舞清姿挹晚霞，碧渠春水楚人家。
烟汀鸟唤桥头月，月挂庭前一树花。

月中吟

酣歌世味涤尘心，漫掷骚词向月吟。
虚阁半移江树影，嫦娥与我共清斟。

夏日风情

莲荷摇曳动香风，雨送新凉夏枕融。
黄鸟影横书案上，青蝉声入砚池中。
烟波散尽云归岫，彩带高悬鹤唳空。
向晚诗情宜善墨，余生好趁夕阳红。

听　箫

谁家玉管奏奇声，窈妙泠音荡晚庭。
恰似春光摇树绿，浑如月影入帘清。
心随雅韵牵乡梦，意绕朱弦动客情。
难把余生归旧隐，深山歧路汉阳城。

胡明

湖北省监利市人，湖北九润水利建设工程有限公司董事长，湖北省中华诗词学会会员，樱花诗书画社社员。

意无穷

呼贤约友聚乡中，入谷寻幽卷雅空。
山顶闲云穿妙境，松间凝雪傲苍穹。
且旋浩笔千言热，复咏朝霞万里红。
总有初心随我意，清茶一盏趣无穷。

吟洪湖

洪湖两岸是家乡，沃野千田荷藕香。
鹅鸭戏芦蛙语闹，鱼虾洑水白鸥忙。
喜看绿稻连村镇，欣唱红歌彻鄂湘。
鱼米丰收林柳乐，诗吟大地醉斜阳。

北山红叶

老秋霜叶醉颜红，一片林迷绿野空。
此季风花何作主，北山乌柏意无穷。

结社踏春

山峦叠翠远连天，丽日更将思绪牵。
胡氏人家今古地，卷云横扫霸凌鞭。
千田花海起新景，万亩茶坡忆旧缘。
结社吟诗且为乐，三杯美酒醉春烟。

胡新红

网名红月亮，湖北省作协会员，湖北省中华诗词学会会员，湖北省楹联学会会员，老河口市文学研究会秘书长，出版个人专集《美丽的错误》。

阿娇创业

青山老屋水车忙，绿色氧吧黄酒香。
锁定阿家能创业，放开一搏又何妨。

访太山寺

是是非非非亦是，真真假假假藏真。
祈求世上缘难了，唯愿凡间广种仁。
宝刹生辉浮气净，梵音惊散梦游津。
今生常恨不由我，苦海欣逢摆渡人。

行香子·江滨

徐步江边，春困鸥闲。柳如洗、清汉潺湲。香飘画舫，洁净华轩。看燕儿戏、蜂儿舞、孩儿欢。
镜头换转，四十年前。叹萧条、迷雾寒烟。复兴改革，激活河山。赞前人树、今人福、后人传。

西江月·踏雪遇梅

飞舞银花谁洒，画船泊岸成行。风中似有一丝香，总引收寻探往。
俗酒平平无味，扶头步浪心慌。蓦然扑面迎幽芳，惊与红梅对望。

胡义忠

中华诗词学会会员，蕲阳诗社理事，蕲北诗社主编。

送春联下乡有感

你铺红纸我挥毫，年味浓浓不用调。
送往农家添喜气，先它春色上眉梢。

马踏石村

竹绕楼台柳绕村，小桥流水古风存。
清泉携梦出山去，浅浪悠悠送锦鳞。

重游李山村

廿载来寻旧地游，恍疑仙境下云头。
梯田斜挽青螺髻，瓦屋新翻碧玉楼。
几座松亭招远客，四围烟岭引吟眸。
绿茶才露尖尖角，也送清香把我留。

鹧鸪天·土库村观感

河似长绸垸似珍，重峦如幛两厢分。北围稻熟农家乐，南岭茶香鸟语欣。
楼宇靓，路桥新。街灯扮倩小山村。田头偶遇扶贫户，一笑眉开脸上春。

胡向前

湖北省中华诗词学会会员。作品多次在『天籁』杯中华诗词大奖赛等国内外诗词比赛中获奖。

醉美三春

一季花香锦簇堆，浑然草绿醉红埃。
溪前不负游鱼约，亭下相呼飞鹭来。
冉冉时光闲老叟，声声鸟语戏童孩。
登楼远眺烟霞起，明媚三春云水裁。

春情荡漾

滚滚东流醉大江，倾情不息乐逢逢。
风清水碧山川阁，柳绿花红唇齿邦。
高会泉声同步野，低吟月色共摇窗。
弹琴问字横生趣，举案齐眉形影双。

题桃花

沐浴东风意未央，欣逢微雨醉衷肠。
千寻浅碧轻柔照，一季嫣红艳丽妆。
在野相思眠月影，经年独立咏春光。
芳华正茂因君美，邂逅勾魂令我狂。

春游武穴仙人湖

寻春赏景赞余川，一路风光乐胜仙。
天地清新肝肺润，湖山神妙魄魂牵。
四时点翠今生色，三月如歌自骋妍。
旷远斜阳渔唱起，幽深古寺梵音传。

胡长虹

湖北省黄冈市蕲春县人。湖北省中华诗词学会副秘书长。蕲春县诗词学会常务副会长，《蕲阳诗词》执行主编。

晚　归

才收南山麦，又种北山芋。
仙台鼓三挝，遥报楚乡暮。
长昼良苦辛，归途亦多趣。
芳林鹃鸟啼，窥人奔野兔。
落照满岩壁，蘧庐一角露。
柴烟冉冉升，小儿绕炊妇。
斯也是吾家，偏隅细呵护。
所祈身康健，温饱衣食具。
回望人间世，五噫莫轻赋。

夏　夜

移榻繁星底，来贪午夜凉。
在山泉自洌，习静意何长。
风漾稻声碎，滥浮松叶香。
绝怜眉样月，细细洒清光。

大桴小镇

一水中分壑，来涵世外天。
梯田黄涌稻，瓦舍碧浮烟。
况与仙台近，非惟栗里偏。
羡渠真得地，长傍在山泉。

郑山村暮眺

梯田缘峻岫，风稻泛如潮。
落照双黄犊，秋旻一皂雕。
地幽民转朴，物匮寿偏饶。
鲐背谁家叟，扶筇过石桥。

胡祖仁

湖北省荆州市公安县人。中学教师退休，爱好诗、词、楹联创作，有作品获国家级奖。

送文化下乡赞

文化下乡忙，美篇贴满墙。
诗吟山水秀，联赞国民康。
抒发情和感，弘扬善与良。
农家添喜气，无处不风光。

赞农村新型产业

农改加宽致富门，田间丰貌眼看昏。
橙黄橘挂高高树，粉白荷封朗朗村。
稻菽堆圆平野梦，龙虾钳足市场魂。
新型产业红胜火，党性民心永是根。

观淤泥湖秋景

泥湖美四围，数景动心扉。
龙口烟缠岸，蓝桥月映辉。
暖波催鲤跃，轻浪引鸥飞。
舟借风流便，渔歌带晚归。

孟家溪新貌

点赞孟溪精彩多，地灵人杰世风和。
田园市井开新卷，虎渡泥湖泛碧波。
瞻仰花台车塞路，观光古镇客穿梭。
而今圆了旧时梦，水也笑来山也歌。

黄道纯

中学高级教师。中华诗词学会会员，湖北省中华诗词学会会员，潜江市诗词楹联学会会员。著有《镜子诗集》。

漫游乡村

香染田间金满地，醉人景象醉全球。
秘传菜谱华筵点，非遗村居古迹游。
鱼鳖俏销穿陆海，蚕桑特产赚丝绸。
分红小曲开心唱，惊艳瑶池舞更优。

藜蒿吟

一

天生丽质出泥沙，扦插枝条发嫩芽。
叶脉芊芊腰挺直，根须皎皎茎无瑕。

二

偏洲孤野皆钟爱，福地青天不羡奢。
爆炒烹汤身价贵，疏肝理气显奇葩。

三

暑蒸霜打根系旺，芳香四季竞风华。
天然酝酿维生素，优质乐开长寿花。

黄小遐

湖北省武汉市人，政协文史工作者退休，湖北省中华诗词学会常务理事，武汉诗词楹联学会副会长。有《江畔寻吟》等集。

参观新洲区三店瓜蒌种植基地

金风吹熟一园秋，笑指田间果正稠。
杜牧今来不问酒，龙丘道上看瓜蒌。

农家竹枝词

一

椿树蓬头种早秧，时逢谷雨采茶忙。
快耕快割声声叫，小满十天麦上场。

二

荸荠挖了整闲田，油菜栽完歇垄边。
腰里手机嘀嘀响，丫头城里问平安。

重游涨渡湖

百里湖乡起玉台，沐家泾畔禹门开。
林栖白鹭鱼吹浪，路接飞桥车走雷。
五水悠悠诉兴替，双流历历总潆洄。
莼羹黄颡儿时味，笑指渔舟我又来。

黄光文

屈原故里茶农，湖北省中华诗词学会会员，宜昌市屈原学会会员，宜昌市楹联协会会员，三闾骚坛常务理事。

早　春

霹雳春声百蛰惊，红肥绿瘦又欣荣。
南归紫燕穿新柳，牧笛悠悠伴早耕。

端　午

设馔招魂祭祀忙，悬菖解粽觅端阳。
怀沙饮恨千秋远，遗俗至今存楚乡。

盛　夏

蝉噪声声催夕阳，渔舟唱晚泛金光。
畦田忽而翻新浪，几缕稻花飘远香。

庆丰收

丰收画卷醉斜阳，载舞讴歌乐故乡。
抬眼千山梨柚熟，回眸万顷稻粳黄。
高粱玉米家家贮，板栗花生户户藏。
且喜农村新面貌，石岗荒岭变粮仓。

屈原故里碑廊有感

贤杰骚人聚屈乡，言真意切赋辞章。
篇篇悲愤诉奸佞，字字倾情颂栋梁。
巧匠丹崖镌雅韵，拙工碧涧藏幽香。
三闾八景扬今古，故里新诗入画廊。

黄红梅

随州市女子诗社副社长，随州市诗词学会理事，中华诗词学会会员。

迎　春

接福迎春至，临屏意兴殊。
满庭芳出彩，百字令联珠。
鹊闹和风暖，冰融残雪无。
一枝今撷取，敲韵喜同途。

卜算子·乡村诗社

云淡碧空高，日照轩窗外。风送平平仄仄声，正办诗词赛。
韵用旧和新，题为乡村爱。茧手无妨律不工，大作篇篇晒。

西江月·山村放牧图

溪畔零星散落，坡边三两成群。铜铃悦耳响山村，一串欢歌领引。
牛角托轮斜照，羊毫蘸朵晴云。濡霞点染小阳春，迈步康庄蹄奋。

南乡子·秋收

八月喜家乡，田野无边稻谷黄。机器不时来往过，收粮，山路欢歌载夕阳。
丰粒要归仓，习习金风送晚凉。地面妻清夫扎袋，相帮，悄悄云空现素光。

黄金广

黄梅县诗词学会常务副会长，黄梅县诗词培训班教师，《流响诗词》网刊执行主编，黄梅诗词网管员。

西江月·杉木桥

今日通衢大道，古时杉木平桥。迎来送往一朝朝。秋月春阳凭照。

两岸稻香花絮，一河碧水洪涛。烽烟过后又逍遥。风物人文瑰宝。

水调歌头·泊许河

窗明茶桌净，亦屋亦轻舟。暂留稍憩，日光摇影水光浮。翠幕风帘飘动，湿地芳花绿草，一片足清幽。澄宇镜中显，碧野画图收。

举茶盏，闻茗味，品名优。开谈俗雅，切景明意即风流。往事新闻笑料，百合香蒲八角，野雉伴沙鸥。心净如明水，目朗对河陬。

临江仙·题《东观阁赋》篇尾

高阁临湖迎鄂皖，招云遥对匡庐。鸡鸣三省共平湖。水吟吴楚韵，文展宋唐图。

日出东观光禹甸，月归重现东隅。流光轮转运玄虚。霜风催雨雪，烟柳弄芙蕖。

初游下新镇

午后驱车赴下新，秋光熠熠正宜人。

参差屋舍依形建，曲折街衢就势伸。

港汊湖塘莲藕硕，秤锤园圃古林珍。

村头壁画飞鸿雁，湿地原生处处殷。

黄远君

现任随州市总工会党组成员、副主席。系湖北省中华诗词学会会员，湖北省楹联学会会员，随州市诗词楹联学会会员，曾都诗词楹联学会顾问。

望铁山红叶

一望无边漫棘丛，枫萦遍野任西东。
几分凉意秋霜染，傲骨心花万点红。

初冬到洛阳

乍暖初冬到洛阳，斑斓色彩满山岗。
乡风民俗胡河好，屋后房前圣树黄。
指引行踪童子乐，推销特产老翁忙。
游人争秒留佳影，食店虔心备美汤。
致富攻坚休止步，农村崛起有希望。

秋　收

日升寒露散，昱是耀晖光。
丹桂生秋兴，高粱飘酒香。
果丰招客远，稻熟俯头长。
千亩机声震，四方收割忙。

五一节游广水三潭有感

游览三潭子女邀，晚春时至艳阳骄。
驱车疾速征途累，漫步轻松意趣逍。
暮鼓晨钟陪寺静，飞流叠翠媲绸娆。
金巅过后有高处，更胜杨公看此朝。

霍丽华

网名雨佳，武汉人，湖北省中华诗词学会会员，愿用真诚的心去感受大千世界，于文字中寻快乐。

探　梅

瘦骨卓然临水发，未污铅粉著霜姿。
风中雪里勤相探，聊解经年别后思。

供　梅

虬枝淡影出朱栏，香雪东风吹易残。
长夜倩谁消寂寞，折来更向案头看。

老　屋

岁月不经风雨摧，门扉荒闭覆青苔。
老槐空寂摇疏影，篱畔黄花犹自开。

念奴娇·庐山游

石阶斜上，绝高黄昏近，小立栏杆。袅袅金风吹岭叶，染尽霜露斑斓。鸟啭溪潺，云飞雾绕，纵目览千川。玉轮清皎，分辉天地婵娟。

嗟叹佳景浑成，良辰当此，邀月共陶然。万事悠悠皆自扰，人世难得清欢。流水东西，浮云来去，回首梦中看。千秋谁在？一樽还敬青山。

何明龙

退休干部。中华诗词学会会员，湖北省中华诗词学会会员，湖北省诗词楹联学会会员，《崇阳联诗》常务副主编。

观七彩油菜花

历历繁花著眼明，游蜂戏蝶舞轻盈。
殷勤种得芬芳色，七彩人生任雨晴。

远陂堰

高堰珠飞竞自由，小溪欢唱绕良畴。
丰收调里波光漾，菊盏香飘醉晚秋。

清平乐·赏菊枫树村

清霜薄著。白露珠光吐。雅兴驰怀车破雾。笑语盈盈菊圃。
花须且放还收。蜂儿结伴香偷。但喜农家汗水，凝成一抹浓秋。

清平乐·夏访谭家村

南风细细，四面山光翠。碧水一湾消暑气。鹊唱蝉歌竞技。
葡萄架上飘香。车间巧手争强。醉看祖孙嬉逗，琼楼笑捉迷藏。

胡光夫

崇阳一中退休教师。中华诗词学会会员，中国楹联学会会员。有作品获全国诗词大赛奖。

六月茅井村看荷

池波荡绿藕缠身，结个荷苞送与君。
一担清风桥上过，更多惦记是红裙。

清　明

庭前伫立听春声，花约春风春钓莺。
雨洗嚣尘心更净，修身难得是清明。

秋夜田趣

暮色紫云生，提灯竹篓轻。
肥田咕石蛤，细叶漏秋声。
钩探鲇鱼嘴，手滑黄鳝惊。
歇来生野火，酱醋不调羹。

生查子·大岭野樱花

久闻岭上樱，今识山花面。搔首撒娇容，红白匀相间。
红牵心里情，白结缘中愿。稍息小春山，也算今生恋。

清平乐·乡中偶遇

新晴趁午，歇脚停云浦。满眼山花闲不住，香入莺啼深处。
小桥架起春风，平溪淘洗欢悰。猛地沉鱼跃起，微波溅溢羞红。

黄龙岗

湖北省咸宁市崇阳县人。中学高级教师，中华诗词学会会员，咸宁市作协会员。已出版文集《银杏缘》、诗集《湾畔吟稿》。

即 景

白鹭成双对，飞停在畈间。
斜阳亲碧草，牛背享悠闲。

观徐家垄荷田

门前田垄改荷塘，一片清波漾靓装。
夏日摇红标异格，莲花正与稻花香。

漫 步

波光熠熠小河滨，远把尘嚣抛后身。
柳上黄鹂闲几个，一群牛犊戏三春。

乡下种菜

告老即回乡，春秋种菜忙。
零星如掌地，百味润诗肠。
大粪东家给，瓜秧北屋帮。
笔耕疲惫后，去看满园芳。

渔歌子·捉鲫鱼

门口沙滩白鹭歌，悠悠流水鲫鱼多。勤起网，早离河，鱼汤鲜美溢砂锅。

胡金华

湖北省汉川市田二河镇人。湖北省中华诗词学会会员，汉川市诗联学会会员，有作品发表于《农村新报》《孝感晚报》等媒体，作品曾获奖。

田二河小学校园

校道栏边树几行，晨迎朝旭沐阳光。
鸟歌清脆书声伴，蝶梦鹏程浩宇翔。

田二河镇燕子村付家台长廊

村桥流水碧青青，翰墨书香拂面轻。
燕子付家添古韵，长廊慢步动诗情。

田二河美丽九州村

碧塘潋滟映蓝天，栈道栏桥上霭端。
日照鱼游鸭戏水，风拥苇荡雀撒欢。
翠萍荷叶摇青盖，金藕蓬莲蓄脆甜。
娇媚芙蓉出浴际，瑶池仙女下凡间。

办年货

市场年货溢芳香，喜庆农家采撷忙。
绿色山珍随兴取，有机特产尽情装。
买张剪纸裁如意，写副对联蕴吉祥。
车载手提歌一路，欢声笑语遍城乡。

胡采云

湖北省汉川市人，中华诗词学会会员。崇尚终生学习，不断提升自己。

六月雨后

绿杨如洗水波欢，雨后风光着意看。
羡彼鸟儿何小巧，啁啾跳跃戏荷盘。

夏夜农民工赞

机声试八音，吊缆拽星沉。
双手磨成茧，汗珠泱背淋。
高楼平地起，质量胜如金。
辛苦侬来受，温馨千万心。

湖乡春景

骑车湖汉访三农，春雾氤氲暖气融。
远望良田冬麦旺，近观庭院绿篱荣。
清波伏网含林树，碧野飘香引鹭鸿。
生态复原成产业，蟹欢鱼跃乐年丰。

郊区初冬

郊原陇亩断尘哗，度陌穿阡意兴赊。
风影动时无定树，云烟淡处有啼鸦。
翩翩白鹭依池水，历历红枫映日华。
更喜平田饶异致，纷呈五彩染棉花。

黄四红

湖北省汉川市田二河镇人，爱交友喜诗词。系中华诗词学会会员，湖北省中华诗词学会会员，孝感市作家协会会员。作品散见于《农村新报》等多家媒体。

插　秧

村前榆柳舞青枝，垸下犁耙水响时。
最是农家施巧手，一行新绿一行诗。

冬日原野

一望无新绿，旷原冬已深。
塘寒漫宿雾，气肃压嚣尘。
沃野耕畴远，银鹰播种匀。
生机藏地底，万物寄来春。

暮春游黄龙湖

寻趣名湖四月天，组团驴友兴悠然。
莺啼蝶舞浓荫处，翠涌云蒸秀岭巅。
凫掠烟波开画卷，风摇疏苇荡诗田。
返程不舍频回首，红日低悬柳岸边。

卜算子·冬日野岭

芭蕉不喜绽娇花，只展青青叶。身处丛林难恣怀，落寞无从说。
夜半抖寒霜，未许清思绝。风弄疏枝是为谁？对影天边月。

韩高仲

湖北省中华诗词学会会员，监利市老年书画研究会会员，曾任监利市荆台诗社主编、副社长、社长。

故乡古韵

监利地灵遗迹多，华容古道放曹坡。
离湖屈子吟骚赋，报国申公谋伐柯。
涌月璇台听鸟语，濯缨泽畔答渔歌。
章华锦水名天下，轩井流霞映白螺。

诗　趣

静伴青灯苦捻须，老翁提笔怨辞枯。
选题立意慎敲韵，酌字斟章巧串珠。
可效谪仙狂饮酒，莫循南郭滥吹竽。
潜心凑就巴人曲，信步轻盈自乐娱。

重阳节六十感怀

岁岁重阳步律临，东篱寄语诉胸襟。
处行自负澄清志，经世当怀博爱心。
利禄功名淡若水，情操气节重如金。
书山寻梦读骚赋，目尽沧桑鉴古今。

黄希毅

笔名毅然，湖北省监利市人。中国书画家协会会员，湖北省老年书画家协会会员。有诗词、书法习作见于报刊及网络。

咏　菊

挺秀傲严霜，金英盖地黄。
眷心邀雁阵，撑起一秋芳。

咏　桂

露冷桂香幽，含风沁寓楼。
温馨千里月，抖落一帘愁。

咏　竹

挺立风云里，虚怀掩碧涛。
凌寒撑劲节，沐雨秀清操。

半岛观海

浪卷海天高，云回风棹豪。
衔觞犹激荡，醉也涌诗涛。

暮春临窗

柳影曙烟蒙，遥青隐落红。
听莺三径雨，看竹一帘风。

何朋新

湖北省天门市人，知青下乡时期曾任农科员，当过车间主任。热爱美术诗词，曾在《中华诗词》《湖北诗词》等刊物发表作品。

庆丰年

夹岸烟花年味浓，小孙点炮乐其中。
天冲一柱河边响，焰散千姿田野红。
奇彩灯光邀皓月，迷藏柳影戏顽童。
通宵欢庆东方亮，最盼农家五谷丰。

春游西湖

一路披霞闻笛箫，波光雀影弄春潮。
唐人街郁樱花道，紫竹林环雁叫桥。
莲叶嫩簪泅半水，瓦廊翠柳绿千条。
茶经楼畔多宾客，雨后诗乡景色妖。

癸卯大雪

你无大雪我无诗，后院叽喳鸟乱啼。
丹桂枇杷香路客，玉兰茶蕾侍春枝。
黄金铺地冬留影，暖气回阳心觉奇。
四季最尊天上月，自圆自缺惹人思。

后园春色

春分时节赏花红，鹊噪莺飞杨柳风。
雨浴千枝关喜气，鹰翔万里博苍穹。
时通福运前程广，事顺家和硕果丰。
欢聚开怀无限乐，金杯曲酒笑声浓。

何志敏

湖北省天门市人，天门市诗词楹联学会会员，湖北省中华诗词学会会员，湖北省中华诗词学会散曲分会会员。喜爱诗词，醉心写作，部分作品被省市级报刊采用。

春

霁色浮移舞玉纱，莺歌婉转喜春华。
东风浩荡开新宇，瑞气流连护嫩花。
雅性晨曦三盏酒，清心夜月一壶茶。
踏青时节友朋约，诵古吟今聚我家。

绿　韵

绿野平畴一望收，春风拂面送芳柔。
轻烟缥缈青山外，鸟语花香入画楼。

相约湖心亭

柳舞花阴醉，波清紫燕飞。
温香传絮语，眉眼映春晖。

天门谣·拂晓痴迷翁

斜月窗台照。倚床座，偶闻啼晓。摇笨脑。皱眉搜辞藻。
叹老叟才疏存货少。未见奇辞书纸稿。吾亦笑。朽笔弄，独欢此道。

何红梅

中国作协会员，中华诗词学会会员。著有诗词集《疏影横斜》《素心听雪》等。有作品曾获奖。

春登李集岛

将船登岸现渔村，桃粉菜黄蝶舞纷。
犬吠鸡鸣迎远客，隔花啼鸟唤行人。

自　题

自许青山绿水田，何妨门外市声喧。
个中静守清心地，也种梅花也种莲。

减字木兰花·晨起见梅花初绽

晨间寂寂，疏影扶帘多画意。画意生姿，赠我清欢写清词。
清词只为，绿萼朱砂宫粉醉。醉自悠长，养性成梅喜冷香。

摊破浣溪沙·小院即景

几树芭蕉共碧荷，绣球满院慢消磨。行看闲鱼云在水，绿生波。
最是蝶从花下过，风车茉莉玉一窝。香绕琴声风送远，意婆娑。

菩萨蛮·与己书兼赠诸友

白驹过卷流光事，行来多少得失字。回首百年身，如烟了了痕。
生活淡淡味，淡味应为最。缘浅或缘深，只惜一个真。

纪道双

中国楹联学会会员，湖北省中华诗词学会会员，湖北省楹联学会会员。诗词楹联作品入选《中华六十年诗人大典》等。

过新年

时鸟闹山洼，湖堤柳绽芽。
彩灯诸寨靓，玉阁满庭花。
漫品东坡肉，闲泡西凤茶。
楹联红小院，祝福大中华。

堰口村嬗变

堰口姣容近有闻，桃源胜境赞新村。
绿荫庭院家家乐，明净街衢日日臻。
捧阅银丝欣雅聚，围观星榜比精神。
昔居山野今临邑，岁月变迁惊艳人。

合和山俯瞰竹溪县城

仙关雨霁伫楼头，赤县风光一望收。
绿水蓝天流楚韵，雕楼花陌慰乡愁。
龙山诰轴烟霞照，关垭长城珠客游。
原杰当年申论处，蒲林郁郁正清秋。

武当山晚秋

秋至豢山大气凉，玉道琼林景异常。
寻径云端金顶雪，问经墟外紫霄霜。
古槐乌桕晴天舞，银杏榔梅洞壑藏。
鸦岭偶观灵鸟影，清音欢唱绕仙乡。

姜　奎

湖北省十堰市竹山县人，中华诗词学会会员，竹山县诗词楹联学会副秘书长。经商，偶有作品见诸报刊。

金秋即景

长天一色贯金秋，明月清风格外柔。
丹桂香浓十里沁，红枫叶艳百花羞。
山高静寂宿鸿雁，水浅澄莹翔海鸥。
稻米灿黄铺沃野，丰年喜庆遍神州。

秋丰

谁借丹青妙笔功？描摹四野绿黄红。
枫林霜染花羞色，桂子香飘味愈浓。
万里晴空深海似，一轮圆月九州同。
画师泼尽平生墨，难胜清秋五谷丰。

青玉案·情寄高考

青葱年岁扬帆起。正六月、才花季。志在凌云怀梦笔。书山驰骋，登科及第。不负拼全力。

莘莘学子情怀寄。使命肩头不言弃。愿顶苍天情立地。程门立雪，借光凿壁。抱负同激励。

水调歌头·协力建家园

舵手蓝图绘，宇宙展新颜。高楼林立，白墙红瓦映蓝天。舰艇远洋四海，筑梦神舟寰宇，科技显高端。天地一幅画，人在画中间。

敢担当，怀远志，共清廉。一呼百应，砥砺奋进治国严。打虎拍蝇惩腐，除恶扫黑治霸，百姓故心安。沐浴清风里，协力建家园。

蒋运泉

湖北省丹江口市人。中华诗词学会会员，湖北省作家协会会员，湖北省中华诗词学会会员。曾任《武当》杂志社社长、主编。

芒种忙

孟夏熏风麦穗黄，机鸣刀割八方忙。
农夫汗水落丝雨，金粒盈车归谷仓。
稻菽秧苗铺墨绿，鼓蛙菡萏弄池塘。
桃红杏橙丰收季，煮酒青梅溢冽香。

春山行

流翠群峰换美颜，东风漫过艳阳天。
野花灿烂随心笑，溪水逐波恣意欢。
嬉戏猿猴攀老树，破寒竹笋伴幽兰。
诗翁访友寻芳景，清露沏茶乐似仙。

晚　秋

金风漫过莽原黄，橘绿橙红稻菽香。
鹤鹭飞旋亲汉水，赤枫飘洒染禅房。
残荷孤影留遗韵，芦苇群芳结莹霜。
墨菊傲寒凝玉洁，老翁品酒醉斜阳。

武当春意浓

万花梦幻武当藏，叠翠浓妆绽馥芳。
采药道童忘返路，炼丹仙长醉禅房。
华桑似锦迎朝露，林霭如烟送夕阳。
钟鼓悠扬春满韵，空山明月品兰香。

蒋尚安

湖北省中华诗词学会会员，十堰市诗词楹联学会会员。有作品在《湖北诗词》《广东诗人》《荆楚田园》等刊和网络平台发表。

春　日

东风春日留，绿意染江州。
水暖涧溪美，花香原野游。
梨园新蝶影，牧笛老牛喉。
苗壮农人笑，挥镰在夏秋。

春山下的老家

老屋旁边丈外溪，方方蔬菜绿黄畦。
远山布谷鹃啼紧，犬鸭鹅鸡声不低。

秋天山乡

秋来处处扮秋妆，枫叶山川燃赤光。
莲渚尚留湖水里，菊篱齐绽野风香。
连村屋舍归家乐，万亩田园满地黄。
自在回收游牧鸭，喧声入圈膘肥羊。

鹧鸪天·桃源村

朵朵桃腮映暖阳。红装十里一村庄。莺啼竹海满天秀，蝶恋花心独自芳。
萱草翠，玉桃香。市街别墅步长廊。客随君意来山寨，世外桃源醉楚乡。

江勇

就职于湖北省丹江口市税务局，中华诗词学会会员，湖北省中华诗词学会会员。作品散见于《中华诗词》《税苑》《农村新报》等报刊。

鹊跃柿枝

碧叶随风尽，唯留霜柿红。
鹊来忽又去，翘尾在枝东。

郧西仙河沙沟村

十里仙河十里塘，田畦万亩稻花香。
雕桥吐浪翻青卷，荷叶迎风舞小康。

阳春故里醉春花

何处春红飞满天，暖风酥雨润无边。
杏花村里说花事，醉在芳菲疏密间。

沧浪橘海看丰年

霜红乌桕水生烟，人闹车喧破晓寒。
连岸橘橙千万树，流金铄玉又丰年。

西江月·杏花村

三月纷纷杏雨，金秋粒粒猕桃。一川烟水百田浇，民宿依山俊俏。
美丽乡村在建，八方宾客相邀。莫疑梦里老家招，唤起乡愁袅袅。

金启华

退休教师。湖北省中华诗词学会会员，黄冈市诗词学会会员，黄梅县诗词学会会员，子曰诗社社员。作品散见于省诗词报刊和诸网刊。

江上渔者

夕照穿云铺水中，浪推百舸接江风。
一家生计比天大，甘愿寒冬帆挂空。

谷　雨

星移斗转竟分明，谷雨终霜百草生。
点豆种瓜香十里，吃椿作茗醉三更。
相期结伴花王赏，岂料忘归春色倾。
但愿天人皆顺意，万家喜见物峥嵘。

晚秋吟

露冷霜寒落叶红，荻花泛白舞真功。
雁翔天际豪情壮，菊笑篱边故事丰。
硕果垂门民最乐，新蔬到市梦无穷。
一年好景深秋至，策引三农举世崇。

渔家傲·小雪

十月阳春春意闹，霜寒残菊犹含笑。雁阵写人天外杳。真美妙，叶黄枝秃归根到。
藕壮荷枯泥里找，麦苗油菜青青小。田野换装农家傲。陶醉了，粮多仓满丰年好。

姜大同

笔名朝颜、听笛斋主、三自堂主，荆台诗社社长、湖北省诗词楹联学会会员。爱好诗词，诗作省内外均有刊发。

咏梅花

寒梅傲雪映山峦，雪映山峦美誉传。
传誉美峦山映雪，峦山映雪傲梅寒。

咏兰花

已享人间第一香，更期饮露铸青霜。
雾霾如若重掀起，仗剑舞风一扫光。

咏荷花

处污不染竖高标，怀雅抱幽守洁操。
时下炎炎违节令，残身何顾舞风潮。

咏菊花

牡丹艳丽惜阴少，月季风流忌雨多。
唯有秋翁无憾语，历霜过雪任华佗。

景桂芳

网名芳紫婕，中华诗词学会会员，湖北省中华诗词学会会员，武汉市诗词楹联学会会员。写有长篇纪实文学《那些年那些事》。

观雨后樱花

我与樱花结缔缘，纷飞夜雨落庭前。
芬红耀眼珠玑地，应是芳华岁月天。

踏　春

春风旭日蝶园翩，满目金花柳叶鲜。
结伴东湖宛若画，开心喜获梦中仙。

赞红梅

红梅绽蕊映丹池，满树清香润雪肌。
若得家屋常寄放，携君聚首更相宜。

季节与乡愁

季候随风变幻云，寒霜尽染绿林裙。
遥知旷野新枝蔓，暗想孤村嫩叶熏。
莫道乡关怀旧客，须知驿路作新耘。
何时梦有孩童乐，到处园开早岁勤。

亢春玲

汉江集团退休职工。爱好摄影和写作新诗。诗作多次刊登在《汉江集团报》、《沧浪雅咏》、『丹江口诗联』公众号上。

望　春

轻寒薄暖暮云天，残雪红梅相伴怜。
远眺山坡油菜绿，春风织锦又一年。

赞晟成农业科技示范园

喜看棚室阔无边，菜豆瓜肴品种全。
立地西兰花秆壮，垂棚圣女果实甜。
无灾少药无公害，有被轻膜有绿签。
游乐采摘成立体，保鲜保质美名传。

雪中所见

琼花不吝落均州，举目银装裹素裘。
路阔车稀人翼翼，原辽树闹鸟啾啾。
孩童雀跃滑冰快，老者从容烤火悠。
更有橙衣和绿警，挥锹护岗遍街头。

寻　拍

虹桥冬早路人孤，树杈横斜芦苇枯。
明月巡天星眨眼，野鸭戏水鹭鸣湖。
手执肩挎寻机位，意定心专摄画图。
绯艳霞光铺愈盛，催得晓日跃山出。

康少荣

湖北省潜江市人。退休警察，戴湖诗社特约评论员，爱好文学，文学作品见于《芳草》《中华诗词》《中华辞赋》《中华散曲》《湖北日报》等。

癸卯访群联村半夏种植基地

昨夜春风将雨邀，正值墒垄好巡苗。
叶斑除病捉枝剪，芥草循习伸手薅。
一粒列标潜半夏，百方问脉腑三焦。
且期芒种游千顷，佛焰花开映九霄。

农　耕

慢理诗心垄上行，恰逢细雨润春生。
惊雷连涨一池水，霞彩频追万里风。
田抢农机催热土，犬寻东主吠闲庭。
何望落日叹时短？好踏清明满畈青。

抢　栽

好借青梅雨，看栽五月秧。
田蛙争唱和，铁马任徜徉。
云淡啄红掌，风轻拂绿装。
农家少闲日，更惜夏时长。

苏幕遮·初夏老家看荷

柳沉青，荷贴浅。阡陌和风，伫望罗裙卷。初出闺房多腼腆。珠滚晶莹，蟌蝶翩翩伴。
夏思长，春惜短。雨露氤氲，早举亭亭伞。待共芙蓉情缱绻。且结新莲，更醉荷田岸。

李明君

湖北省天门市人，湖北省中华诗词学会会员，湖北省楹联学会会员，湖北省中华诗词学会散曲分会理事，天门市诗词楹联学会副秘书长。有作品刊登在多家刊物。

鹧鸪啼破三春梦之晨曲

晨光斜照翠枝头，曙色烟波映彩舟。
步道佳人歌可醉，清湖倒影水堪留。
鹧鸪啼破三春梦，梧叶抬高百尺楼。
交颈欢情春意在，吟怀畅处也风流。

重阳采菊

秋菊盈眸又九阳，和风带露湿新妆。
郊原采撷枕边搁，好在今宵梦里香。

〔双调·风入松〕·翁婿劳作

邻家翁婿整田忙，挥汗水成汤，施肥锄草青苗旺，盼丰收、金麦秋粮。飏簸炊烟欢唱，屋前房后飘香。

〔商调·满堂红〕采莲郎

采莲船上采莲郎，也波郎。采来莲米是干粮，也波粮。风舞鱼跃欢声唱，也波唱。水浮光，藕含香，喜洋洋，湖光山色醉荷乡。

〔黄钟·节节高〕

龙年瑞雪，玉英香冻，野风吹送。梅承夜永，寒梧隐凤。看柳枝，春烟动。化雪龙，寄与孤云断鸿。

李洪雄

中华诗词学会会员，天门市作家协会会员，天门市诗词楹联学会会员，中原诗词研究会会员，《中国乡村》杂志社会员，天门市武术协会理事。

姊妹情

少小同床共饭锅，成年各自找新窝。
忽逢喜事佳期到，互致安康礼更多。

水　乡

江汉乡村景色新，风光旖旎醉行人。
采莲带走欢歌杳，撒网迎来笑语频。
满目琼芳添异彩，无边稻浪舞青纶。
兴高折返浓荫处，流水潺潺又一屯。

心　愿

汩汩山泉桥下流，行人缓缓步滨洲。
芦花轻拂夕阳晚，稻穗低垂景色秋。
割谷新车刚熄火，挥镰老媪乃牵牛。
自知事急难耽搁，菽稷收来任意游。

行香子·山行

一径幽深，几股清泉。喜秋风，日暖如娟。慢行霜露，略领峰巅。览山中景，云中彩，寺中仙。

何需细语，唯求阔步。视攀崖，如履平川。衰身发白，老伴情牵。念醉同杯，书同道，渡同船。

李万能

幼孤，十二岁学写打油诗，十四岁辍学。农民、木匠、雕匠、瓦匠、漆匠、包工头。爱好书法。

春　播

即将谷雨起惊雷，麦垄齐芒燕子催。
田埂葱茏生野草，水渠通达顺高台。
商谈种子基因劣，选择农肥价格哀。
春播秋收权且过，兴家之子几时来。

村居潭影

旭日初升百鸟勤，凭栏东望满氤氲。
春梅怒放藏青叶，潭水轻流映白云。
柳线垂帘舟影绰，桃花滴露蜜蜂醺。
歌随浣女飘然止，野鸭惊飞三两群。

逛义乌路公园

细雨培根润草芽，荒滩沁水饮乌鸦。
枯黄苇棒参差异，湛绿樟涛鼎沸遐。
引凤栖梧林默诩，盈杯敬酒量须夸。
胸怀舵稳良丞筑，口吐莲馨气自华。

李弘世

别号玉沙老农，喜读古人碑帖，晚年追求闲适散淡。现为监利市荆台诗社秘书长、监利市老年书画协会理事。

咏黄山松

翘居只喜恋峦峰，醉看白狗戏苍穹。
霜雷任侮根基壮，正气凛然迎飓风。

喜降瑞雪

天公夜半洒琼花，山野茫茫惊画家。
稚子春城从未见，紧盯屏幕问爹妈。

春日闲趣

一

江滩浅绿晓莺啼，雨燕轻飞不忍归。
难得春和光景好，偷闲野外学争炊。

二

山莺早起立枝头，细雨如烟笼绿洲。
白发渔翁翻动桨，成群鲫鲤逐波游。

李家知

网名老木子。潜江人，中学教师。中华诗词学会会员，湖北省诗词学会会员，湖北省楹联学会会员，潜江市诗词楹联学会副会长兼秘书长。

潜江新貌

大道相携河水凉，岸边垂柳叶飞黄。
平分长路金菊舞，对峙高楼古韵扬。
江汉丰腴升紫气，园林精致写华章。
回眸街巷人潮动，商铺琳琅货满仓。

三月汉江

残雪迟融柳泛青，呆萌水鸟走田塍。
一江碧远春波细，两岸茵长晚照明。
滩地炊烟升幻影，林园紫燕戏和风。
流经千古银鳞浪，荡漾鸳鸯多少情。

家乡四月

蜻蜓四月戏荷簪，蛙鼓声声奏古弦。
湖水轻舟传笑语，楚台楼榭载福缘。
一江两岸樱花梦，十里千村柳絮绵。
皮影民歌虾味美，潜城精致写新篇。

高阳台·夕阳曲

影乱颜酡，身斜目眩，忘词敢放歌喉。竹马当年，回眸鬓满霜秋。常思火热青春日，在征途、气壮如牛。老苍天，不老雄心，浪涌轻舟。

夕阳相伴红霞艳，纵观人间事，汩汩东流。相聚亲朋，放怀无欲权谋。瑶杯酌满江河酹，把曾经、团个圆球。立球边，赋曲吟诗，快乐悠悠。

李良杞

号东红，退休教师，监利市荆台诗社社员。

春日感怀

春景融和浮瑞烟，游人闲览遍山川。
长堤柳绿色弥秀，野岭花红景更鲜。
彳亍徐行芳草地，逍遥正喜艳阳天。
举头西望斜阳远，一片余霞照客船。

春日怀友人

二月晴光照四围，杜鹃啼罢惜春晖。
乍寒乍暖人咸乐，半醉半醒吾欲飞。
离别空知为日久，相思未见几时归。
客厅兀自来回步，阵阵清风帘外吹。

春回大地

百卉芬芳到处春，门前景色焕然新。
夭桃艳丽皆含笑，秾李娇妍更喜人。
杨柳枝柔风似栉，郊原绿涨草如茵。
农家又趁黄泥暖，垄上耕催地欲匀。

黄梅时节

首夏时良万物华，喜逢甘雨是田家。
黄梅含润村边合，白麦浮香郭外斜。
舞蝶鲜花唯倩秀，游蜂翠鸟自纷奢。
晚霞缕缕织红韵，垄亩丛生桑与麻。

李述善

中华诗词学会会员，湖北省中华诗词学会会员，著有《桑梓耕耘集》《莲湖吟稿》《古泽疏韵》。有诗词作品获奖。

贺港珠澳大桥通车

巨擘挥旗澳港通，大湾区内架长虹。
桥联三地心尤近，车达九城情更浓。
跨海施工奇迹现，立墩固底绝招功。
蛟龙腾跃促兴发，莲叶紫荆花更红。

容城怀古

四面荷花千亩池，子胥举鼎屈平诗。
天生八景名家颂，章华雪柳赠相知。

谈诗（三首）

之一

萍水相逢问暖寒，语言生涩相交难。
赤身裸体无余味，展翅飞过意境关。

之二

起要切题非远离，承须连贯串珠玑。
自然转咏匠心见，含蓄合拢余味弥。

之三

雪风送炭暖融融，雨打桃花恨在胸。
诗贵情深境似画，恩仇爱恨入文中。

李远鹏

潜江市建筑管理办公室退休干部。潜江市诗词楹联学会党支部书记、副会长。中华诗词学会会员、湖北省诗词学会会员。

登黄鹤楼

黄鹤白云邀我游，江城眺望眼中收。
江清润泽汉阳树，滩静滋荣鹦鹉洲。
此醉藏名生韵事，先行振羽展风流。
通衢俯瞰巨龙往，遗迹欣观意兴稠。

咏长飞光纤

长夜茫茫见曙光，艰难求索志高昂。
纤丝一缕绵绵意，罗织三生浩浩章。
好送顺风千里目，能吟新梦九回肠。
为媒信息全球享，万物相联皓宇昌。

梅苑游

午后携孙绮苑游，万千气象画图浮。
龙飞彩带空中舞，鹊啭池杉枝上柔。
曲径梅吟香扑鼻，澄湖凫泛影凝眸。
稚童描景情怀雅，出语惊翁心里流。

欢　聚

灯笼高挂对联红，四世同堂和美融。
果品佳肴堆满桌，笑声飞落酒杯中。

蜡　梅

雨霁好晴光，疏枝瘦影妆。
娟娟金蕊绽，脉脉素心藏。
风雪生高节，严寒送淡香。
浩然春讯报，神采意飞扬。

刘 敏

爱好诗歌，有诗作在《诗刊》《芳草》《长江丛刊》《荆江》《文学教育》等海内外多种报刊及网络平台发表。

新洲健平、子建兄青海湖游记

走马赴西疆，回眸望故乡。
近看青海浅，遥觉友情长。
鸟静心飞远，天高风自凉。
归来重聚首，把酒话衷肠。

游雁荡山

偕游雁荡山，追逐浪鸥闲。
雨霁横波影，开心登客船。
举杯邀挚友，寻险醉云峦。
兄弟情难尽，梦萦东海湾。

晨练有句

城乡生态渐平衡，百鸟高枝引颈鸣。
水秀山清人益寿，春风处处惠苍生。

壬寅端午日怀古

一部《离骚》寓《九章》，典谟训诰戒朝廊。
惊天谏语辉牛斗，《醒世恒言》震海江。
热血满腔沉汨水，多情百姓哭忠良。
龙舟角黍悼千古，瞑目黄泉享祭觞。

刘光海

网名春风不度，湖北省天门市人。高级教师，天门市教师进修学校退休，湖北省楹联学会会员，天门市楹联学会会员。在各报刊及相关公众号发表诗文数百篇。

清明祭

麦田弥望小溪清，一夜风来景分明。
三尺石碑音貌在，千年孝道子孙行。
天南燃纸跪羊意，地北焚香乌鸟情。
梦里依稀慈祖笑，生前身后有声名。

踏　青

一缕东风十里青，柳丝轻舞唤春醒。
桃枝吐蕊迎宾客，燕子衔泥筑爱亭。
浅水高山相映趣，红霞钩月共含灵。
清茶半盏芳菲赏，唯有诗情满画屏。

春　景

春风十里百花开，蝶舞蜂飞采蜜来。
翠柳垂丝疏绿影，红桃绽蕊露香腮。
山川秀丽添诗画，天地清明满酒杯。
独倚阑干思旧事，夕阳西下钓鱼台。

春　分

天南地北又春分，绿柳垂丝拂水滨。
燕子归来寻旧垒，桃花开处见新人。
风和日暖天如洗，雨润烟轻地似茵。
莫道家乡山景美，他园亦有醉朋亲。

刘政

网名都是缘，湖北省天门市人。湖北省中华诗词学会散曲分会副秘书长。天门市诗词楹联学会散曲分会会长。出版诗集《仗剑登峰》等。

步陆游《临安春雨初霁》韵咏北湖

雨后春光雾里纱，北湖沿岸见芳华。
谁家竹马投林乐，七彩纸鸢摇尾花。
长剑翻飞挥落日，弈棋看取品清茶。
高楼亭阁门庭变，燕子归来不识家。

鹧鸪天·赞茂名荔枝

荔压枝头岭上香，经风历雨果红黄。薄皮嫩肉甜甜味，润肺清心面面光。
精细选，保温装，朝拼夕至带鲜尝。琼浆玉液醇如酒，醉罢农家醉客商。

行香子·观自家春晚

兔去龙回，运好时催。一弹指，又到春归。卷帘留客，扶老携儿。看自家戏，故园景，百年题。
少年锣鼓，古韵东西。莲湘舞，旋转风迷。男耕女织，客醉诗成。喜春声近，年声迫，笑声甜。

〔双调·沉醉东风〕惊蛰日闻雷

天那里雷声在吼，地这厢鸟语无休。丝丝新柳欢，点点春寒守。看西湖碧水飞鸥。草绿梅红紫竹柔，石龟也寻思会友。

乐昌国

湖北省中华诗词学会会员，湖北省楹联学会会员，通山县诗词楹联学会副会长兼通羊分会会长。

千年通羊赞

水绕通羊转，青山拥古城。
高楼平地起，景点似天成。
罗阜风光美，牛头塔影横。
千年留雅韵，处处起歌声。

赞水乡燕厦

富河澎湃势朝东，隔日山花斗日红。
水带春潮新雨后，楼添瑞霭夕阳中。
村庄面貌呈佳景，词客诗歌颂雅风。
历史辉煌灵颖秀，家园绿意逼长空。

赞港口新村

新村港口绿萌环，靠水兴农不等闲。
蟹壮鱼肥猪满圈，亭幽径曲鸟鸣山。
排排别墅朝阳立，户户联通网络间。
政策扶贫民致富，乡村老幼尽开颜。

雷盈祥

湖北诗词学会会员，汉川市诗词楹联学会会员。习作散见于省、市级纸媒和网络平台。

田园春浓

暮雨新晴听鹧鸪，人流春晓闹乡途。
渔郎投草银花乱，农妇施肥翠麦娱。
耳熟耕锄哼曲调，心怜灌溉溅珍珠。
田家儿女归来晚，竹影月移肩上扶。

碧　桃

二月暖吹杨柳风，轻寒谢别碧桃红。
叶萌枝干摇新翠，蝶采花房醉老翁。
紫燕斜窥诗境远，黄蜂曲抱画图工。
寻芳乡路归心壮，回首故园春气融。

初　夏

秾华落尽别春光，初夏葳蕤情韵长。
烂漫红榴迷巷陌，蹁跹白鹭破池塘。
风摇豆麦田园美，露浥鱼龙水月香。
篱畔两儿凝目觑，拨开碧蔓逮螳螂。

绿涨涵闸河

碧水春烟抱画桥，翠林莺啭念奴娇。
游人遣兴桃花下，纵目鸥飞半里遥。

雷卉兰

私营业主。毕业于武汉大学经济学专业，现退休老家闲居。

轶　题

山野结庐逾五年，栽花课鸟种诗田。
偶时呼酒同妻饮，更喜孙儿绕膝前。

端午感言

白湖碧水绕山庄，米酒汤包粽子香。
闹市倚楼观盛世，新村伴树论纲常。
池鱼戏水红荷动，岸柳摆风黄雀藏。
幸也扶娘门下坐，乐哉送宝入黉堂。

再登风清楼

官桥八组名扬远，咫尺相邻不厌行。
浓抹淡妆皆入画，彤云疏影总含情。
一花怒放纷葩绽，头雁高飞百鸟鸣。
开敞诗囊收雅韵，雄风拂槛听新声。

岁末感怀

盛世笙歌奏管弦，回寅斗柄又新年。
文坛骚客三千聚，嘉邑诗林一梦牵。
捧卷常吟唐宋句，开樽更着魏王鞭。
老夫鬓白心犹壮，格在梅花品学莲。

雷家春

字庭芳，网名楚山人，湖北省咸宁市嘉鱼县人，崇尚国学，喜爱诗词，作品见于各类书籍报刊及网络平台。

春　日

桃李春风艳，湖光山色妍。
花间追蝶叟，笑问采诗焉？

插秧比赛

帅哥靓妹一行行，比赛田中插稻秧。
锣鼓山歌谁在唱？丰收秋后娶新娘。

乡村夏夜

清风银汉老槐下，翁妪促膝话稻麻。
最喜孩童多乐趣，流萤扑后过家家。

乡村早春

风清开柳眼，鸡唱醒朝阳。
林静鸟啼乐，山幽花自香。
田园轻雾散，瓦屋炊烟扬。
俏妹心怡处，机耕靓仔忙。

黎玉林

高级工程师。中华诗词学会会员，湖北省中华诗词学会会员。

汉江早春

轻寒未尽半阴晴，远岫穿云却复明。
醒柳悄萌逢雨润，林禽欲振踏莎行。
山添秀色描浓淡，水泛清芳溢纵横。
陌上谁家争宠燕，翻空犹唱报春声。

春　雪

谁撒琼花遍九州，苍穹一夜着寒裘。
高朋兴至琴方弄，玉蝶情舒气自流。
梦入云乡眠鹤去，思飘月殿信天游。
千红万紫春何处，星火怒燃南岭头。

水都夜景

坝秀霓虹舞夜空，苍冥璀璨一江红。
重桥曳彩思潮外，画舫流光梦幻中。
欲借灵犀攀北斗，更乘瑞凤上琼宫。
龙图铺就青云路，碧水方圆正好风。

雨中山行

兴起山行雨带烟，翻空水墨任云牵。
崖悬落瀑添舒汭，石拒弹珠入皱泉。
俯仰松岚黄鹤舞，流连竹坞白鸥眠。
溪头莫问桃花好，尽处当真有隐仙。

李春华

湖北省襄阳市人，中华诗词学会会员，中国楹联学会会员，丹江口市诗词楹联学会编辑。有诗词楹联作品发表于各级相关刊物和平台，偶有获奖。

再访莺河

初冬犹似小阳春，再访莺河更醉人。
生肖廊中留倩影，水车架畔数年轮。
进棚尤喜草莓绿，入室同惊思路新。
幸福村庄弥瑞气，风霜未掩笑容真。

春日回乡

雪霁风和暖日倾，驱车邀友故乡行。
村头又见梅红样，道口欣闻鹊噪声。
回望天南惊雁返，闲巡屋畔探春萌。
问娘此刻爹何在，笑指坡田忙早耕。

鹧鸪天·颂大国农匠张开刚

铁骨柔情出汉江，军魂铸就最刚强。山村鼎盛领头雁，水产长兴翘楚郎。
迁基地，扩渔场，放流增殖引沧浪。鱼生相伴终无悔，农匠声名自远扬。

唐多令·舟歇渡头归客去

细浪吻绵沙，金乌染暮霞。淡淡风、轻抚寒鸦。舟歇渡头归客去，不远处、有人家。夹路绽梅花，闻香胜品茶。望炊烟，正上云涯。知是今宵炉火旺，觥筹后、话桑麻。

李全英

武汉诗词楹联学会会员，作品偶见于《中华诗词》《武汉诗词》等刊。

早　春

孟春几次落琼英，如画山河一色清。
眼见富贫差距大，天公想把坎填平。

观鸟巢联想打工者

乡村老屋空余多，出外谋生找个窝。
年近回家尘打扫，几天团聚再奔波。

江城子·清明忆先烈

风轻云淡踏青忙。大堤旁，柳丝长。喜鹊喳喳，一路赏春光。健体骑车田野转，城镇住，慕家乡。

河西不远有村庄。菜花黄，草莓香。碧水青山，恍若入桃源。盛世太平来不易，怀烈士，谱华章。

冰　霰

热冷不寻常，晶莹白霰糖。
有心除病害，无意麦苗伤。

李如英

湖北省咸宁市崇阳县人，高级教师。中华诗词学会会员，崇阳县诗词楹联学会副会长，有作品在各级赛事中获奖。

夏日即景

清风雨后向人多，六月山村掩碧萝。
香气分明歧路外，蛙声注入一塘荷。

游五宝庵山林场

香城临仲夏，翠色主新颜。
石怪峰千叠，云深水一湾。
还多风习习，不绝鸟关关。
驻足描形胜，浑然醉此间。

游诸城卢山偶题

遥入故山中，花香一路风。
浓荫栖怪石，峭壁接云空。
路转春长在，灵来意自通。
流连无觉晚，得趣句尤工。

菩萨蛮·登鸡鸣峰观白芨基地

云峰不厌千回转，寺前合掌怀深愿。骋目细风吹，依然绿四围。
苇塘垂野水，白芨欣成势。待到满山红，明春续远踪。

李香波

湖北省宜昌市长阳土家族自治县人，湖北省诗词学会会员，宜昌市作家协会会员，宜昌新韵文学社社长。有多篇诗歌、散文发表。

早春喜雨

壬寅久旱众生忧，丘壑高山水断流。
甘露纷飞春后至，青黄初接饱田头。

初　夏

麦穗低头吮露浆，孩童手指杏儿黄。
落英渐隐红尘事，楼外青山进绿坊。

立　秋

夏成故事几回眸，一叶飘零天下秋。
慢洗铅华心朗照，如期都遇好来头。

品长阳三洞水清明茶

垄上明前日，村姑采摘勤。
清江千叶碧，四海五湖闻。
问盏呼风雨，推杯唤彩云。
留香三洞水，春又识新君。

李向阳

喜好诗、书、画。曾任荆台诗社社长。有诗书、篆刻作品在湖北省内外诗刊发表。

辛丑元日登长江故道怀古

曈日曛曛柳拂洲，炮声隐隐似雷流。
登堤远眺右江影，近水还亲故道鸥。
且借春风舒老眼，休教病肺喘吴牛。
忽闻草上呢喃语，百廿年前国正羞。

端阳前过伍子胥塑像

俯躬乡梓地，仗剑待星辰。
宁作吴门使，非尊郢郡臣。
鞭尸终有恨，抉目亦余瞋。
欲问鸱夷事，招魂系此身。

谒夷陵石牌抗战遗址读抗日将领家书

西峡停舟仰国门，石牌气夺东洋魂。
云飞水逝书犹在，浴血池边觅弹痕。

李文元

十堰市诗词学会会员。在《写作》等纸媒和网络平台刊发诗词数百篇，有作品获奖。

春游南水北调工程纪念园感赋

南江北调毛公倡，丹库碧泉输远方。
万里穿黄双隧线，千村舍地几思量。
惠京惠冀惠中夏，利稷利民利水乡。
经济腾飞兴伟业，赋诗踏浪颂隆昌。

感吟金秋

癸卯深秋气渐凉，岁时轮序晒清阳。
枫林红叶染金殿，江岸经霜润堰乡。
遍地粮禾映丰景，满园桂菊绽芬芳。
山河处处如屏绘，田野层层似画廊。

冬日感赋

冬日降临气渐凉，风寒云雾露凝霜。
莲荷衰败枫林赤，丹桂凋零月菊黄。
禾草枯萎油柿蜜，藜芦荒落蜡梅芳。
青山葱翠景娇艳，碧水苍茫波澜狂。
秋遇晴阳丰收季，冬迎果硕喜欣藏。
银河星月交辉映，天宇朝曦耀华光。
祖国遍山花烂漫，神州处处凯歌扬。

李祖维

湖北省十堰市竹山县得胜镇人。湖北省中华诗词学会会员。

我的家乡庙垭村

绿涧青池五色汀，奇花异卉自然生。
星云万象红尘系，灯火千家紫陌横。
僧女深悲留古寺，嫦娥后悔上天庭。
香山秀水凡人住，旖旎之乡乐太平。

新农村广场舞

标建新村果不凡，层楼碧瓦挂银蟾。
阶梯灯照无尘界，广场风盈不夜天。
脚踏三弦声婉转，手翻五彩乐清闲。
曲弹盛世太平调，歌唱农民心底宽。

田园安居

川流有样物千奇，迤逦山压水浪低。
村落清香诗兑酒，园林锦绣柳牵堤。
老翁论古朝夕晒，少妇踏歌红绿齐。
不借乡情说自在，且将盛世作前提。

山里人家

小径渊环两岸狭，丹霞赤透几旮旯。
红云缱绻春秋景，紫雾妖娆草木花。
香吐菊黄山有样，烟飞树老水无涯。
物华放眼昊穹处，浅地高楼别有家。

梁晓琦

中华诗词学会会员，湖北省中华诗词学会会员，湖北省楹联学会女工委副主任，随州诗词楹联学会副会长兼秘书长。

夏访挑水村

挑水今朝去，风光遐迩传。
荷花香气溢，田叶舞姿妍。
波白戏鱼阵，枝青鸣夏蝉。
回望夕阳没，归客意流连。

春　耕

乡关山色雾蒙蒙，阡陌苍苍一望中。
农父扶犁耕晓雨，村姑戴笠种春风。
帅哥车骋绿原上，童子牛牵柳岸东。
最爱田园看未足，诗情缕缕向长空。

暮春感怀

柳丝夹岸万千条，欲系春天春已凋。
杜宇声声催播种，苍田一夜化青苗。

乡村五月

香漫西郊水满川，和风细雨润山原。
乡村五月闲人少，麦浪须臾化绿田。

林大谟

湖北省宜昌市长阳土家族自治县人，中华诗词学会会员，中国楹联学会会员，湖北省中华诗词学会会员，湖北楹联学会理事，长阳县诗词楹联学会会长，《长阳诗苑》主编。

癸卯立秋

立秋没问种田翁，放眼苗青果未红。
谷物若嫌流火快，宁期暂缓送凉风。

冬日暖阳

土豆入田加底肥，开年必定早芳菲。
农人又怕冰凌冻，幸有太阳常解围。

西江月・今日家乡

超市酒楼画坊，凉亭村舍长廊。广场对面有茶场，歌舞使君无恙。
公路直通陇亩，花园围绕楼房。坐商有货等行商，可比人间天上。

刘纯斌

笔名心宁客，中华诗词学会会员，中国楹联学会会员，著有《醉梦庐集》和《词学十八讲》等集。

芳草渡·采红菱

荷花秀，浪花浮。烟云渚，碧波幽。湖光回荡采菱舟。摇棹橹，惊白鹭，逐鱼游。

村姑手，如白藕。竞拂罗裙翠袖。蛙敲鼓，鸟鸣啾。渔歌诱，莺语逗，漾芳洲。

西江月·观农机收割

陌上黄牛闲卧，田头机械繁忙。铁牛吼叫震山乡，收获香甜希望。

昨日才收新稻，今朝又割高粱。年丰谷稔喜盈仓，笑洒康庄路上。

西江月·贺第六个中国农民丰收节

喜鹊枝头欢唱，飞霞岭上飘扬。层林尽染靓山乡，满眼丰收景象。

节庆三农添福，时逢五谷盈仓。香车宝马骋康庄，幸福前程宽广。

添声杨柳枝·打工别

二月春风剪绿绦，柳枝摇。乡村兴起打工潮，路迢迢。

杨柳枝头双燕叫，怕离巢。折枝人过灞陵桥，泪潇潇。

刘道恺

湖北省潜江市人。曾任中华诗词学会第三届理事和湖北省中华诗词学会常务理事。现为潜江市诗词楹联学会名誉会长。

龙湾郑家湖村

碧水淙淙不肯东，群楼竟似楚王宫。
动人尤是村边柳，叶叶堪题雅颂风。

后湖农场果园剪影

返湾湖畔花成堆，万亩梨园千亩莓。
花海何人挥铁臂？一身香粉惹蜂追。

如梦令·乡村傍晚

高铁往来呼啸，广场舞娘争俏。何处放华灯？道是村中农校。谁料，谁料，室内竞吟诗稿。

玉楼春·周农红旗小区

仙居远出喧嚣外，绿树如帷苗若海。琼楼已顶半天蓝，犹令花坪涂七彩。
朱门粉壁乡情在，鸡犬相亲篱竹矮。一声汽笛主人归，步履轻盈城里派。

刘德兴

网名老骥伏枥，湖北省宜昌市长阳土家族自治县人。长阳县诗词楹联学会会员，诗词、楹联作品散见于《长阳诗苑》等媒体。

金　秋

稻香沉穗浪波柔，玉米田园已半收。
黄白橙蓝青赤紫，一年最美是金秋。

入伏首夜

高树金蝉长夜鸣，稻田蛙鼓噪声声。
小康入梦最舒畅，直挂云帆赴远程。

冬　播

稻谷屯仓果卖钱，冬播小麦续新篇。
农民正是丹青手，彩绘田园四季鲜。

竹园巨变

惊叹农村面貌新，梯田垄垄果成林。
养殖产业成规范，回到家乡走错门。

抢种冬日

冬日阳光照小村，老翁垄上展精神。
汗珠种下丰收果，土豆来年定比金。

刘良玉

湖北省作协会员，湖北省中华诗词学会常务理事，东坡赤壁诗社常务副社长、秘书长兼微刊主编，出版诗集《古韵清吟》《拂水无痕》。

雾云山梯田

谁遣神奇野岭藏，春生葱绿夏收黄。
丘田好似钢琴键，合奏农家日子香。

老家庭院漫步

蛾眉蹙半明，庭院晚风清。
馥郁金银发，氤氲月季萦。
徐悠缘石步，断续听蛙鸣。
最是虫儿吵，高低比个赢。

麻城张家洲举水古渡

一河千载往来忙，舟楫凌波荷客商。
改道皆因兴水利，断流自此绝桅樯。
石阶犹辨当年迹，棘草还飘昔日香。
多少云烟沙砾隐，人从古渡说沧桑。

鹧鸪天·参观智慧大棚

满垄银毡立比肩，风霜雪雨自巍然。瓜爬架上盈盈态，网接屏前美美颜。
科技助，配方研，轻车快递佐中餐。良畴四季春常驻，从此农家月更圆。

刘能英

中国作协会员，中国自然资源作协驻会签约作家，获《诗刊》2014年度青年诗词奖、第六届中华宝石文学奖。

儿时放牛

听溪不觉梦魂游，大梦醒来牛却丢。
牛自回家天自黑，娘寻我矣我寻牛。

春日杂诗其一

东风化雪涨荷池，燕子衔泥穿柳丝。
有个姑娘玩自拍，纱巾缠上刺槐枝。

冬日侍园

三床棉被拼，两垄时蔬盖。
日夕一回头，葱犹半在外。
冥冥霜渐沉，瑟瑟人何奈。
徒手拽枯禾，搭桥铺野艾。

溪塔刺葡萄沟

葡藤交织覆溪沟，易听水声难见流。
隔岸村姑持凤竹，沿途闻调逐斑鸠。
几番入洞人迷路，一不当心果碰头。
十里桥亭开豁口，悠悠撑出木兰舟。

刘和喜

湖北省黄冈市黄梅县人，退休教师。中华诗词学会会员，湖北省、黄冈市、黄梅县诗词学会会员，黄梅县清江诗联社副社长，《清江诗词》主编。

夏日村居

二三雨点北丘麻，绿拨清河映彩霞。
犬吠萤光惊瓦影，藤牵伏日坠丝瓜。
踏歌夕照船收网，翻土新培种发芽。
莲社钟声邻岸畔，月灯常耀旧田家。

农家果园

适来晨霁水湲湲，旷野风和觉日暄。
暑热畦间云少雨，瓜藏叶下蔓过樊。
团空粉蝶追香气，上架葡萄听鸟言。
客至徘徊人欲醉，宽愉最是这秋园。

农家秋韵

小河波静映秋光，霞抹川原黛瓦房。
菊笑经霜篱北角，鸭欢戏水垄西塘。
葡萄串串迎风紫，稻穗沉沉入梦香。
姑嫂闲来争外汇，挑花品种手中忙。

鹧鸪天·西瓜地

七月蚊飞暑热天，青藤雨后叶生鲜。浅黄粉蕊临风秀，翠绿斑纹向日圆。
悬玉镜，照畦田，竹棚支起共星眠。瓜农最是开心笑，信息传来胜昔年。

刘顺平

湖北省汉川市田二河镇人。系中华诗词学会会员，湖北省中华诗词学会会员，孝感市作家协会会员，有作品在人民日报客户端、《农村新报》等媒体发表。

追忆鸡鸣乡（田二河）八景有作

远去支河越渺茫，双溪书院把名扬。
神灵台上风含醉，赤壁洲中井泛光。
马跳潭成传往昔，鸡鸣寺建话沧桑。
春秋阁里情依旧，秋月竹樵论宋唐。

双溪书院

双溪书院把名扬，五百年来誉八方。
遗失招牌空叹息，待征文献总迷茫。
可怜举子三生泪，堪忆贤臣万古香。
何日重修圆夙愿，银河焕彩放荣光。

神灵台

神灵台上风含醉，不识当时旧月光。
一夕垒成安寨地，千年诉说练兵堂。
秦砖汉瓦名还在，悍将骄雄势亦亡。
每议兴衰三国事，茶余饭后味生香。

赤壁古井

赤壁洲中井泛光，银河远望动刀枪。
千帆对擂波涛急，百舸争流气势狂。
将帅交锋凭智慧，改朝换代见凄凉。
春来秋去风霜劲，却喜明天福祉长。

刘厚生

湖北省丹江口市人，湖北省诗词学会会员，湖北省楹联学会会员。作品多次在《湖北诗词》《荆楚对联》《沧浪》等杂志刊登。

五月田园

小麦扬花豌豆青，菜薹结籽拾级升。
秧苗起块排机背，田亩轮番划纬经。

初　夏

遥望庄田麦变黄，近观穗粒润生光。
收割机具已齐备，颗粒归仓不恐慌。

秋　末

房前屋后树轻装，原野经霜一色黄。
大豆高粱全入库，垂檐玉米闪金光。

水　都

老家巨变架新桥，北旅南商四海邀。
赏景龙山行彩路，听书石鼓话前朝。
画廊如意多葱翠，调水顺心一线描。
沧浪琼阁焉忍去，假期若到再相招。

刘会荣

退休工人。吾生也有涯，而知也无涯。常怀求知之心，笃行不怠。

村野踏春行

闲游郊野伴歌声，村廓迷蒙阡陌横。
百顷新苗田垄覆，数间鹊舍树冠擎。
池塘水皱鹅嬉戏，鸡犬吭高燕送迎。
近午炊烟升碧落，催生画意动诗情。

踏雪赏红梅

寒梅破蕊落琼华，并蒂虬枝秀色嘉。
映素朱颜妆更俏，点丹皓面貌无瑕。
游人晏晏传欢语，骚客盈盈咏踏莎。
沉醉芳林归忘处，一腔诗意漾胸涯。

如梦令·春日眺远

丽日青山眺远。鸥弋汉江水暖。鸿唳向苍穹，三两淡云西卷。遥看，遥看，春绿一江两岸。

渔歌子·春回农家

燕子仍归旧日家。幽篁林畔探桃花。千垄麦，百行茶、农人春早事桑麻。

刘惠琴

网号如菊年华。退休教师。喜爱诗词书画，写诗千余首，绘画几百幅，曾多次获奖。

春　趣

花枝香溢鸟声娇，杨柳门前绿万条。
五岭山歌传喜讯，三江渔唱起春潮。
院边翠竹迎飞燕，园里红梅倚玉桥。
几度东风新色染，龙年盛世降琼瑶。

西江月·白露

岭上红枫渐老，窗前黄叶飞扬。凋零清夜冷丛芳，雨打芭蕉摇晃。
山色入眸叙语，园林傲骨轻霜。孤群倦鸟老林藏，且看陶翁菊赏。

醉红妆·相聚重阳

登高远眺赏秋光，聚重阳，共举觞。斗妍雅菊酒风扬，情痴媚，露浓妆。
闲聊疑似少年狂，俏颜老，语铿锵，几度人生掀墨浪，谈往事，付诗章。

鹧鸪天·咏梅

不向群芳炫己妍，冲寒独放一枝先。端庄尔雅花中绝，红俏依然岭上鲜。
斗瑞雪，傲霜天。冰魂玉魄素容颜。江山点缀她含笑，骚客争香诗意绵。

刘建国

河北人。退伍老兵。初学诗词，偶有作品见于诗刊。老牛自知黄昏近，不待扬鞭自奋蹄。

采风老区凤凰镇

雄碑酷似冲天锏，扫尽阴霾旭日明。
老树飘红怀侠骨，新茶泻绿寄诗声。
层峦客路连云栈，万户乡愁绣锦城。
更喜战旗高猎猎，再期老镇凤凰鸣。

柴泊湖冬夜景

水映苍穹三楚月，星连曲岸万家灯。
夜莺有韵从容远，梅蕊争寒次第升。
细柳含烟飘淑气，兰亭入暮聚良朋。
问天数九何无雪，追梦英豪热汗蒸。

乡　愁

近恋猿声飞绝壁，遥瞻寨影卧云根。
新祠可念忠良骨，古柏今留战伐痕。
锦树琼楼疑御苑，温泉紫陌润仙魂。
天时地利虽蒙贵，更有初心绣厚坤。

芙蓉国里也有冬

我在衡阳迷北雁，谁堪朔气入芙蓉。
云天昨暮浑疑雨，草树今朝始认凇。
一夜寒风添地白，千门冰柱映灯彤。
梅花已唤甲辰到，欲破雄关九万重。

刘俊国

公职人员，诗词爱好者。

初 春

大地复苏暖日长，乡村四野荡春光。
子规啼彻东风里，万木萌芽换绿妆。

春 景

无限风光二月天，长堤草满柳堆烟。
人闲踱步黄昏后，月下啼春是杜鹃。

即 景

蒙蒙细雨草萋萋，黄鸟迷春不住啼。
淑气催生千里柳，东风又绿楚江堤。

如梦令·寻春

日日江边闲步，寻觅春归何处？临岸沐东风，沉醉霞光日暮。回顾，回顾，垂柳拖金遮路。

暖 春

日暖风和意气佳，葱青草木遍云涯。
枝头黄鸟娇婴语，陶醉初开二月花。

刘开俐

湖北省丹江口市人，丹江口市诗词楹联学会副会长。中华诗词学会会员，有作品在诗词楹联专业平台刊发交流。

玉景园过冬

严霜铺野雾淹楼，夜雪无声榻上柔。
一径蜡梅窗下袅，红墙玉景把春偷。

桃花源

桃源坐拥汉江边，丽日清和朵炫燃。
半壁烟霞红胜火，满丘玉树洁如仙。
穿林回首三生梦，拾级观空一世缘。
期许落花非止水，东风庭院有清泉。

鹧鸪天·回家过年

昨遇故人闲吃瓜，今携子女赶回家。春联铺满村村路，腊肉熏香户户娃。
生面馍，小河虾，推杯换盏饺儿加。触屏笑侃风云事，围火还谈岭上茶。

满庭芳·丁香

浅紫流芳，轻烟薄雾，阳春阡陌丛丛。至尊典雅，天性古今同。浸取合成调配，色可贯、春夏秋冬。然骚客、结愁千绪，常借酒和风。
丁香飘岁夕，诗词邂逅，一瞥惊鸿。看世间，锦衣瓷玉皆恭。如若梦能着色，便期许、紫里揉红。闺如类，挥毫成癖，纵浪漫时空。

刘滨海

湖北省天门市人，天门市诗词楹联学会会员，湖北省中华诗词学会会员。先后从事教育、行政部门工作至退休。有数百首诗词在多家微刊上发表。

望　春

花开春意到，未解朔风寒。
野草盘山径，微霜裹玉栏。
江蒙三段霭，雪盖数层峦。
视野虽寥落，青阳赶路欢。

巾帼礼赞

柔情似水薄如纱，浮世芳春映物华。
半顶云天巾帼女，三分杏雨牡丹花。
相夫教子传慈爱，敬老尊贤奉好茶。
不让须眉英杰骨，诗篇颂咏妇人家。

清明祭

桃红李艳柳含烟，朵朵春花祭祖先。
落雁融情皆俯伏，昏鸦念故亦盘旋。
追怀教诲揉心碎，忍读哀词寸意绵。
不尽幽思谁与诉，萦回梦里盼亲眠。

读《岳阳楼记》

立命何须千户侯，谁堪一记缀名楼？
非为富贵生悲喜，却以饥寒省乐忧。
志士边陲平敌扰，贤臣近侧解君愁。
如虹浩气文坛济，细琢豪吟惊九流。

刘伦咏

湖北省黄冈市蕲春县人，高级教师，黄冈市、蕲春县诗词学会会员，文学作品散见于国内外报纸杂志及专业诗刊。

家乡夏夜

霄汉星多月不明，晚风拂柳送蛩声。
婆娑篁影南轩映，寂寞渔舟北浦横。
舞客回村闻犬吠，荷塘跃鲤止蛙鸣。
水乡夏夜人初睡，绮梦频催笑靥生。

咏家乡莲藕

身伴淤泥度晓昏，田阡水陌乐盘根。
风扶碧叶承甘露，雨润朱毫点浩坤。
偶见一弯西子臂，怜藏七窍比干魂。
清涟濯净荷仙骨，以报敦颐挚爱恩。

注：谐音偶（藕），怜（莲），荷仙骨（何仙姑）。

过杜甫草堂

写尽沧桑带泪看，身逢战祸倍艰难。
高才誉圣骚坛肃，大作惊神艺苑寒。
悯念苍生三吏泣，忧怀社稷五更残。
草堂春望风兼雨，谒拜陵园必正冠。

秋之韵

莫叹萧疏满眼秋，心生明媚自晴柔。
风旋落叶迷烟榭，雨浥黄花映画楼。
竹海听涛声韵急，枫冈举火雁行悠。
遐思放荡云天外，酒纵诗怀笔更遒。

刘青枝

湖北省十堰市人。退休教师，丹江口市诗词楹联学会会员。

夕照汉江河

鸟倦飞回草渐黄，风吹江面碎夕阳。
虹桥弄影波光醉，柳摆蛮腰炫锦装。

梅雪舞春

朔风恣虐百花残，冷蕊凝香独挡寒。
携手琼芳欢起舞，山川妩媚兆丰年。

水都建桥人

建筑工人斗志昂，千难万险视平常。
严寒不阻前行路，酷暑无休作业忙。
早起迎风淋雨露，夜归裹雪挂冰霜。
如期告竣红旗展，再看英雄笑意扬。

西江月·早春

日暖柳条舒眼，风和嫩草伸腰。杏桃竞相显妖娆，梅恋春光偷笑。
归燕枝头吟唱，耕牛坡上逍遥。麦苗吮雨又蹿高，劳作农人叫好。

刘诗育

退休教师。系多家诗词学会会员。爱好诗词，在各级诗词刊物上多有作品发表，数次获奖。

春分寄韵

暖意融融正仲春，踏青赏景恰良辰。
金蜂采蕊香铺路，紫燕衔泥舌唾津。
绿染田园占岁稔，莺穿柳带任天真。
东风昨夜携时雨，一树繁花倍有神。

最美六月天

烟津夏日惠风调，六月天光分外娇。
雷动蔬园瓜坐镇，曲旋岸柳鸟吹箫。
江涛带雨催舟楫，稚竹含熏拂野桥。
十里田畴堪入画，怀胎粳稻水横腰。

小暑撷影

蝉鸣高树自洋洋，小鸭追波鱼亦慌。
雷噪丘园施夜雨，稻抽金穗发天香。
餐霞浇卉院前钵，步月观荷屋后塘。
满目丹青迷彩笔，一帘暑色入诗囊。

谷雨节

满天晖日柳抽丝，节候初临谷雨期。
万树繁花矜妙色，一湖春水泛涟漪。
荷扬嫩角蜓先立，麦孕浆胎身自知。
红瘦绿肥风正好，铺笺展笔赋新诗。

刘祀敏

湖北省丹江口市人社局退休。丹江口市诗词楹联学会会员，湖北省中华诗词学会会员。

云起旧金山

旧金山上望沉浮，谈笑声中巧运筹。
引领未来基调定，人间正道数风流。

贺新年

迎春贺岁舞长龙，锣鼓声传九万重。
慢赶旱船心赶醉，轻摇河蚌意摇浓。
烟花飞出满天彩，爆竹开来一地彤。
更有引人欣喜处，高跷腾起自从容。

玉皇顶上橘飘香

石鼓东端汉水旁，玉皇顶上橘金黄。
指尖一点香千里，科技惠农福祉长。

忆江南·家乡好

家乡好，风物竞妖娆。两岸青山如画卷，
一泓碧水似仙醪。怎不乐陶陶。

刘文汉

字志勤，湖北省十堰市人，现任十堰市集报协会党支部书记、十堰市『银龄时代』集报剪报志愿服务队副队长。

秋　影

溪光朝霁映霞祥，竹气风云珠露凉。
旭日初浮容面貌，金秋农稼乐情忙。
梧桐微绿轻轻褪，菡萏浓红渐渐惶。
银汉星飞移岸渡，庄园月照影池塘。

重阳节

秋高气爽贺重阳，金菊芳香漫故乡。
红叶纷纷燃火炬，黄茅莽莽绘星廊。
雁声随梦南方会，华发经霜北海光。
佳节逢宾谁未喜，升平遇友酒杯祥。

深　秋

风摧寒瀑劲飞流，雨洗丛林玉露酬。
浪荡白花随处艳，山呈红叶聚情留。
雁经冷月南方会，菊傲冰霜北国游。
苇老三秋描景画，橘黄万里映神州。

刘武刚

湖北省荆州市公安县人，住狮子口镇，公安县财政局退休人员。爱好诗词歌赋。

春　蚕

难看吃相食还贪，无虑无忧志淡然。
只为吐芳丝一缕，报晖桑梓锦衣还。

油　菜

无边金海沐阳骄，吸引蝶蜂冲浪潮。
亲密之间花粉孕，欣怀油籽乐陶陶。

春　耕

声响隆隆不见牛，成方成片卷平畴。
施肥播种全机械，人在垄中当教头。

春　游

时临三月踏春游，畅感青山绿水优。
大麦扬茎抽幼穗，小荷出水露尖头。
百花争艳芳香沁，偶燕翻飞爱意稠。
拥抱自然瞻远景，豪情迸发壮怀留。

刘其祥

湖北省洪湖市人，江汉油田退休职工。中华诗词学会会员，湖北省书画家学会企业分会会员，中国石化摄影家协会会员。诗词作品时有获奖。

山乡新貌

靓楼俦古树，油路绕嵯峨。
泉水瓶装俏，山珍梦醒歌。
展颜迷抖音，销果恋拼多。
遍野芳菲闹，游人涌岭坡。

水乡春色

雨过蓝天洗，水乡春景鲜。
菜花平野饰，风电碧空旋。
靓女游芳垄，斑鸠呼麦田。
池塘新嫩跳，处处蕴丰年。

农　忙

鸟唱蜂飞日尽长，农家犹觉欠骄阳。
东乡收麦机车快，西垸插秧人手忙。
赊就光阴延垄事，抛除疲惫撒田庄。
从来财富辛勤聚，汗水何嫌粮满仓。

临江仙·老农

百卉常年馨放，两江终日波扬。平原千里米鱼乡。洒珠珠热汗，收担担新粮。
高铁穿梭过境，黄金漫野增仓。年经花甲为耕忙。秋深凋菡萏，枯叶乃余香。

雷焕美

湖北省中华诗词学会会员。潜江市水利局退休干部，水利电力高级工程师。部分作品在多家刊物发表。

乡村初秋景

晴空烈日火风狂，百姓田畴汗湿裳。
虾稻诗花千万朵，一支莲藕画秋香。

家山夏景

五月好风光，家家分外忙。
龙虾飞远路，瓜菜旅他乡。
麦穗千田熟，禾苗十里香。
新荷无数笔，难画夏初妆。

卜算子·夏日雷场村

烈日湿衣裳，百姓田间累。江汉龙虾俏八方，水稻扬花季。
池沼藕花香，瓜果清凉味。防旱防虫防涝灾，喜庆丰收岁。

鹧鸪天·油菜花开

雨后金波映日光，田畴万顷散清香，游人似醉迷仙境，醉客多情觅水乡。
春草绿，菜花黄。夭桃争宠粉红妆。农村致富云千朵，蜂蝶翩翩织锦章。

龙鸣

湖北省赤壁市人。作品见于《诗刊》《诗歌月刊》等百余家期刊。作品曾入选《诗歌周刊》2023年度好诗榜。

过楚江金水

楚水将何往，西来入碧霄？
风轻花草岸，路远海江潮。
幸有扶桑树，憾无公子乔。
蓬莱游子意，苇叶满萧萧。

又过白鹤畈

龙潭渡口采枇杷，芳草年年是你家。
驻步泊车飞浅水，寻溪倚杖问新麻。
疾风有意摇青果，骤雨无情坠落花。
莫论平生不幸事，君心夜夜发春华。

罗县村见闻

欲往新村试早茶，池边又见旧时蛙。
磨盘岭下听风雨，洪府堂前点豆瓜。
微信电商连四海，抖音屏幕串千家。
引来科技源头水，垄上浇开富贵花。

罗村故垒

圻上西来寻故垒，行行片刻复行行。
云销雨霁尘埃净，彩彻区明海堰清。
郏水朱华陶令笔，睢园绿道孝王城。
东风任性随春去，自洗南溪晓月明。

路 明

湖北省十堰市人。业余爱好诗词写作、徒步、爬山。人生追求：路漫漫其修远兮，吾将上下而求索。

甲辰年初游大西沟长河湾

半寒半暖满河香，难得清悠踏四方。
笔底诗词逢片月，胸中新境似重阳。
二三往事无因有，千万风云已是常。
随性随心憎与爱，乐山乐水慨而慷。

甲辰年春郧阳南化滔河边即兴

杨柳丝丝随意展，桃花朵朵着新鲜。
云烟春信西窗幔，雨润阳和二月天。
浊酒禅茶当妙理，疏帘翠袖话流年。
何虑尘世三千事，最美人间情所牵。

甲辰年新春登牛头山

时光荏苒不徘徊，怀旧期新天又开。
缕缕柳条垂弱水，枝枝桃蕊赋瑶台。
声声韵竹欢如梦，习习春风正剪裁。
玉兔蟾宫飞步去，辰龙着意降凡来。

蝶恋花·二十四节气之小寒感怀

岁首小寒初上冻，颤颤而来，冰结瑶池梦。朵朵梅花寒意纵，渐渐吐蕊邀相共。悄悄春心谁搅动，过客匆匆，走马相迎送。凛凛霜威相戏弄，明朝春起多珍重。

鲁志杰

湖北省黄冈市黄梅县人，系湖北省中华诗词学会会员，黄冈市诗词学会会员，黄梅县诗词学会常务理事，东山诗社副社长。

鹧鸪天·赞五祖镇移民安置区

易地搬迁有远谋。农家住进小洋楼。店多货美招财到，路畅街宽迎客游。
霓虹闪，舞姿柔。俊哥靓妹竞风流。敲锣打鼓歌嘹亮，颂党深恩泽九州。

西江月·五祖镇张思永社区见闻

桥跨一河大道，蜂探两岸新花。东山南麓好繁华。稻浪千重如画。
公路直通皖鄂，林田斜倚山崖。俏销特产脸飞霞。姊妹欢歌日夜。

西江月·春游大别山麓问梅村

日丽风和赏景，桃红柳绿迎宾。镜湖映日水粼粼。浓墨丹青流韵。
曲径通幽忘返，奇花异木堪珍。问梅村里旅游人。拍照抖音比俊。

行香子·赏黄梅油菜花

夜雨朝晴，色染平冈。沐艳阳、溢彩流光。琼花绽放，香沁心房。看叶争吐，苔争壮，蕊争芳。
纵横阡陌，馨风阵阵。喜田园、铺绿堆黄。蝶飞花海，蜂采琼浆。赏莺穿桃，燕穿李，鹊穿杨。

罗少斌

湖北省黄冈市人，中国楹联学会会员，湖北省中华诗词学会会员，先后在《中华辞赋》等40余家纸媒发表诗词近500首。

咏油菜花

花开满畈遍金黄，耀映青天欲醉乡。
过雨临风留烂漫，迎阳破雾竞芬芳。
犹存远梦千般态，渐展华年百样妆。
蝶喜蜂欢人亦乐，心同蕊意伴春光。

乡间秋雨

晨听淅沥伴雷鸣，竟愿秋霖复有声。
阵阵凉风驱暑散，家家熟果载香盈。
稻畴转绿田园秀，杏树飞黄景气清。
化解旱殃添稔色，乡村是处瑞华生。

孟冬野景

野霁霞舒泛景光，寒烟散彩色苍茫。
朔风吹皱湖中影，啼鸟掀翻叶上霜。
谷口枫红犹吐艳，篱边菊放尚浮香。
谁声响彻通山路，归客欢歌兴且长。

鹧鸪天·乡村春约

燕子归来翔半空，塘明映柳荡东风。机耕水响寒声远，蝶舞花香春意浓。
兴穑事，盛农功。乡间景致望无穷。山浮瑞气韶光漫，期约秋登贺岁丰。

卢素兰

湖北省黄冈市黄梅县人。中华诗词学会会员，湖北省中华诗词学会理事，湖北省中华诗词学会散曲分会常务理事，巴黎五洲诗社名誉社长。

插 秧

头顶骄阳背靠天，手持嫩绿插秧田。
纵横次序星棋布，进退方形条线连。
汗滴禾间根助长，足伸泥里蛭胡缠。
躬身但盼丰仓廪，农汉囊中不缺钱。

割 麦

麦熟熏天一片黄，轰鸣机器垄畴忙。
割收勿用镰刀舞，捆扎何须气力当。
老汉提壶乘树下，娇孙捉蝶戏丛旁。
微风犹送甜滋味，鸟在枝头晒太阳。

乡 情

闲来晓坐起乡愁，呼女驱车故土游。
旧梦常萦山水里，新霜又点鬓丝头。
村前槐树迎归子，屋后丹枫正染丘。
昔日小丫成大婶，沏茶摆果不停休。

题农民丰收节

葡萄架下话麻桑，谁把秋图已染黄？
风助果瓜呈碧野，露濡稻菽泛金光。
田无税赋三农利，户有琼楼五谷香。
衣袋不差零用币，八旬翁媪着红裳。

刘继光

湖北省丹江口市诗词楹联学会副会长，中华诗词学会会员，中国楹联学会会员，湖北省诗词学会会员，湖北省楹联学会会员。作品多有发表。

丹江口建市四十周年有感

古邑均州库底藏，府都迁徙碧湖旁。
一江两岸春秋美，九路八街商贾忙。
不夜城中留远客，观光塔下是仙乡。
政通风顺再加劲，勿忘初心争百强。

减字木兰花·春

春光明亮，嫩叶初发莺燕唱。莽野方茵，万物重生气象新。
花红柳翠，色彩斑斓惹人醉。游客如织，恰是邀君赏景时。

鹧鸪天·牛河行

公路蜿蜒汉水边，林区迎进采风团。碧湖潋滟浮红日，绿苑氤氲泛紫烟。
莲花寺，凤凰山，果香茶嫩藕荷鲜。遵循科学乡村富，喜看荒坡变乐园。

清平乐·清明祭

清明节到，有教儿孙孝，岁岁坟茔来祭悼，扫墓呈花放炮。
虔诚跪拜碑前，上香许愿庄严，告慰英灵祖辈，鸿恩永记心田。

兰子雄

湖北省天门市人，中华诗词学会会员，湖北省中华诗词学会会员，天门市诗词楹联学会副会长兼秘书长，《天门诗词》执行主编，《天门诗苑》主编。

岁末感怀

岁月霜侵染白头，经年忙碌未曾休。
心闲便拟清辞酌，情笃常将国事忧。
愧对儿孙疏照看，倦登诗苑费筹谋。
春来花甲过三载，嗟叹时光不倒流。

山　行

偶有闲心携友行，群山苍翠野花迎。
藤缠古木疏光影，云绕峰峦听籁声。
鹰隼盘空飞羽疾，瀑泉漱石震滩倾。
不经攀越更高处，胜景何能满目盈。

秋游天门张家湖

已厌喧嚣觅静幽，公园湿地作秋游。
澄澄湖水行苍犬，渺渺烟波隐白鸥。
靓妹采菱歌带笑，老翁施罟影摇舟。
蒹葭滴翠金风飐，红蓼香汀一眼收。

初春郊游

慢步郊原春日迟，东风引我猎新奇。
嫩苗满垄铺毡毯，瘦柳沿河坠碧丝。
婉转黄鹂枝上闹，翻飞紫燕眼前痴。
殷勤黎庶耘田早，更见铁牛阡陌驰。

刘海新

湖北省潜江市人。先后从事农技、科技、文化等工作，现退休。闲暇写诗填词以抒心声。为湖北省及潜江市诗词楹联学会会员。

脱贫村

田平路直琼楼美，亮丽风光分外明。
简陋贫穷成往事，繁荣兴盛启新程。
名优瓜果香风远，生态稻虾碧浪清。
晚照轻烟添雅意，村边垄上踏歌行。

幸福莫岭村

如虹赛道耀湖乡，别致洋楼泛彩光。
广场晚风歌舞起，民居美味客人尝。
筑成生态稻虾梦，谱就文明锦绣章。
路阔水清田野绿，欢声笑语颂荣昌。

一剪梅·水乡秋色

空水澄鲜一色秋，枫醉微凉，桂乐清悠。
丰收时节好登楼，沃野披金，胜景凝眸。
河网平川织彩绸，道上车流，垄上人流。
农家笑语遍田畴，果满枝头，甜满心头。

鹧鸪天·湖乡春早

薄雾轻烟绕翠楼，融融暖日锁寒流。梅无雪压春行早，柳有风吹丝舞柔。
云淡淡，水悠悠。沙鸥数点聚汀洲。湖乡壮景何人绘？巧手精工在垄头。

柳宗雷

湖北省潜江市人。湖北诗词楹联学会会员。作品见于《荆楚对联》《笔架山诗刊》《雷雨文学》《潜江日报》《返湾涛声》等。

返湾湖湿地

返湾湖水荡清波，百鸟翱翔亮嗓歌。
菱角香荷生妩媚，人迷胜景喜吟哦。

路美后湖富

双向车行道路忙，虾灯特制立街旁。
花坛绿植皆精品，北往南来创小康。

流塘新村观光

走过一村又一庄，早练晚舞喜洋洋。音乐欢，彩衣靓，强身健体现春光，全村乐在池中央。
走过一村又一庄，塘边河岸垂钓忙。撑阳伞，端茶缸，修身养性有良方，愿者上钩篓中装。
走过一村又一庄，家家桌上佳肴香。烹野味，炖鱼汤，餐餐美食胜太皇，国富民强人安康。

柳在云

湖北省诗词学会会员，潜江市诗词楹联学会会员，潜江市诗词楹联学会积玉口镇分会会员，《借粮湖文苑》编委。

雨锁借粮湖

丝丝细雨蒙蒙下，败草残茎任自流。
苇絮经风头点水，莲花逐浪瓣飘舟。
湖中绿岛竹遮影，岸上白杨叶弄秋。
铁链枷锚楫靠港，渔夫罢桨戏牌楼。

清平乐·春雷

黑云弥恶。闪电雷声和。夹雨携风宏气魄。疾劲狂涛天破。
噼啪啪胜开竹。轰隆隆泻飞瀑。唤醒蛙虫柳杏，呼催蓑笠农夫。

油菜花

金黄锦缎吉祥色，遍野盈山入眼帘。
不是龙袍染缸破，安得广域万花鲜？

阡陌野花

红蓝绿紫棋盘绘，默默偷开释暗香。
小簇星罗妆沃野，添得五彩衬春光。

刘代金

湖北省中华诗词学会会员。任村干部十一年。现为个体工商户。

春满积玉口

水网丘陵布小村，黄莺婉转唱清晨。
萋萋百草听风绿，簇簇新花挤破春。

虾乡趣事

农夫立夏未插秧，水稻田中看月光。
午夜收虾钱袋满，白天小睡梦中香。

轻简栽培虾稻共生

六月田中未见秧，农夫自主有良方。
芒种时来丢把子，虾钱满袋谷丰仓。

刘红灵

中华诗词学会会员，湖北省、松滋市诗词楹联学会会员，荆州市作家协会会员。曾多次获松滋市文联小说奖。

三　月

三月江南满眼新，天蓝地绿百华缤。
白云舒卷游苍极，小鸟翔栖闹晓晨。
闲逛菜花油画上，倾听溪水乐池滨。
行吟旖旎风光猎，气爽神清笑靥春。

蝶恋花·暮春

放眼葱茏新绿醉。樱褪残红、月季知时媚。最喜一行垂柳外，繁华一路妍妍缀。
春暮夏来花有继。橘柚飘香，玉荷同心意。杜宇声声催稼事，收成莫误耕耘计。

蝶恋花·行吟小南海生态涵养区

春夏之交红五月。假日欢欣，约作郊游涉。一路车行南进发。以风为马轻松达。
瞭望台观无限阔。湿地陂湖，连片波光烨。嘉树繁花多笑靥。乐乡硕大明珠缀。

鹊桥仙·曲尺河印象

高山相挽，清溪妩媚，特色楼台亮目。拥云携雾似神仙，小街走、花香馥郁。
一方净土，满坡蜜果，晶地温泉陶菊。淳诚厚道土家人，民服靓、冰心如玉。

刘顶利

笔名诗警逍遥，创作古体诗词1000余首。曾获国家级诗词比赛一等奖。

游盘龙遗址公园

携穿细雨浥秋黄，遗址斑斓陈列详。
曾用刀耕兴聚落，亦从瓮汲筑城墙。
红泥焙就风云史，陶皿盛延岁月光。
欣看蟠龙荆楚舞，啸鸣尘世共沧桑。

千年古镇黄花涝春讯

轻风拂过润歌喉，槐树无闲横渡舟。
梦起黄花春色早，客惊府水野禽悠。
斟怀非是谙尘事，绕寺虚宜近海鸥。
书院分茶宣墨醉，同消块垒化千秋。

甲辰椿萱陪岳母游铁寨

周末伺闲桑梓行，飞驰百里柳风迎。
至亲俚语闻春籁，松岭苍虬随客平。
步缓云浮心际远，碧虚神旷昊空明。
凭高唯憾同框照，绝顶常圆未了情。

木兰山花朝联会即兴

群儒绝顶挹烟霞，值事无缘闻鼓笳。
百里轮飞清晓月，千畴虹化郁金花。
春游非是寻题柱，午憩欣能逢大咖。
胜事浮舟何用桨，碟盘交响韵诗华。

雷小华

高级教师，荆门市诗词学会副会长，荆门市楹联学会副会长。喜爱古典诗词，偶有作品发表在各级刊物上。

党校培训拾景

穿林徐步傍清风，枫叶经霜尽染红。
醉入其间情不已，初心此色两相同。

观　雪

朔风漫卷雪花飞，千鹤精灵上翠微。
玉树晶枝裁一色，徜徉天地不须归。

乡村春景

二月乡村丽，犁翻沃土忙。
林梢群鸟闹，墙角玉梅香。
细柳牵衣袂，和风抚竹冈。
意真情未了，赋予一诗章。

钟祥市冷水北山革命根据地

走进陵园花欲燃，青松翠柏锁长天。
默读简介心难静，瞻仰丰碑泪已潸。
无惧风云追日月，甘将肝胆捍山川。
峥嵘往事何曾忘，不朽精神耀万年。

荆门新农村

风拂横陂香已匀，又闻鸟雀起歌频。
一犁膏雨濯园绿，百幢琼楼映日新。
户户同追中华梦，村村皆绘秀奇春。
笑声飞入云霄外，酌满壶觞待客亲。

林明金

网名奇文，武汉市黄陂区诗词楹联学会常务理事，武汉市作协会员，湖北省中华诗词学会樱花诗书画社常务理事。

咏春雨

和风细雨落田畴，喜得甘霖润九州。
滴滴含情滋沃土，盈盈洗叶亮枝头。
时催野色梅初绽，地尽天光麦穗抽。
馥郁峰峦添景秀，平川万里绿油油。

游风溪湾

我伴诸君去采风，欢声笑语到天宫。
街宽树绿路灯美，楼耸窗明环境融。
眼正闻香游径曲，心安见影亮花丛。
欣逢今日农村变，敢使倾城且自雄。

游中山公园

春风邀我去公园，一路观光惬意宽。
曲径徐行寻曲水，长亭小憩再登山。
悠悠脚步光阴速，郁郁平林草木鲜。
几处广场传舞蹈，游人醉意笑颜宣。

毛声芝

中华诗词学会会员，北京市和湖北省中华诗词学会会员，星火诗社副秘书长。出版《清流诗联集》，自辑《寸草心》诗集。

咏　雪

柳絮梨花舞，云纱玉线牵。
鹅毛飘碧落，鹤羽展银川。
歆羡无尘地，狂欢不夜天。
白梅仙子醉，相吻乐陶然。

不误农时

精挑细选优良种，汗水浇培鲜嫩秧。
欣喜抢栽抓大鳝，惊惶除草拍麻蝗。

人勤春早

春回大地百花娆，装点平川涌海潮。
梅韵兰馨青竹雅，桃红柳绿杏英娇。
犁耙水响麻鞭举，荆楚人勤铁臂摇。
书画诗家挥彩笔，小康美景用心描。

清明梦双亲

梦断椿萱踪影去，千声呼唤步云端。
惠风吹拂三春暖，思绪萦牵六月寒。
八秩挥毫编族谱，古稀从艺拜师坛。
心香一炷诚祈祷，父母体康天国安。

马凤伟

湖北省十堰市竹山县人。教育工作者退休。湖北省、十堰市、竹山县诗词楹联学会会员。在各级纸媒及网络平台上发表过多篇作品。

春行山里

踏翠寻芳半岭高，独行林里享逍遥。
雄鹰展翅搏云海，黄雀交头理羽毛。
花树纷纷争绮艳，清风飒飒起松涛。
身心此刻皆愉悦，疾病愁烦全自消。

深秋即景

山拥云霞溪逐景，枫描红彩竹涵青。
西来夜雨去还急，南渡归鸿飞未停。
出屋方知寒露重，隔窗犹觉桂花馨。
等闲借得商风便，收拾秋容入画屏。

蝴蝶兰

一道清妍入眼中，超然不与百花同。
谁言六月芳菲尽，此处团团紫映红。

老家行

一片祥云一阵风，花枝摇动透菲红。
满园春色照墙外，几缕馨香入肺中。
最爱锦鳞游浅水，惯看鹰隼击长空。
若能居此仙源地，定可比超陶令公。

马首春

网名马骉，中华诗词学会会员，湖北省、黄冈市诗词学会会员。黄梅县诗词培训班班长。

临江仙·夏雨游雷池

细雨新荷飞碧玉，风吹绿柳千丝。小船慢荡皱涟漪。雾遮东岭远，云动一帆移。
玉笛吹来嘉雨韵，漫游花畔清溪。肥鱼跳水显高低。轻声问大坝，巨变汝当知？

秋风伴我回故乡

秋色浓浓心意惬，双双老伴返家乡。
重重屋舍迎棉白，块块田园散稻香。
垂柳依依枝叶动，浮云朵朵雁鸥翔。
美轮美奂农村好，故里民丰说小康。

访问梅村

前往问梅村，秋光爽杀人。
镜湖迎旭日，针柏抖精神。
悦目桂花树，明眸靓女群。
东山云缥缈，舒坦我身心。

毛赛明

高级工程师，武汉市劳动模范。中华诗词学会会员，武汉市新洲区诗词楹联学会副会长。出版诗集《田园诗草》《尘陌寻趣》等。

今日过贤埠

倚楼静忆望村旁，路遇传经兴味长。
兴业宜然知六艺，齐家岂不咏三章。
音书宛赋仁风盛，礼乐温吟谷酒香。
安得同君相对日，古今一梦共康庄。

再看新洲

望中知是故乡天，大道连环百业先。
云白风清山织翠，粱红藕碧水生烟。
子规唤雨梳杨柳，画栋添诗泣管弦。
月朗春花香入卮，一樽恰是醉芳年。

黄河颂

黄河今古替人愁，坦坦慈怀惠碧流。
浪逐腥风开朗日，冰旋豪气振芳猷。
船中浅唱渔光曲，岸上轻扶稻谷畴。
难舍此情东去远，相行一步一回眸。

一剪梅·乡恋

身满尘泥带晓耕，春在同行，梦在同行，
汗惊花骨负恩生，一片香茎，一片甘橙。
遥寄乡心对月明，政也钟情，道也钟情，
丰年自是有欢声，楼上华灯，席上佳羹。

梅桥东

湖北省黄冈市黄梅县人，湖北省、黄冈市、黄梅县诗词学会会员。作品曾发表于各种刊物。

立 夏

暖日麦油黄，风柔米枣香。
畦青茄子挂，田育稻秧长。
虾菜红餐桌，燕巢垒栋梁。
雷声迎小满，今岁夏收强。

卜算子·春雪

乍暖又天阴，冷雨晨飘散。已是时常柳眼开，梅蕊枝头炫。
六出夜纷飞，银色山河染。待到春归瑞雪融，百卉争馨艳。

美丽乡村朱家楼

碧水村东照眼明，路依绿色杂芳英。
门前坐见长桥影，楼畔时闻锦羽声。
蝶吻鲜花香袅袅，棚收嘉菜脆盈盈。
诗情画意滨江里，美丽新村享盛名。

念奴娇·赞板桥畈村大棚蔬菜基地

板桥村上，望田园，形似军营篷扎。一片大棚繁绿野，百菜激情青郁。豇豆垂垂，苦瓜蔓挂，茄子全株结。还加苞米，季迁仍旧挺拔。
任凭雨打风狂，气温忽变，网菜天天发。落日灯明工不歇，线上货单频接。不出家乡，挣钱棚里，子女亲人悦。感恩吾党，民欢康富生活。

梅三姗

笔名寒梅傲雪。黄州书画诗联协会会长。中国楹联学会会员，湖北省中华诗词学会会员，湖北省楹联学会理事等。

立冬野外

冬已过江枫树齐，村姑金桂竹篮携。
羊羔山谷观芳菊，农器田间驾动犁。

芒　种

播种农期何得失，村夫午夜赶牛疾。
秧青麦熟问溪泉，布谷鸣啼明晓吉。

秋分游吟陈策楼

朝阳送爽韵三秋，金素棉花吐絮头。
夹岸浓香黄菊笑，沿溪秀色露葵浮。
菜畦白玉盈筐满，葡垄琼晶载酒酬。
悠婉声声牛笛曲，农夫情喜候丰收。

咏乡村教师

江乡原野雁回归，桃李氛氲鸟竞飞。
耕稼采芹折桂树，园丁倚夕已残晖。

梅耀东

湖北省黄冈市蕲春县人，中华诗词学会会员，湖北省诗词楹联学会会员，东坡赤壁诗社会员。著有诗集《东轩试笔》《梅园吟韵》。

鹧鸪天·秋聚四流山

云淡天高枫影斜，友情相约访农家。诗书旨酒醉秋色，庭院清风吹鬓华。
锤薏米，摘山楂。听歌谈笑饮香茶。二胡声脆忘归返，滚滚车轮送晚霞。

鹧鸪天·参观村苦瓜基地

夏日炎炎垄上行，苦瓜基地绿莹莹。眼前翡翠霞光照，架下蜻蜓玉叶停。
忙采摘，重经营。远销都市创收成。三农致富财源广，追梦乡村顾客迎。

西江月·夜游李山村

月下灯光闪烁，楼前夜市连环。碧波荡漾玉龙旋，多彩缤纷耀眼。
竹影随风招友，茶香伴客听泉。万千景象入诗篇，仰望星空忘返。

秋日故乡行

瑟瑟秋风吹艳丛，蓝天浩荡看归鸿。
亭前流水黄花灿，竹外黛山枫叶红。
昨岁乡愁随梦去，今朝夜色入诗中。
纵横油路通村落，胜景连环无尽穷。

梅耀雄

乡镇公务员。湖北省中华诗词学会会员，黄冈市诗词学会理事，黄梅县诗词学会常务理事，蔡山镇诗词学会会长。

美丽项桥村

小楼阔道沐花香，碧水蓝天四季芳。
气派牌坊迎远客，豪华宝马接新娘。
一街锦绣繁荣景，十里烟霞盛世光。
好友归来徒感叹，今生不再羡仙乡。

秋到果堂采摘园

乘兴欢歌到果堂，可餐秀色几回肠。
爬梯上树飞残叶，举手伸腰摘软糖。
景美招来游客醉，味甘赢得赞声扬。
真情拾起童心乐，漫写诗书一两行。

欢乐农家

漫步乡村兴致昂，怡人美景入诗囊。
林荫掩映温馨墅，雨露滋繁绚丽庄。
土院荆篱闻犬吠，新街老巷赏花香。
今朝得遂桃源梦，喜庆农家乐小康。

农家小院

小院清幽胜洞天，桃红李白柳如烟。
一湾碧水甜心底，几亩新荷绿眼前。
错落林中花影乱，呢喃耳畔笑声绵。
身居闹市千般好，难舍乡情梦里牵。

孟　林

副高职称。中华诗词学会会员，武汉诗词楹联学会会员。著有个人诗集《人生有梦》《逐梦人生》。

鹧鸪天・早春

二月江南雨复阴，初醒滩草露青针。时飘碎雪昭祥瑞，未见群蜂喧杏林。
温浊酒，抚瑶琴。《偶成》一曲步朱吟。江流易逝光阴迫，岁在韶华寸寸金。

朝中措・四月赏杜鹃

人间四月向龟峰。遍野杜鹃红。俯视娇容楚楚，奢望烈焰熊熊。
八旬初度，千山已过，万事看通。不学石龟呆卧，愿随雁字排空。

西江月・仓埠花果山

金桂溢金摇彩，碧园透碧流芳。楼台隐隐小溪长，遥听楚歌豪放。
体验乡风民俗，探寻现代农庄。铺开心境沐斜阳，不羡王侯将相。

喜迁莺・秋日访问津书院

秋色里，问津行，庭树几声莺。小河依旧水澄清，静心拜虔诚。
崇孔孟，尊先圣，总记得中华姓。老来偏爱入诗林，常伴暮江吟。

明廷成

现供职于十堰老年大学。中华诗词学会会员，中国楹联学会会员，湖北省中华诗词学会会员，湖北省楹联学会会员。作品散见于各级会刊。

癸卯小年

一夜雪盈川，茫原喜气旋。
红装披素裹，万里尽炊烟。

甲辰初春

冰消梅隐素馨艳，雪化溪流小麦青。
成燕归巢寻老屋，出门雏鸭识沟泾。

年　话

漫山飞羽迎春到，傲雪红梅映日开。
塞外幺儿归故里，关中长女探乡垓。
沏茶削果珍馐置，生火张灯醇酒醅。
余庆吉祥鞭炮响，叙家数典饮三杯。

一剪梅·冬日河边漫步

一碧蓝天万里晴，日暖风轻，山远村明。
三冬未了似阳春，漫步河边，一路轻盈。
江阔滩幽水面平，烟屿环汀，鸟舞人行。
鸭凫上水啄虾忙，时潜时浮，一派春情。

缪十全

又名石泉，湖北省黄冈市蕲春县人，退休教师。

国庆节游李山村

胜日生闲趣，李山信步吟。
林中闻鸟语，轩内抚瑶琴。
风起松涛响，鱼游碧水深。
乡村多美景，悦目复欢心。

秋日城郊漫步偶感

日丽风和秋气爽，云轻野旷水笼烟。
流连雁阵含情去，烂漫山花着意妍。
稻粟欣然归廪库，蛰虫渐始入休眠。
晴空一鹤催诗兴，笑傲刘郎上九天。

观长林岗流水崖瀑布

凌空万仞气如虹，激石摩崖昼夜功。
观瀑何须黄果树，人间胜境此山中。

浣溪沙·山村即景

信步村边逐暑凉，果丰瓜熟溢清香。紫薇含笑稻初黄。
蜂蝶亲花鱼戏水，蝉鸣雀噪犬声长。欢歌笑语满山乡。

南东求

黄冈职业技术学院教授。中华诗词学会评论委员会副主任、湖北省作协会员。《东坡赤壁诗词》杂志主编。

乡村杂咏

架上青藤挂晚霞，山前细麦正扬花。
新添野水塘塘满，雾隐乡村月笼纱。

过阜南西田坡庄台

幸得春风勤播梦，楼前硕枣值秋红。
阿婆含笑凝思远，一篓深情送客翁。

癸卯仲夏再访奉节

半空云挂峰中月，车到夔门赤甲横。
入眼千帆悬峡口，一江灯火涌诗城。

鹧鸪天·乡居

家住奇峰茂竹间，门前碧水任流连。朝霞染透千棵树，布谷啼青百亩田。
山石处，古桥边。绿林旧事乐童年。清溪雪茧情无限，月下蛙歌夜不眠。

倪靖道

湖北省洪湖市人，中学高级教师退休。洪湖市诗联学会会员，湖北省中华诗词学会会员。

早　春

雪融萌动早春初，烟柳含苞有若无。
又是一年春锦绣，芳菲草长燕莺图。

春　耕

春风桃李绿无涯，岸柳婀娜笋抽芽。
水响犁耙农事早，声声布谷雁行斜。

初　夏

红紫花团自始终，竹篱夹道绿荫浓。
遥思当日植青箨，拔地冲天满草丛。

夏　日

林茂竹苞夏日长，蔷薇架影戏方塘。
纳凉水榭风荷舞，菡萏娉婷四野香。

垂　钓

春风伴我到杨楼，垂钓休闲胜景幽。
青草湖边蛙弄鼓，蜻蜓飞上飘梢头。

聂建华

湖北省应城市人。应城市自然资源和规划局退休，应城市诗词楹联学会常务理事。

六月飞歌

金黄抹尽转晴翠，耕种轮回茬口追。
往夜插秧灯火亮，今夕起舞扇迭飞。

春　归

雪沃平畴绿，雁翔相与还。
风梳杨柳嫩，燕剪渚汀寒。
聚少春光短，离多晓梦残。
别家肠寸断，稚子泪痕干。

民办教师

搁下教鞭执扁担，收完试卷作田翁。
娇儿倚背云笺素，蜡烛临窗翰墨浓。
沥血呕心肝胆尽，拖家带口米缸空。
勤劳不负乡亲愿，苦乐唯期桃李红。

深秋访季墩村

城西四里季墩村，民富心齐远近闻。
党建领航奔富路，乡村振兴铲穷根。
白墙黛瓦有香桂，糯稻果蔬无懒人。
路畅网通庭院美，橘黄橙绿落英纷。

欧双应

湖北省荆州市公安县麻口镇人，诗词爱好者。

东清河畔

鱼燕空鸣饥，游鱼戏藻低。
花裙歌两岸，逗水起涟漪。

同学聚会

恍若南柯里，相逢鬓已斑。
驭舟行逆水，纵马逐平川。
大幕徐徐落，赊情一一还。
青葱何处觅，醉眼尽阑珊。

清　露

南园碧草顶晶莹，庭院枇杷滴翠轻。
唯恐阳光时刻到，忙将万物润无声。

晚秋曲

极目斑斓调色远，斜阳铺地满金秋。
荷随稻舞芳洲动，柳伴风吟碧水流。
笔拙逞能描胜景，才疏了愿赋乡愁。
白云欲把红霞染，空过还填几点鸥。

彭凤霞

网名心妍，中华诗词学会女工委副主任，湖北省中华诗词学会女工委主任，山西杏花诗社顾问，安徽省诗词协会女工委顾问，湖北交投宜昌高速公路运营管理有限公司兰韵诗社顾问。

鹧鸪天·老家新滩

古镇新滩近水湄。江风绿树绕长堤。枫杨依旧悬青子，国道横空引契机。
听夜鸟，看晨曦。三番记起纳兰词。光阴不为谁留步，一句寻常对落晖。

蝶恋花·乌林吴王庙

城里秋心城外路。绿草乌林，三国名流署。苦楝临风思远树。吴王解甲扬长去。
今有桃源新举步。敬老扶贫，一代公之仆。石外长廊诗入柱。乡亲最爱青莲浦。

鹧鸪天·洪湖峰口土京村纪行

乍到土京文化庄。一台大戏不寻常。牵杆童叟吆鸡鹜，伴藕鱼虾闹野塘。
淘宝店，五花墙。清风过客自徜徉。秋波久住佳人眼，只道佳人是老乡。

鹧鸪天·黄花涝古镇印象

不远天河万亩葱。黄花一梦载乌篷。游原每渡波中鲤，问史先寻岸上翁。
青石埠，老僧宫。乡人友悌好家风。曾于巷陌聊光景，便说渔光故里同。

彭振仁

潜江市诗词楹联学会名誉会长，湖北省作协会员。

潜　夫

乡间五月石榴红，楼舍青青翠柳浓。
虾市沸腾微信网，田头喧闹麦机隆。
清歌一曲清平乐，古韵三声古朴风。
又是轻风明月夜，村姑村嫂舞翩鸿。

水乡秋色

旅雁北来头顶霜，蒲芦莲芡换寒装。
菊黄蟹美农家乐，笑语频频话短长。

蝶恋花·返湾湖

岸柳青青黄雀闹。碧叶连天、出水芙蓉笑。虾蟹随心游浅淖，少儿牵手嘻蓬岛。
湖上腾飞潜马道。十里长廊、十里朱桥绕。新米初烹柴火灶，农家更有陈年窖。

彭齐峰

湖北省潜江市熊口镇人，曾担任村支书十多年。湖北省诗词学会会员。

河东葡萄园

小河碧水向西流，南岸大棚财富兜。
数万银钞投血本，一身汗水赚金牛。
施肥除草青藤壮，授粉修枝绿果稠。
优质引来商贾买，葡萄园里唱丰收。

临江仙·访生态村鄢岭

结伴同行鄢岭看，荆河彼岸寻芳。风吹冬麦舞青裳。新村环境美，生态百花香。
国道临村穿省道，奔驰宝马匆忙。青禾绿树绕村庄。龙虾增效益，籼稻满粮仓。

雨中花令·水乡春末

旭日霞光耀眼，浩荡东风拂面。桃李花凋青果现，河畔蛙声倦。
一路潜杨飞雪片，漫天舞，众人埋怨。水面上，有虾公舞爪，锦鲤新装炫。

彭卫东

湖北省十堰市竹溪县人，中华诗词学会会员，十堰市作家协会会员，中国硬笔书法协会会员。

春夜听雨

滴滴春雨夜醺醺，丝竹输它孕耳闻。
打响岸林轻走马，敲开户牖近披云。
枕边展卷诗书乐，天外鸣鸡耕事勤。
岁月如歌多可爱，正思唤醒百花群。

春游黄花沟

春山新雨谷通幽，古木烟藏万载秋。
壁荡清音鸣凤杳，林藏旧迹草根休。
怪松挡道生情韵，飞瀑垂天释自由。
难为武陵风雅客，黄花沟里率真游。

画　春

春风调色染苍茫，一片丹青一片黄。
万里山河铺画卷，桃花开处是家乡。

〔中吕·山坡羊〕贺武陵古镇元旦开街

雪花狂舞，北风呼啸。武陵古镇元旦闹。抖音撩，友朋邀。盼临盛况归心躁。机票携程预订了。体恙，竟变好；西关，我到了。

彭崇良

湖北省楹联学会会员，湖北省金融作协会员，鄂州市诗词学会会员，鄂州市楹联学会会员，中国金融摄影家协会会员。

甲辰正月初六日于流浪营地煮茶见江舟西来

旧地武昌称鄂州，烟波百代大江游。
飞桥牵北经南走，樊岭垂云绕境流。
古阁锁堤尝借问，树禽横羽复回眸。
风涛翻覆信潮落，君爱煮茶频指舟。

赏方仲华摄影作品《五线谱之独奏》

白羽出蓬芦，何成休止符。
清风烟水域，鸣曲德非孤。

卜算子·樊南词客辞江南之海南

椰酒敬潮升，春雪江南地。万里云波客子心，此处添闲意。
念起却无由，有所凭虚寄。昨日浓茶问返期，笔稿成诗记。

又

词客海南行，云上知群友。夏日清风暖似流，春雪添新酒。
适意写心言，佳处求停逗。极目来思迟未回，绝句追朋旧。

彭太山

湖北省天门市人，中华诗词学会会员，竹韵精品诗社会员。发表论文诗词350多篇。与人合著《竟陵古韵新吟》等诗集。

龙年话龙

图腾寓意古今深，中华传人寰宇钦。
张氏点睛酬破壁，叶公作秀辨知音。
蛇行大泽忠诚伴，鲤跃津门壮阔心。
际会风云凭纳吐，乾坤生气待飞吟。

次韵友人闻湖北遭逢大暴雪

玉龙肆虐舞喧嚣，荆楚黎元盼制调。
归宅团圆思绪切，倚门留守笑颜寥。
无情天道阻羁旅，有爱人间搭鹊桥。
始信雪消冰化日，终归江汉涌春潮。

酒会忆趣

四十年前一幕弹，当时聚饮忆犹欢。
红茶白酿质相浑，纯洁赤诚杯尽干。
豪气敢教星斗落，热忱能逐雪霜寒。
奋青不觉世途苦，回首释怀心路宽。

自卑亭

自卑亭陋内涵泓，学问修身昭大成。
亘古骄兵多败北，由来健者必谦明。
武皇尚立碑无字，黉府亦称湖未名。
若读五车行万里，应将兹作警钟鸣。

潘传祥

湖北省咸宁市人，高中语文教师，中华诗词学会会员，湛江市作协会员。在各级诗词刊物发表作品若干。

谷　雨

别寒侵夜雨，鸠鸟脆晴光。
莜麦矜怀穗，红樱怒出墙。
移苗栽薯急，点豆掩瓜忙。
一捧山茶了，荼蘼报谢章。

庚子返乡耕读

天意竟归人，开山作物新。
清流时可口，蔓发尚知春。
抛籽熏吟袖，飞镰晌卧云。
旰烟牵桂宇，霞径一衣巾。

金桂湖

日落南川染紫霄，秋风水榭注清寥。
白鲦跃面金鳞碎，草鹭随波玉女漂。
半首稀疏沧浪洗，一身褶皱暮晖描。
炊烟漫笼浮槎急，偏岸飘来取饮谣。

喝火令・重阳登普宁大南山

众览围房矮，南山故事猩，矫情霜鬓采黄英。黄鹤掠翎三坎，无趣觅归程。
踏亮英歌舞，摩天把酒笙，立崖轻指点河星。便教庚遥，便教婺同明，便教沐椿兰桂，旷度寄安宁。

全玲

高级教师，就职于荆门市教研所。湖北省作协会员，湖北省中华诗词学会会员，著有散文集《生命的地毯》、专著《陆象山诗歌赏析》。

农家乐

三五闺朋远俗尘，驱车农舍与山亲。
青梅恰泡缠绵酒，彩鹞难追缱绻春。
鹭借湖光怜碎影，狗随闲屐遛乡晨。
芳菲盈袖无归意，遍采金花染月银。

观澜版画村

凌陈二氏隐村乡，黛瓦灰墙古韵藏。
塘水清清浮梦影，菩提叶叶扫心房。
百年巷口人声寂，半亩花田蝶舞忙。
欲问宗祠风雨后，可闻纸墨散清芳？

垂　钓

且伴潺潺逝水歌，一竿瘦影任蹉跎。
饵浮四季风光异，线甩三秋俗事多。
淡淡闲愁攀细柳，些些雅趣醉新荷。
鱼儿几尾随它去，洗却心尘懒逐波。

晚　秋

阳光正好踏歌行，湖畔新黄旧绿迎。
幽径斑驳风自野，碎波荡漾鸟忽鸣。
才怜苇草栖诗意，又忆残荷醉雨声。
四季匆匆织锦绣，一针一线几多情。

瞿从新

笔名重新，网名面壁客，创作诗词千余首。湖北省中华诗词学会会员，荆州市诗词楹联学会会员，鹰台诗社会员，监利福田诗社副社长、荆台诗社主编。

咏 梅

不流尘俗不张扬，腊雪凌枝透暗香。
羞与百花争丽艳，甘同三友傲寒霜。
春光早泄诗心醉，信使迟来柳絮狂。
多少古今追梦客，尽掏肺腑诉衷肠。

咏 兰

不逐春光不饰朱，一年四季面如初。
无为有德皆君子，非媚亦庄真丈夫。
月影朦胧松叶冷，山花烂漫柳枝舒。
枯荣宠辱寻常事，茅舍疏篱自在居。

咏 竹

不嫌贫瘠不骄苛，骤雨狂风奈若何。
尚未出头先吐节，恒当面世已持戈。
数行斑泪千年恨，一曲胡笳万古歌。
春去秋来常本色，虚心赢得众吟哦。

咏 菊

不怨秋霜不误期，重阳烂漫正相宜。
花开笑脸龙须秀，叶捧丹心凤爪奇。
陶令怡情南岭下，陆翁弥念北征衣。
玲珑剔透忌妖媚，沃土欣然化作泥。

覃春山

土家族，工程师，诗词爱好者，中华诗词学会会员，长阳诗词楹联学会会员。担任多家诗词微刊编辑及栏目主编。

夏　日

稻田映日瑞禾香，麦垄连天秀穗黄。
紫燕呢喃飞柳岸，青蛙宛转闹荷塘。
园蔬叶绿短梢密，篱豆花开柔蔓长。
桃李累累添树色，山村处处展风光。

吟　怀

秋去冬来时序转，天长地阔物情违。
南州日暖霜无影，北国风寒雪已飞。
身在楚山愁绪绕，心怀黄浦梦魂归。
不堪满目树飘叶，空自凭栏泪湿衣。

冬日暖阳吟好景

冬日融融宛若春，浅山处处不知湮。
虽无紫燕飞天际，却有琪花绽水滨。
银杏叶黄风色艳，竹篁丛绿岸容新。
杜兰屹立如簪笔，露草平铺似锦茵。

覃万德

湖北省宜昌市长阳土家族自治县人，中国楹联学会会员，湖北省中华诗词学会会员，湖北省楹联学会会员，宜昌市楹联协会会员，现为长阳诗联学会会员。著有《新韵习吟》1—3集。

喜庆秋粮丰收

农庶金秋分外忙，抢收稼稔快归仓。
家家唱起丰收调，饭碗端牢心不慌。

咏初冬

秋声未远地凝霜，金色篱花溢馥香。
收储黄粮忙扫尾，冬播田管趁足墒。

小阳春

又逢十月小阳春，回暖时光可爽心。
花艳枫红银杏叶，斑斓多彩映乡村。

暖阳驱严寒

暖阳冬日挂长天，垄麦菜苗增绿颜。
正好时宜播土豆，助农种梦续丰年。

覃万馥

湖北省宜昌市长阳土家族自治县榔坪镇人，文化馆员退休。中国楹联学会会员，湖北省楹联学会会员，宜昌市楹联协会会员，长阳诗词楹联学会会员。

多方位监控

航拍田野画图鲜，监控安装作物间。
塑料大棚云管理，人凭数智种农田。

初秋景色

高山玉米举红缨，树上金蝉报旱情。
回避余威秋老虎，村民灌溉夜出征。

癸卯秋分

农民起舞放歌喉，高唱金银堆满楼。
唢呐引来锣鼓响，全国上下庆丰收。

初冬景象

排排玉米似编钟，块块番茄已卖空。
晚稻归仓机械化，辣椒串串满堂红。

邱先梅

小学高级教师退休，湖北省楹联学会会员，崇阳县诗词楹联学会会员。崇阳诗联学会副会长兼石城分会会长。

登武当金顶

索道调弦唱彩霞，腾云遥赏野山花。
游人如织上金殿，直至天宫玉帝家。

玉兰花

春风惬意养心时，朵朵花开俏嫩枝。
蝶醉香芬亲素蕊，云迷靓影寄相思。
清高自有寒梅骨，淡雅常为节令痴。
小鸟依栖歌一曲，画图摄得好题诗。

登庐山

烟雨庐山醉眼眸，若彰若隐雾中浮。
苍松傲立云崖秀，怪石雄蹲鸟道幽。
桥断凌空千古誉，洞灵祭拜万人求。
高登壁嶂险峰处，锦绣浔阳一望收。

眼儿媚·铺前赏七彩油菜花

杨柳丝丝泛鹅黄，油菜醒梳妆。花团锦簇，争奇斗艳，彩映霞光。
纵横阡陌人如海，景旷乐徜徉。抖音拍录，风牵衣袂，淡淡清香。

邱晓英

中华诗词学会会员，湖北省中华诗词学会会员，湖北省楹联学会会员，武汉诗词楹联学会会员。作品散见于纸媒和网络平台。

鹧鸪天·乡村即景

绿染村原花满墙，田翻稻浪遍金黄。棉如白玉风荷翠，苕似红娃栗子香。
时鸟戏，老农忙，西悬丹日灿华光。诗情画意尘心醉，人羡天堂我恋乡。

临江仙·姐妹郏城赏花

古邑郏城秋似锦，大街七彩缤纷。葵花向日面含春。格桑开万朵，蜂蝶戏芳亲。
姐妹描眉轻抹粉，披纱漫舞罗裙。抖音竞拍笑声频。银霜虽染鬓，此刻忘年轮。

乡村四月

村原春滴绿，雨霁日晴光。
碧树鸣时鸟，清流涨柳塘。
老翁田里作，少妇地头忙。
豌豆花穿蝶，青青秀麦昂。

新秋乡景

蝉鸣高树接新秋，爽气徐来暑气收。
瓜果飘香人掩笑，芙蓉照水面含羞。
云施玉露田园绿，时送金风杨柳柔。
丹笔点枫添画意，翻飞燕雀展歌喉。

任爱华

网名兰月亮，湖北省天门市人。诗词爱好者。中华诗词学会会员，湖北省中华诗词学会会员，天门市诗词楹联学会会员。

癸卯深冬谒钟惺墓

去城三十里，东野漫寻搜。
枯草风中颤，吟魂何处游。
碑文书故事，黄土掩风流。
谁共幽人语，茫然问一丘。

花间露

枝头初绽蕊，月下待卿卿。
影动玉人至，更深魂梦惊。
惜缘嫌漏短，恨别愿风轻。
空有前盟在，嗟无一世情。

蒲公英

白首飘零无定期，也曾揣梦盛开时。
嫩黄滟滟向天问，玉指纤纤为底迟。
清夜倚楼徒望月，芸窗展卷枉凝眉。
空中淡荡随风舞，留待伊人赋楚辞。

唐多令·玉兰花

琼树玉荷浮，冰姿心画留。把贞娴、调至浓稠。添几番超然韵味。秋菊羡，牡丹羞。
昨夜历寒流，笑颜今在否。倩骚人、代汝忧愁。明岁重来迎料峭。再一次，入青眸。

任建平

湖北省荆州市公安县人。大专文化，高级经济师。现为公安县诗词学会会员。

南平古镇

虎渡清波芳草香，英雄古镇远名扬。
红军两路聚文庙，街巷千人迎日光。
鲜血染红星火地，勤劳开拓富民乡。
长征路上蓝图绘，不忘初心谱锦章。

秋思题照

独伫窗前着素装，红墙绿树映秋光。
风儿欲吻玉簪蝶，又恐天凉不忍伤。

小　年

春雷夜袭惊人醒，却是天公送玉花。
白雪茫茫题福字，小年走进一家家。

残　雪

雪卷寒风入梦宵，阳光泼地玉魂销。
银花几处伏田垄，欲伴春姑育绿苗。

阮长久
湖北省咸宁市通山县人，退休教师，通山县诗词楹联学会会员。

乡村春景

三月乡村入翠微，桃红李白竞芳菲。
风和日暖衣衫瘦，草茂花薰鸟畜肥。
播种农夫披晚照，衔泥紫燕沐朝晖。
春辰洒下勤劳雨，桂馥金秋梦放飞。

白　露

秋临白露露生凉，习习晨风送桂香。
稻谷弯弯金穗笑，甜橙串串翠枝藏。
长空鸟列伴鸿影，远树林深见叶黄。
满目斑斓秋意动，如梭岁月染沧桑。

题石门长夏畈

古屋深幽绕小河，鸭浮春镜逐田蝌。
朝霞抹艳满池藕，布谷催香长畈禾。
两面青峦楠竹秀，一泓碧水鲤鱼多。
前人为保家山丽，血泪流成北海波。

鹧鸪天·杨狮坑油菜花

日暖风熏金浪扬，连天接地万丘黄。红裙靓发花间舞，彩蝶华蜂蕊里藏。
姿艳丽，味馨香。敢超桃李秀春妆。万人打卡杨狮畈，醉美乡村挑大梁。

苏大文

湖北省荆州市监利市人，军队转业干部，常年从事党务工作，曾任武汉市邮政发投局车队书记。

秋　思

——忆母亲

月明照我绪翩飞，梦里依稀千百回。
最记清风道凌渡，归看慈母倚柴扉。

夜临春

火树银花上元夜，霓虹闪破千街社。
有风悄带江南绿，忽惹人间春意乍。

九乡石林游记

——与昌平同学云南踏青感怀

阴翠峡里乘行舟，擎魂栈廊石上游。
洞桥涧水瀑声壮，疑似鲲鹏展骇喉。
滑索尽揽九乡景，彝米水乡惹人留。
石林壁立千嶂叠，鬼斧劈径曲通幽。
弥勒五味簸箕席，湖泉生态拓丹丘。
江山恰似无墨画，政策发力写春秋。

佘运坤

1969年入伍，1985年转业。天门市供电公司退休职工。

参观黄潭镇白龙寺村

甘霖喜露洒农家，未理蚕桑不绩麻。
遍地棚栽延寿果，满湖水喂赚钱虾。
村因传统风恒正，民本精神气自华。
父老眉飞褒改革，高伸拇指向人夸。

局　限

东田又稔送清香，垄上农机收割忙。
尚以弯镰巡角落，唯因圆毂走当央。
一天工作非为短，半日挪移岂不长。
地亩还须连大片，英雄用武待舒张。

春日农家

柳绿桃红水映光，勤蜂采蜜菜花黄。
农人赶趁晴天好，整地施肥育籽秧。

芒　种

南亩归仓旋又耕，时非可待半朱明。
农家岂会误茬口，且听秧田进水声。

沈中海

湖北省天门市人，喜欢古典文学，写诗但求自娱自乐。

〔越调·寨儿〕

秋吟秋不闲，喜天干，金风送爽驱暑还。夕照边关，溪水潺潺。放眼望家山，稻香菊绽荷残，枫红露冷霜寒。湖边垂钓叟，日落不收竿。看，鸥鹭守湖滩。

长相思·母亲节思双亲

父恩铭，母恩铭，常忆双亲悲泪盈。何时祭拜征。

子心诚，女心诚，历雨经风脚不停，言行教后生。

西安城墙

历经风雨记沧桑，永葆青颜不焕装。
政事犹闻寻足迹，风流每忆好时光。
唐风依旧龙吟远，秦岭更新丝路长。
天意谁言须换代，民心才是最高墙。

舒芳华

湖北省咸宁市通山县人。系中华诗词学会会员，湖北省中华诗词学会会员，湖北省楹联学会会员，咸宁市诗词楹联学会副秘书长。

初夏田园

熏风拂拂发红薇，满缀栏栅似绮帏。
园里恰逢梅子熟，池中已是藕花肥。
新蝉寄兴鸣高树，布谷忘情报晓晖。
阔畈禾苗扬碧浪，护田野老暮歌归。

冬日访泉港村

冬阳缕缕暖山窝，泉港新村雅事多。
一路扶贫酬志业，千家致富奏弦歌。
山间鸾鸟鸣芳树，池里华鳞泛碧波。
花木朱楼霞掩映，桃源人景共融和。

临江仙·咏牛

破晓明星天际启，拖犁负轭耕田。奋蹄稍缓默挨鞭。暮归聆短笛，月出照荒阡。
野草枯荣吾至爱，溪中欢饮清泉。化成乳汁济人间。庖丁何急解，肝胆自堪捐。

卜算子·游崇阳天门观游园

浅夏踏熏风，坝下轻车驻。雄峙双峰锁大关，青嶂飞玄素。
林影漾清池，高树藏蝉语。肥美游鳞诱钓翁，好个消闲处。

宋华明

笔名秋木，湖北省宜昌市秭归县人，从商。中华诗词学会会员，湖北省楹联学会会员，宜昌市作协会员，屈原学会会员。秭归县三闾骚坛秘书长。

荻

叶化青锋杪作矛，桐荷笑看败残秋。
弯腰只为解樵急，从不躬身入绮楼。

秋　木

本是春晖厚土生，曾于暑夏引莺莺。
秋来渐觉炎凉换，雁别须知冷暖行。
不畏风刀霜剑厉，唯陪竹菊蕙兰清。
芳华褪去存筋骨，独对寒空月下明。

思　乡

情归故里四时芳，百姓悠然品九章。
二月春风千万绿，一潭秋绪十三乡。
村头五柳生烟雨，院内零梅守旧堂。
七八书童庭外闹，六更晨起赶鸿庠。

风入松·邀妻赏雪

风携寒露玉沙飞。悄染梅枝。梦回江畔亭楼内，炉火旺、伊晕红杯。借暖酒香易醉，托词路黑难归。

羞颜终悦我身依。旧影今妻。恰逢又赏当年雪，何须为、柴米愁眉。少既同窗剪烛，老该共杖游溪。

宋天长

湖北省黄冈市蕲春县向桥乡人，退休教师。

孟春咏柳

天控风云地控时，春寒最是炼柔枝。
几番雨雪狂搓后，碧翠丝绦拂绿池。

西江月·雨水偶感

昨日长裙短袖，今晨厚裤绒衫。金乌不见雾行南，时有雷鸣电闪。
檐下斑鸠啼唱，门前梅蕊如簪。少男少女靓休贪。体健才存风范。

初冬吟

浅冬时节胜春光，竹翠松青菊正黄。
虫蛰蛇藏蝇不见，天高日暖露凝霜。
雁传家信催游子，箫弄清音醉墨郎。
南有鲜花北有雪，神州处处是仙乡。

宋文兴

中华诗词学会会员，湖北省中华诗词学会会员，宜昌市屈原学会会员，骚坛诗非遗传承人。秭归县三闾骚坛副秘书长。

香龙山

索源探秘觅仙踪，驴路旋徊绕怪松。
瞰望群峦皆厚土，抚摸朗月在前峰。
雾从叠岭岩幽起，水自悬崖洞辟冲。
抱树丛生滋细叶，翔鹰伴舞唱嘉酞。
女娲炼石烟霞缈，盘古分天斧迹重。
墨洒香川诗入画，身临盛景志填胸。
添丁许愿情难尽，去病消灾力不庸。
但信灵山开慧眼，八方结彩叩真龙。

竹

笋尖破土向云霄，抱定青山格调高。
傲雪挺拔凭骨气，虚怀屹立伴松涛。
七贤买醉听竹雨，九寨连天见海潮。
但得知音天籁起，横笛一曲凤还巢。

春风得意

蛟龙二月二抬头，韵事千般竞自由。
五柳嫩黄花引路，三山浅绿雨回眸。
晨烟袅袅农家早，布谷绵绵畛陌幽。
满院春光无限好，更将心志励鸿猷。

宋兴宏

特级教师。长阳诗词楹联学会会员，宜昌市楹联协会会员，中华诗词学会会员。有诗词专集《信笔诗稿》出版。

乡村六月

忙种忙收唯恐迟，施肥除草夏争时。
丰登有望蝉尤乐，每日欢歌唱树枝。

夏日田野

秧田处处有蛙鸣，知了声声叫不停。
幺妹山歌悠远唱，共迎兔岁大丰登。

山乡暑夜

虽是伏天热浪狂，山风却送夜清凉。
蛙声阵阵知农事，催醒千家田里忙。

诉衷情·山乡中秋夜

桂香鸟语满山丘，月照土家楼。今宵喜议何事，五谷又丰收。
肥大豕，手机牛，小车优。自作甜饼，欣庆佳节，共颂金瓯。

宋续银

湖北省潜江市人，诗词爱好者，戴湖诗社社员。

春游潜江百花岛

春光万里惠风柔，久慕而今一日游。
遍野山花争绽放，盈湖翠鸟竞啁啾。
林藏恋侣倾情影，水荡同学度假舟。
点赞潜江多胜景，骚人忘返醉心头。

咏潜江市市树水杉

远古苍杉美誉扬，今遴市树靓潜江。
风拂羽盖千般秀，雪浸空枝万仞刚。
比立城郊洒清荫，深扎沃野护河塘。
甘将碧绿添新景，愿献直躯作栋梁。

布谷催耕

布谷催耕飞满天，农夫撸袖看新田。
菜花相伴心花放，鸟语同随人语喧。

农家金秋吟

大雁南飞空气清，禾熟果艳沁香萦。
黄金满畈机镰快，白絮盈坡纤手灵。
火染枫林千岭秀，霞铺沃野万村明。
声声来电订农品，笔笔汇资穿画屏。

宋学红

湖北省黄冈市蕲春县人，参战荣誉军人。湖北省中华诗词学会会员，蕲北诗社社长。

礼赞张塝水厂

兴振乡村水在先，库池联片焕精妍。
排洪灌溉承前页，除垢提升续后篇。
地下网编通曲径，土中机吸访清泉。
三农服务光荣业，惠泽千家垂万年。

张塝大桥竣工

爆竹声声两岸通，一条玉带接西东。
高端霸气千秋业，邃密英姿万匠工。
商贸增升添外力，物流顺畅建奇功。
车来人往熙熙攘，屹立巍然唱大风。

再访四流山

秋风送爽菊花香，二上四流看景光。
薏米金黄朦靓影，山楂橙赤腆红妆。
民间乐队滋朝气，土酿琼浆润玉堂。
世外桃源成旧往，乡村兴振道康庄。

苏紫衣

随州市诗词楹联学会副会长，随州女子诗社社长。

南乡子·八月瓜

紫艳列平畴，翻叶垂枝境自幽。真个异端开口笑，呵羞！秋满瓜藤指满柔。
吾亦窘于囚，忝有诗情枉自谋。岁有物华愁有籽，无由，撒向红尘第一州。

南乡子·黄瓜

六月驻轻车，青埂峰前赏绮霞。为感谨勤牵绿蔓，沙沙。垂叶还将碧叶遮。
须是刺儿些，软玉噙香漫齿牙。忘带碎银偏罢了，哎呀，可否南山置一家？

南乡子·红桃

六月访山乡，流火由它兴未央。桃底茜裙兜不住，惶惶。青布衫儿可替将。
谁着紫衣裳，料是幽思不可降。轻叹一声春去也，厅堂。地主持来佐酒浆。

南乡子·金银花

六月诣青山，红白深黄色更妍。知汝纠缠无愠恼，尤娴。依恃清香亦可怜。
谁拟远尘寰，煮字之余意自闲。蝶梦一程风不止，翩翩，落蕊纷纷我向前。

孙成尧

湖北省咸宁市嘉鱼县人，网名山雀子，退休公务员。2017年创建草堂诗社，任社长。

览　胜

南皋翻碧浪，西岭醉春红。
凤翥惊花雨，云舒饮惠风。
瑶池落村野，坦路达琼宫。
乍听笙歌起，翩跹小院东。

夏　夜

漫道山花开璀璨，繁星尽兴入瑶池。
琼楼玉塔刺重九，五彩喷泉涌好诗。

登文昌塔

天地苍苍一塔擎，皇皇画卷展恢宏。
中华幸有东风便，盛世桃源天作成。

海棠春·晨曲

曙光识得名村好。公园里、流莺啼晓。别墅尽农家，剑舞皆村嫂。
碎金洒满沿湖道。望楼塔、云环梦绕。瑞趾正呈祥，骥路春晞曜。

谌丽君

笔名子君。中华诗词学会会员，湖北省中华诗词学会会员，随州市女子诗词楹联社编辑。

临江仙·鸣蜩

处处闻卿鸣老树，从来以为玲珑。不疲流响意偏浓。江南和塞北，黄叶与丹枫。
倏忽人间朝暮过，只能造化相容。唱完炎暑唱金风。若非怜客子，或可论心胸。

虞美人·问雪

已阑旧岁寒风重，有意东西弄。阿谁犹作柳花飞，惹得瘦枝乌鹊乱相偎。
婆娑翠竹翻云散，最爱依楼看。莫惊溪岸一株催，唤得春芽抱梦及时回。

柳梢青·春雪

徒自多情，为谁飘絮。嗟惜新莺，尽去无声。如斯况味，岂怨东卿。
琉璃锁住江城。又或是、添妆柳汀。喜了花神，烟光霁色，静待时耕。

虞美人·雪滴花

逶迟托意非妖媚，篱下临寒未。若何雁去断无声，滴尽相思千颗泪盈盈。
不违俗态犹精巧，青白妆初了。有情随雪踏春阳，自料风尘前路曲偏长。

谌四平

湖北省武汉市黄陂区人，曾任武汉第六制药厂厂长。武汉诗词楹联学会会员，作品散见于省内外微刊纸刊。

捉鳅蛙

月笼莲影戏滨涯，发小闲聊坐石阶。
忽忆那年蝉唱夜，提兜秉烛捉鳅蛙。

武湖烟瘴

武湖烟瘴古风幽，向晚霜浓雾气浮。
阔野平云三十里，蒹葭洲隐兆丰楼。

观二〇二三年武汉种博会有感

老夫晨起矞云遮，博展邀朋看九葩。
放眼田原皆碧绿，细窥稻果缀丹霞。
壮生难撼瓜如斗，靓女轻拧椒若花。
科技兴农端稳碗，年年岁岁永丰嘉。

浪淘沙·落叶

霜冷苇葭枯。叶落枝孤。惺惺相惜伴荷蒲。蒲絮随风天际外，没有归途。
搁笔望香珠。诗意全无。思忧绪乱眼迷糊。水榭依稀邀月盏，醉酒空壶。

沈志武

中学教师，武汉市作协会员，武汉诗词楹联学会会员，《中国纪录》新媒体编审。作品散见于多种纸刊和网媒。

高楼上观举水河

高楼百尺瞰江天，举水河边景似烟。
远望碧空如黛色，近听流水拨琴弦。

春游举水河

春日欣然河畔行，柳芽吐绿醉心情。
浪翻鱼跃水声脆，烟雨迷蒙舟影横。

飞雪迎立春

大雪纷飞喜立春，漫天白色涤埃尘。
银装素裹山河美，玉树琼枝映日新。

初十雨水节

春霖轻敲绿窗纱，润物无声入万家。
节气今朝逢雨水，神州大地尽生华。

史金发

中华诗词学会会员，湖北省中华诗词学会理事，湖北省作协会员，应城市诗词楹联学会会长。著有诗集《燕语呢喃》。

赞精准扶贫村新四村

北枕松林水入轩，清风碧野氧吧园。
横车曲径农家乐，信步闲庭鸣鸭繁。
谋划蓝图新景展，消除贫困小康奔。
旅游憧憬兴村路，产业敲开致富门。

秋访徐墩村书记徐学军

秋高气爽访徐墩，阔路新楼接四垣。
公仆亲和勤办事，徐君大气慢开言。
捐资十万中心建，领雁千余致富奔。
劳务兴村和养殖，多途并进掘穷根。

金凤钩·夏日田野

蒲西处，季家畈。稻浪绿、藕花初绽。历翁看水，主婆除稗，时刻把田照管。
秧鸡啼早蛙鸣晚。欲报告、稻将丰产。惠农粮补，熟荣期盼，仓廪实人如愿。

〔正宫·脱布衫带小梁州〕忆暑夜养殖场抗洪

正中伏暴雨纷纷，上流添大雨倾盆。保高关泄洪瘦身，河汉沟满淹镇。
（带）领令分班夜入村，迁户敲门。忽闻（养殖场）猪圈水过臀，全员（火速）奔，下水救猪群。
（幺）逮猪游泳高栏进，十来回完事旋军。通首汗，浑身粪，为民不（厌）臭，尽责自欺芬。

舒先华

中华诗词学会会员，湖北省中华诗词学会会员。现任洪湖市诗词楹联学会会长。有诗作在《诗词报》《湖北诗词》等刊登载。

游大同湖同辉生态园

诗联文化恋三农，落户田园棚架中。
撩得游人忘往返，桃花源里梦陶公。

水乡暮春

春风阵阵暖池塘，活水鱼虾觅食忙。
待到金秋收获季，几多商贾醉湖乡。

游老湾涌翠庄园

五彩缤纷亮眼眸，田园蔬果遍沙洲。
康宁清静安居地，疑似天堂在此留。

浣溪沙·访乌林村

古寨乌林景色妍，青山绿水伴温泉，琼楼栉比耸蓝天。
坦道流金车辆涌，电商网络五洲连，乡村富美尽开颜。

孙宁

网名子雯，湖北省天门市人，中华诗词学会会员，湖北省中华诗词学会会员。天门诗联学会理事。出版个人诗集《子雯诗词集》。

春 望

丽日晴晖映粉墙，小村处处绚霞光。
燕传芳信南来急，儿整行装北去忙。
麦垄阿婆锄野草，温棚大嫂育新秧。
农家春种丰收梦，待到金秋酒满觞。

山村夜舞

视频发给打工人，今日田园处处春。
夜景还同山色美，情怀常与草花新。
华灯村口旋飞燕，妙舞禾场醉睦邻。
寂寞乡关乐留守，开心件件寄郎君。

鹧鸪天·农家通水

故里新村景致妍，祥云瑞彩映长天。山乡处处濡恩在，农饮家家福祉连。
溪自远，地虽偏。扶贫政策暖心田。旧年吃水依肩担，今有清泉淌灶边。

临江仙·暮春

莫叹花溪流水去，平畴纵目葱葱，榴花绛焰映天红。节抽声入耳，垄上麦香浓。
野陌农机催又响，秧苗含笑迎风，时逢谷雨换新容，农家挥画笔，好绘兔年丰。

石省华

网名他山之石。湖北省天门市人，酷爱文学，退休后研习诗词，湖北省中华诗词学会会员，湖北省中华诗词学会散曲分会会员，天门市诗词学会会员。

〔商调·秦楼月〕正月初七闻蛙

开春早，张家湖畔真奇妙。真奇妙，艳阳高照，忽闻蛙叫。〔幺篇〕青蛙只把春来报，风调雨顺成佳兆。成佳兆，辰龙财（神）到，（华）夏年年好。

〔双调·水仙子〕冬游张家湖国家湿地公园

天鹅曲颈戏清波，河畔迎风舞紫蓑。一湖春水千帆过，游人绮凤舸。碧芦莎、摇曳婆娑。秋菱果，夏芰荷，湿地飞歌。

〔仙吕宫·锦橙梅〕

枣儿掉处暑到、热未消，树上枣、穿红袍。引来各种雀儿叼，俏大嫂、真烦躁。手拿一只（长）竹篙，吓惊得鸟儿（四散）逃，孙女笑、禾场跳。嫂唠叨、满地跑，哥来扫。

〔中吕宫·快活三带朝天子〕

干鱼塘表哥干堰塘，表嫂喜洋洋。亲朋好友都帮忙，老少齐欢畅。（带）撒网，收网。欢声笑语荡。鲢鳙草鲩好慌张，带水拖泥撞。鳢鳖深藏，银鳞光亮，条条鱼儿胖。九筐，十筐。夫妻心花放。

谭国锋

《屈原》《骚坛》等社刊主编。中华诗词学会会员，湖北省中华诗词学会理事，三闾骚坛常务副社长，屈原文化市级非遗传承人。

卜算子·驻村

水电网畅通，车路循环走。乐在青山绿水间，仙界哪曾有。

农家话桑麻，橙子甜心口。闲暇邀君登山顶，我握行云手。

鹧鸪天·茶

云披雾罩护菁英，春朝雨露润芽明。地天有爱枝头嫩，岁月悠然盏内清。

匀冷暖，享安宁。美哉翁媪话居行。好将祝福传心语，一缕茶香一缕情。

汉宫春·乐平里

平地苍苍，望香炉坪外，和煦斜阳。人间美景相映，溢彩流光。群山环抱，任游客、随意徜徉。骚客处、百花怒放，年年蝶舞蜂狂。

正脉诗歌源地，后学多谒拜，屈子家乡。路遥求索不易，岂敢颓唐。相思嘉树，壮志酬、山水高长。端午到来，微风拂、弄成岁月忧伤。

谭国洪

湖北省宜昌市秭归县屈原镇仙女坪村农民，中华诗词学会会员，湖北省中华诗词学会会员，秭归县三闾骚坛理事，屈原文化非遗传承人。

端午诗会

骚坛诗会气如虹，五岳归来眼尽空。
墨客华章堪倚马，社俦畅颂展宏风。
高山流水余音绕，下里巴人韵味功。
好景良辰何处再？顾眸相约此期逢。

春　花

暖意低柔绽媚姿，桃红李白竞妍奇。
纵横山岳芳千树，乐布村庄萼万枝。
雨意香销蜂逗苑，风摇英落蝶窥池。
彩云不锁乡关梦，似画如诗最动思。

归州怀古

斑驳归州傍碧流，烟波拍岸袅岚浮。
诗魂屈子光千古，忠烈明翰耀万秋。
春雨梨花悲往事，冷风霜露痛离愁。
平湖逝水杳然去，朗月轻柔几复游。

春满园

桃红李白菜花黄，春到八荒呈瑞阳。
岚霭杏林遮碧岭，浮烟柳岸罩新庄。
熙风水暖鱼嬉跃，细雨柔枝燕乐翔。
迷眼斑斓妆四野，蜂飞蝶舞戏农狂。

谭家荣

湖北省宜昌市秭归县人，中国楹联学会会员，中华诗词学会会员，中国民间文艺家协会会员，湖北省诗词楹联学会会员，三闾骚坛理事，宜昌市楹联协会会员。

峡江柑农

寒光未退心先急，暖气微舒手自忙。
小雨趁时修旧械，初晴看树配新方。
理枝翻土身轻捷，喷药浇肥雾渺茫。
欲看果花同树笑，更期柑橘满园香。

夏日故乡

故乡阴雨插秧天，不见当初大水田。
高屋翘檐云雾里，灵牛摇尾树林边。
偶逢婴幼传新语，频遇翁婆话昔年。
青壮村邻何处去？远行城市挣金钱。

屈乡年味

雪舞梅开寅岁近，屈原故里备年匆。
烟熏豆腐弥香气，火炕猪头透暗红。
清点山珍花样足，增添海味品名丰。
门窗联墨灯笼挂，万象更新四海同。

满庭芳·秋日乡愁

五指丹霞，九龙苍翠，可知故里秋芳？稻翻金浪，庭院桂飘香。柿似灯笼悬挂，秋风里，板栗油光。禾场内，犊儿蹦跳，欲学老牛忙。

斯厢。寻梦处，饮源共井，求学同堂。嫁娶诸般事，老幼仁襄。焉有新仇旧恨？反倒是，情义弥彰。然今岁，天南地北，网络慰衷肠。

谭荣昌

湖北省宜昌市秭归县人，中华诗词学会会员，湖北省诗词学会会员，宜昌市屈原学会会员，宜昌市楹联学会会员，秭归县三闾骚坛诗社社长。

屈乡晚唱

霞接炊烟嵌落晖，潺潺溪水涌岩扉。
临门大道银蛇绕，对面新村彩练挥。
别样风情多感慨，千般物意竞芳菲。
醉吟好景谁能共？唤得诗魂踏浪归。

金错刀·冬日乡村

晴雪迥，朔风寒。农家无旱备耕欢。炊烟袅袅排云上，橙色彤彤映楚关。
山远近，路蜿蜒。青旗沽酒待人还，牛羊豕犬声声慢，触发诗情入笔端。

临江仙·应春

百卉含英得意，千山孕秀清佳。春晖无尽满芳华。既圆来客梦，更乐野人家。
胜日寻香信步，斯人应景涂鸦。蝶蜂飞舞遍天涯。流年如往返，我也学春花。

行香子·咏秭归长江大桥

绝壁崔嵬，急浪滔天。叹香溪却步临渊。涉危操橹，历险登船。总物难贸，君难见，梦难全。
时移世换，风生水起。架飞虹南北悬连。途通天堑，往返翩然。看水无阻，山无险，路无艰。

谭国粹

湖北省宜昌市秭归县人，高级教师。诗词爱好者，中华诗词学会会员，湖北省诗词学会会员，宜昌市诗词学会会员，秭归县三闾骚坛副社长。屈原文化非遗传承人。

攀登五指山

群峰若掌指摩天，一秉虔诚谒白仙。
鸟道跻缘移步困，蚕丛揽蔓起筋挛。
仰瞻日月交辉映，俯视山川互斗妍。
古往今来多少客，皆依禀赋至云巅。

忆老家禾场

遥忆儿时打谷场，农村父老抢收忙。
肩拖磙套来回碾，手舞丫叉上下扬。
健壮男丁扛口袋，阳光女仔担箩筐。
金秋一幅民殷画，户廪存储数石粮。

仁村果香

西陵峡畔孝仁庄，枕岳临江好地方。
秾李夭桃提子美，金丸丹若橘芬芳。
连阡累陌摇钱树，北往南来购果商。
物质精神同步起，河清海晏人民康。

大悟风光

大悟风光眼底收，操觚染翰雅诗讴。
缅怀烈士修茔馆，泽惠苍生建道楼。
极目仙湖迷翠鸟，高瞻乌桕恋黄牛。
老区一幅文明画，物质精神同步优。

唐英

中华诗词学会会员，中国楹联学会会员，湖北省中华诗词学会会员。在省级以上报刊发表作品百余篇（首），偶有获奖。

采 棉

征鸿三五戴霞归，十里秋桃吐玉辉。
姑嫂行吟云海上，腰间犹见浪花飞。

农桑新曲

机吞麦浪又插秧，不尽青苗秀楚乡。
最是精耕勤灌处，金涛卷起万斤粮。

耕耘情

龟地无云大热天，村头老汉久难眠。
突如一阵甘霖降，梦里提灯早下田。

菜园见闻

晨起披霞入翠微，培根浇水又施肥。
手轻心细莫嫌慢，唯恐弄伤瓜豆葵。

减字木兰花·春畴

机耕燕舞，无限春光盈此处。油菜花黄，
遍地金波吐郁香。
青蔬柔脆，阵阵馨风亲脸醉。水岸平沙，
飞过云鸦又雨鸦。

唐必达

网名寒石，中华诗词学会会员，湖北省中华诗词学会会员。天门市诗词楹联学会常务理事。诗词散见于多种报刊。出版诗词集《寒石》等。

白龙寺村小龙虾养殖基地

一泓碧水映蓝天，如镜嵌镶平野间。
致富农家创新路，招财聚宝小湖湾。

水乡打鱼人

舷窗卷起鸟声临，解缆横篙出柳荫。
舟载晨曦残夜露，网收夕照一湖金。

农家卖菜女

采嫩摘新挑在肩，追星赶月五更天。
行情菜市心知晓，古镇居民最爱鲜。

水乡霞歌（通韵）

一

清波荡漾小河中，水染朝霞绀碧浓。
早浣村姑颜若醉，芙蓉夹岸几枝红。

二

入水斜阳舒晚红，小村烟袅紫绯中。
田归儿女霞牵手，歌踏金曛醉意浓。

陶佑国

湖北省武汉市新洲区人，专科文化。中华诗词学会会员，武汉诗词楹联学会会员。作品散见于微刊纸刊。

冬至观鄢家湖

午后阳光午后风，湖波潋潋影丛丛。
石楠也受天寒扰，垂柳还随落木空。
小鸟无拘鸣自在，枯芦似醉卧西东。
年年节物皆相似，别样心情景不同。

岁末吟怀

不知不觉一年终，无喜无忧心若鸿。
悟后常吟灯夜半，兴来胜饮月樽中。
云飞春满侧身过，叶落霜黄回首空。
暗里流光真易逝，情怀勿老旧时童。

归途遇雪

雪下归途步步难，滞留客舍影孤单。
窗前纵有千般景，心内犹存一寸寒。
谁肯长年飘在外，皆期新岁送平安。
不流满腹辛酸泪，尽向亲人笑脸看。

鹧鸪天·冬访油面村

片片红霞道道光，村烟袅袅见年祥。冬田已把春心种，面舍皆将喜气藏。
人簇簇，架行行，纸箱干面入包装。行中漫听游人语，味美人和是尔乡。

田昌贵

中华诗词学会会员、随州市诗词楹联学会名誉会长。编著有《庆香港回归诗词联佳作集》《田昌贵杂吟集》。

咏百年老柳树

路见村旁一棵百年老柳树，主干虽已腐烂，但由外层新干和皮层支撑，却枝繁叶茂，生机盎然。

倒栽沃土百年身，腰细眉长迷路人。
熬暑斗寒无怨气，披肝沥胆自开心。
枝繁叶茂绿荫在，头断肢枯皮肉存。
岁月沧桑姿韵俏，春风得意抖精神。

落花吟

夜半雨无声，篱边葬落英。
枝垂难舍泪，花恋别离情。
叹命如晨露，亡魂似土轻。
芳华春再度，重让世人惊。

赞带孙的老人们

发挥余热带孙忙，护凤携龙上学堂。
绕膝承欢心里乐，唯将辛苦肚中藏。

田建国

湖北省黄冈市蕲春县人。黄冈市诗词学会会员，黄冈市作家协会会员，黄冈市书法家协会会员，湖北崇易书院院长。

蜂儿采蜜

黄花油菜绕城西，劳碌蜂儿捉藏迷。
满垄千畦连秀岭，漫山遍野接香溪。
身灵轻巧采金蕊，翼展嘤咛堆玉梯。
脚踏春深竟何处，蕲阳湖畔草萋萋。

徐亮村

闲来无事骄情兴，乡邑平冈四面通。
棚架葡萄青节瘦，野栽蕲艾绿茎葱。
俨然屋舍溪云雨，相与陌阡烟雾风。
几度开车欲迷路，脱贫小镇梦游中。

会龙池

会龙池畔绿缤纷，徽派牌楼名远闻。
左拥嫦娥随入月，右移神女便从云。
偶尔沉坐戏清涧，时或浮游呼雁群。
喜得今逢心自在，迟迟不忍踏花芹。

田金明

湖北省十堰市竹山县人，湖北省中华诗词学会会员，十堰市诗词学会会员，竹山县诗词楹联学会会员，稻香诗社成员，有作品发表在《中华诗词》等刊物。

家　园

田野铺金成画廊，山川多彩换盛装。
潺潺溪水映天地，朵朵浮云呈吉祥。
硕果飘香寻秀句，层林尽染著华章。
澄黄稻谷粮仓溢，欢乐农家同举觞。

春山行

漫步春山载梦行，风穿竹径拂松亭。
壑间汩汩清溪淌，枝上啾啾野雀鸣。
饱嗅堪闻花馥郁，长观犹喜柳葱青。
放歌一曲凭谁妒，空谷多情侧耳听。

回望田园

南风巧手秀田园，一色青青漫际边。
稻浪千畴齐陌垄，榴花万盏缀平川。
绿堤杨柳蝉声起，傍水池塘蛙鼓喧。
车马无尘蜂鸟戏，熏香醉透夏伏天。

田幸云

湖北省黄冈市蕲春县人，中华诗词学会会员，湖北省作家协会会员，蕲阳诗社顾问，知否才女诗社创始人。获奖百余次，著有诗集四部。

赞大学生农民

一任初心涤俗情，更新视野觅峥嵘。
未趋鹭白追风去，喜共春红带露生。
素手裁云争曙色，青衫种月淡浮名。
稻椒参透书香味，万亩诗田待汝耕。

新农民

田生麦稻菜姜葱，硕大葡萄架紫红。
哥嫂农车驰垄畈，荧屏信手问春风。
千吨特产云盘上，百度商机指顾中。
翁媪敲瓢歌野调，儿孙俯仰笑弯弓。

鹧鸪天·咏牛

八百年修未作仙，晨昏驮月背云烟。耘粮万顷焉知味，种玉千吨不认钱。
披冷雨，任长鞭，清溪解渴舔蓝天。终生累为民生饱，函谷关中老子怜。

望远行·春播

杜宇声声碧野啼，莺开金韵柳披衣，香牵彩蝶觅花溪。牛鞭抽响五更鸡。
耕南北，种东西，满田新梦绿云栖。关沙桥上小夫妻，桑林姑嫂摘晨曦。

田月娥

网名心怡然，湖北省鄂州市人，爱好文学。湖北省诗词学会会员，鄂州市诗词学会副秘书长，有作品发表于省市纸刊。

暮秋闲游

何惧秋风阵阵凉，披霞濡露步云乡。
刈田平整虚怀广，小径蜿蜒迭意长。
橘逸院墙馋过客，犬巡篱畔蹭幽香。
忽闻稚子欢声起，也学童心逐夕阳。

西山访古

风送疏钟远，寻声好问禅。
云深藏古刹，谷静引灵泉。
坐听松涛吼，行看菊色妍。
吴王读书处，撷趣共陶然。

西江月·芦花

动似飘飞柳絮，静如雪白绒花。独依秋浦自清嘉。几许闲情逸雅。
弱骨何曾惧冷，素颜从未悲嗟。披霜饮露洁无瑕。白鹭邀来同画。

青玉案·山村

小村宁静尘烟少。白云絮、山间绕。生态田园宽阔道。拱桥流水，密林幽鸟。一幅晴光好。
忽闻村口喧声闹。几辆东风载宾到。绿色菜蔬销路俏。飘香柿子，诱人山枣。喜讯连连报。

童楚华

中学教师。深圳诗词学会会员，武汉诗词楹联学会会员。诗作散见于《深圳诗词》《武汉诗词》等纸刊和微刊。

鹧鸪天·贺重阳

蛩蛰消声夜渐凉。朝凝寒露草晶光。菊缘霜降馨香否？老浴重阳体魄康。
行养健，寝温床。锦衣玉食赛猴王。年年此日千家庆，孝悌为怀百世昌。

冬日暖阳

朔风几宿夜嫌长，冻雨连连蔽暖阳。
镇上驱车忙慰问，村中老弱可安康。

浣溪沙·何人不惜小阳春

茶酽深秋知适温，果鲜应季倍生津。菜蔬油绿宴嘉宾。
候鸟忧寒迁湿地，羁男处暖想乡亲。何人不惜小阳春。

古城迎春

远郊爆竹声声近，城阙灯光又秀新。
辖治居民强市貌，弄潮男女省宗亲。
龙年吉庆家家乐，虎月增辉处处春。
千日阴霾一扫净，巡回歌咏振精神。

童德生

湖北省黄冈市蕲春县人，中华诗词学会会员。

村通公交

耕耘村落万千年，僻壤径幽路蜿蜒。
昔日步行多曲折，如今公汽到门前。
小楼栋栋耸云际，大道条条通垸边。
物阜民丰新气象，惠农政策普鸿篇。

秋　雨

凉风萧瑟入秋天，细雨霏霏溪水涓。
淅沥万山飘薄雾，廉纤千里泛轻烟。
荷塘清冷跳珠灿，柳岸霜猋倒影悬。
一阵雁群飞赤后，金黄遍地唱丰年。

忆老屋

桁条布瓦土坯墙，四代相依共膳堂。
舍后小山生翠竹，门前大堰泛粼光。
夏时驱蠓艾绒点，冬日防寒草垫床。
往事如烟飞逝去，梦中回忆少年郎。

童慧莲

中华诗词学会会员，湖北省楹联学会会员，武汉诗词楹联学会会员。作品散见于报纸杂志及各网络平台。

卜算子·道观柳畔

丝柳钓清波，碧影中波秀。锦鲤馋涎欲纵之，渔叟循循诱。
舟横小桥头，乡曲随风抖。山色湖光美景收，惬意携樽酒。

鹧鸪天·赏陶刘晚秋

又返家山赏晚秋，花香四溢月如钩。连绵菊海抖音播，无数游人靓影留。
香四野，醉陶刘。风光无限展娇喉。如痴美景心弦扣，对酒观花洗客愁。

鹧鸪天·花果山

七彩山坡贯果园，奇珍异鸟肆啾喧。莫非仙境人间落？细看层林果木繁。
民富裕，朵娇妍。如诗胜景在跟前。往时杂乱今难见，满目新光展笑颜。

书　斋

桂馥横飘入雅斋，诗章满溢醉心怀。
小窗凭眺轻云远，自得悠然丽句排。

涂书朗

退休教师，湖北省中华诗词学会会员，湖北省楹联学会会员。偶有诗联作品获奖。

仲　春

柳放青丝风挽起，梨生白蕊雨浇开。
一年好景春耕里，水响牛欢燕子回。

游南林雨山水库

巍巍大坝鬼神惊，湖绕雨山鸥鹭行。
翠竹堤边摇月影，清泉畈上照春明。
蓄洪灌溉禾苗壮，发电耕渔岁月荣。
生态均衡添福祉，笑翻百姓乐双赢。

沁园春·大美南林

红色乡村，美丽家园，锦绣画廊。望罗城岭峻，雨山湖阔；莲荷叶碧，馆舍融昌。长夏民居，石门奇景，满眼皆春意欲狂。忘情处，叹南林蝶变，古镇飞扬。

风光如此堂皇，还有那工商农贸彰。喜果园四季，频收硕实；高端产业，屡出良方。生态平衡，筹谋新局，一幅蓝图助梦翔。看来日，似人间仙境，绝胜苏杭。

涂书高

湖北省咸宁市通山县人，通山县诗词楹联学会九宫山镇诗词楹联分会常务副会长。

山　泉

垄头汩汩一山泉，喷玉浇田不计年。
引水千家长饮用，甘醇健体寿延绵。

洼潭豆腐

横石沿街有作坊，水清豆好质优良。
油煎煮炒皆鲜嫩，远近闻名客品尝。

洼潭麻花

洼潭自古炸麻花，街道作坊几十家。
酥脆甜咸皆可口，宾朋竖指竞相夸。

山居有竹

我爱山居竹，孟宗尽孝心。
老枝层叠叠，嫩叶绿阴阴。
亮节丹青表，高风翰墨临。
松梅交挚友，玉洁凤仪钦。

忆江南·家乡好

家乡好，最美碧潭河。两岸琼楼呈特色，
千年古镇唱新歌，垂柳映清波。

王建明

中华诗词学会乡村工作委员会顾问、湖北省中华诗词学会副会长、湖北省书法家协会会员。东坡赤壁诗社社长、黄冈市诗词学会会长。

初冬吟

茄绿橙黄柿子红，万山尽染映苍穹。
城乡齐唱盛时景，我赞望中红袖笼。

英山神峰山庄精准扶贫口占

神峰山里传神话，种养科联谋划佳。
产业兴农强手笔，扶贫精准一奇葩。

潜江印象

无垠沃野泛金黄，河岸柳杉行复行。
湿地绿茵迎鸟陟，钻机挥臂采油忙。
虾鱼科养誉天下，潜马布戎奔秀廊。
彩凤涅槃催巨变，今非昔比美城乡。

浣溪沙·参观武穴龙坪街道诗赋长廊

曾忆街心污臭喧，而今碧水客流连。亭台楼阁立其间。
沿岸鲜花投暮柳，长堤诗韵颂乡贤。尤欣尊者赋佳篇。

王琼

湖北省黄冈市黄州区人。中华诗词学会理事、湖北省中华诗词学会常务理事、《东坡赤壁诗词》杂志执行主编，有《暖玉斋诗词选》出版。

庚子暮春过英山茶叶谷

得令春风解，驱车返自然。
相寻杨柳岸，笑语白云边。
幽壑绿如海，新芽叶似烟。
参差林荫下，隐隐听流泉。

秋过咸宁萝卜小镇

四野鲜疏影，庭前霜叶稀。
木楼温旧梦，大地敞心扉。
移步凭追忆，思乡愿不违。
流连童话里，犹见彩云归。

浣溪沙·秋过陈策楼镇，观看杨明教授航拍

小小航模机翼张，凭教遥控试飞翔，临屏犹羡绿荫长。
林外参差浮黛瓦，眸前隐约现雕梁。秋来几处稻田黄。

浣溪沙·过陈策楼镇李家湾村

翠色霞光绘一湾，田畴生态耐循环，林中鸟语向人闲。
几片白云移画栋，四围绿野袅炊烟。村翁犹似画中仙。

王惠玲

别署同惬天涯，湖北省黄冈市黄州区人。湖北省中华诗词学会女工委副主任，《千家诗词》副主编。著有《梦玉轩诗词选》。

偕诗友登黄龙山

同上白云巅，呼风拨雾烟。
眸惊银汉落，雨织绿丝牵。
举手挥三省，携肩扛九天。
黄龙何处觅？隐隐听啼鹃。

游威海蓬莱

东临蓬阁水，携手踏波澜。
沧海舟摇碧，尘寰日复圆。
微分晨气晦，乍遇夕潮寒。
侧耳群仙处，天风啸远山。

偕诗友登泰山即景

风啸满山旋，声声欲问天。
诗联云脚下，心会地球巅。
听雨何如泣，滑竿尤可怜。
沉沉肩不计，换得几多钱。

夜宿柒家堰

木屋山窝隐，诗茶围坐香。
吟哦明月下，指顾邈何方？
桑葚盘中满，鲜桃桌上光。
误晨鸡乍叫，咯咯绕回廊。

王效中

中华诗词学会会员，湖北省中华诗词学会会员，曾任天门市诗词楹联学会副会长。出版诗集《中共党史人物百词》《花鸟兽鱼吟咏集》。

赞土地流转经营

昔日农田多撂荒，树荫蔽地草茫茫。
推开流转新模式，突破承包旧壁墙。
连片欢娱机与电，数钱乐坏肚和肠。
共赢合作台阶晋，笑靥含珠入梦乡。

鸭蛋之路

才生鸭肚入仟仟，一路奔波便上船。
初历过筛规格校，后经濯水秽污湔。
药泥附体化新质，风味馋人飞漫涎。
自动封包行万里，亚非拉美抢无铅。

游春赏柳

山边一丛柳，风里晃青纱。
冬末抖寒雪，春头抽嫩芽。
嬉游翠帘爽，惬望碧空遐。
醉眼眯睎处，柔条绮幕姱。

一剪梅·赏油菜花

一夜春风遍地黄，蜂吮饴津，蝶恋幽香。
描金巨毯盖丘原，霞帔西施，浪涌钱塘。
百卉丛中不炫装，未觊芳名，只毓琼浆。
功成身退悄归尘，体化田畴，籽满农仓。

王法周

湖北省天门市石家河镇石丰村人，农民，天门诗词楹联学会会员，石家河诗社会员，牌楼岭诗社社长。

老农学诗

犁铧耕岁月，扫帚扫红尘。
雅韵阳春雪，诗词垄野人。

摇太阳

摇椅门前摇晚霞，香烟缭绕太阳花。
等闲识得春光暖，二盏三杯下午茶。

有感重阳诗友约会

重九登高约旧游，调头更上一层楼。
豪如李白痴潇洒，萌似玄机傻应酬。
一曲东坡怀古韵，几声白首引狂喉。
人生快事真如是，定格斜阳锁住秋。

蝶恋花·春心

燕剪春光轻若晃，掠过田畴，呢语娇娇响。天上游丝牵爱唱，唱它村野和风漾。我找春天赊闪亮，倒入杯中，和月光霞赏。一颗春心偏酒囊，酒中点亮诗明朗。

［越调·小桃红］秋色嫁

秋香女子好风光，佩饰真鲜亮。静待迎亲喇叭响。好姑娘，红霞穿上新模样。杜康煮酒，千家醉了，却是老情郎。

温国庆

别署藏龙客，号水天居士，湖北省天门市人。系中华诗词学会会员，中国硬笔书法协会会员，著有诗词集《华汀写意》。

声声慢·新荷

甄搜芳讯，尝试晴妆，玉腮初印红晕。团扇轻摇，浅夏热情新酝。塘鱼逐欢萍水，拂面风。知怜柔嫩。算次次。起不同感悟，再认疏韵。

仙足凌波踏翠，濯罗袜。撑伞半遮香吻。骈首鸳鸯，游戏白云相衬。清凉卷舒稚质，伴天真，及时亲近。久呆立，莫笑老儿是铁粉。

惜秋华·枫情

悦好红颜，点胭脂。渐褪韶龄青涩。霜叶载心，牵情片儿诗脉。凝眸吐焰丛林，正欣赏寒秋秀色。明瑟。也销魂。动容流霞熠熠。

偏爱特殊质。展骚人怀抱，写本真高格。濯玉露。偕笑影，寸光堪惜。天姿易卸时妆，赖锦囊。绮思编织。留客。素风中。把愁收拾。

蝶恋花·夏至即景

经雨随风消半夏。栀子香残，绿绕榴花挂。蝶影穿梭瓜豆架。猫儿懒卧梧桐下。

近水人家亲水榭。荷歇蜻蜓，溪口刨冰泻。蝉唱斜阳垂钓罢，凉亭对弈谁开骂。

吴延平

中华诗词学会会员，通山县诗词楹联学会常务副会长兼《诗联通讯》《九宫山诗词》执行主编。

清明节回故里

三径荒芜久未归，海棠零落荠花肥。
痴情唯有衔泥燕，依旧园中自在飞。

杨狮坑看油菜花

山风拂面带清香，一路深黄间浅黄。
步履匆匆来复去，平生只为看花忙。

蝶恋花·春声

昨夜山溪春水涨，激石如雷，泛起桃花浪。乳鸭雏鹅三两两，乱声争食平莎上。

叱犊声中犁耙响，豆麦青青，春雨如春酿。云敛雨收风澹荡，村南村北莺争唱。

减字木兰花·理园

春阳高照，手把银锄除杂草。围上篱笆，半种时蔬半种花。

频挥雨汗，憧憬小园如画卷。四季葱茏，此后心头春意浓。

吴媛丽

笔名杏儿，十堰市诗词学会会员，十堰市诗词楹联学会副秘书长。作品散见于报刊，部分作品被《世纪风范：作家文选》收录。

赏　春

青山卧绿池，笑靥绽桃枝。
问是谁家女，提篮摘满诗。

迎　春

篱外东君悄视台，梅于雪霁向阳开。
花生香气诗行入，得趣频催韵字来。

咏桃花

风携燕语柳间来，十里桃花豁眼开。
弄影繁枝香扑鼻，向阳小朵怯盈腮。
恨无好句来题品，空有怡情任剪裁。
且借陶翁三百字，春舟一叶寄优哉。

临江仙·残春

最怕风狂雨骤，偏是风雨连连。春蹊芳草才成烟。百花留醉客，转首是离筵。
去岁春光欺我，而今又惹难眠。忍教春恨锁春山。林莺声欲断，可是泣花残。

吴远红

湖北省十堰市人，《三秦文学》编委，十堰市诗词学会会员，竹山县诗词楹联学会会员。有作品在网媒和纸刊发表。

初冬吟菊

初冬霜降渐寒凉，节令轮回草木黄。
最爱菊花偏烂漫，寄身篱下暗芬芳。

寒露节吟

久雨初晴景色新，节逢寒露已秋深。
天高云淡蓝基色，菊媚枫红正可人。

陌上初夏

浅夏春残骨朵消，枝间喜见小青条。
悄然已是芳菲尽，日暖田园壮绿苗。

春游竹山上庸镇

堵河盛景古庸台，水碧山奇引客来。
峡谷平湖争丽日，凌空栈道笼轻埃。
船家号子惊鸥鸟，民舍风情掩翠槐。
春暖乡村皆美景，莺歌蝶舞百花开。

王天祥

中华诗词学会会员，湖北省中华诗词学会原常务理事，十堰市诗词学会副会长，曾在《湖北日报》等报刊发表诗词百余首。

土门镇家竹村见闻

莫道三秋苦冷霜，鱼肥水美凤池香。
奶孙逐戏开心乐，红柿高悬似奖章。

茅塔河春行

青草黄花迎路生，桃枝羞涩露香浓。
一年春好醉人处，喜看农家种麦冬。

樱桃沟赏花感怀

樱桃岭上放春华，雪霁云开散彩霞。
新墅酬宾怀老客，经年又问那枝丫。

家　乡

天河如镜鉴，银汉落其中。
映照城乡美，流出秦楚宫。
金梭织六地，彩凤舞三农。
昔日穷名远，如今富庶同。

王世枭鉴

湖北省十堰市竹山县人，系中国诗歌学会会员，中国散文学会会员，竹山县诗词学会会员，作品见《中国新诗》等刊。

山　居

北风簌簌鸟啼嘤，山雾蒙蒙犬吠鸣。
房后枯藤一串露，庭前衰草几行冰。

冬　忙

浩渺清波映旧栖，崎岖云壑舞新炊。
千家农户培墒土，两岸园丁剪败枝。

堵　河

碧水曩曩踏远山，回环九曲过重关。
一泓逐北送新绿，万户安居同此甘。

游圣水湖观打铁花有感

圣水湖光夜下明，上庸山色晚来清。
争高谁是好看客，银树金花为尔倾。

观东钦李花有感于心学

横尽虚空孰可恃？境中离我并无他。
久劫历数何能据？不恋林前别样花。

汪昶东

湖北省武汉市新洲区道观河村人。鼓书艺人，喜爱诗词，作品散见于各类诗刊、网站。

黄鹤楼

黄鹤楼前黄鹤回，龟蛇昂首白云陪。
汉阳水映参天树，鹦鹉洲开傲雪梅。
明月升空悬宝镜，金风扫露入琼杯。
古今多少文星至，览胜吟诗李让崔。

情系道观河

前世于山结有情，清溪见我曲相迎。
晨将霜色分幽谷，夜使星光护小城。
富路敢开尤敢想，乡民能买更能耕。
老来仍就老家住，惯听雄鸡报晓声。

中秋杂感

中秋圆月洒衣襟，情似狂潮百尺深。
白菜堆柴熏慢火，乌云未雨恼长阴。
同根同祖家连谱，相隔相思语共音。
几处寒蝉鸣旧树，声声犹诉故人心。

汪周武

小学语文高级教师，武汉诗词楹联学会会员，武汉市新洲区诗词楹联学会会员，作品散见于微刊和纸刊。

秋　意

大雁飞过冷气飕，衰枯草木绿难留。
稻棉菽黍溢仓廪，鳖蟹鱼虾满网兜。
鲜藕败荷无媲美，晚霞枫叶欲争秋。
漫山遍野层林染，橘绿橙黄醉九州。

忆儿时夏夜

儿时夏夜露天凉，场院排排木竹床。
童稚戏嬉嬉耍闹，妪翁叙话话家常。
扇风唰唰驱蚊暑，萤火丝丝接曙光。
仰望星空劳累释，更深人静梦甜乡。

咏　雪

一路寒流送立春，无私六出遍施银。
摧枯拉朽扫尘垢，玉洁冰清大地新。

王章信

中华诗词学会会员，湖北省中华诗词学会会员，中石化作协会员，潜江市老年大学诗词班教师。多篇作品获奖。

鹧鸪天·游潜江市积玉口镇西荆河

夹岸绵延芳草萋，石栏新砌巧镌诗。清波缓缓长湖走，倒影悠悠百鸟迷。
敲玉韵，唤琼卮，堆香亭菊溢遐思。流连楚榭成风景，浓醉当期月满时。

潜江生态龙虾城

云野珍肴何处烹？虾王坐镇起新城。
园林早织三千帐，水寨常屯百万兵。
酒洗风尘扬逸趣，光浮韵响酿浓情。
悠悠回味芳遐迩，高铁飘飞赞叹声。

天门市张家湖抒怀

蒹葭散漫野归真，水色荷风久养神。
老嗓无忧渔唱老，新枝更喜鸟吟新。
杯添茶道芳遐迩，墨展性灵雄古今。
文曲凝眸时侧耳，诗情借酒溢天门。

初冬漫步楚潜村

湖边柚子已镏金，潋滟波光漾锦云。
翠溢藤廊疑叶假，坡荒蔓草信冬真。
迎宾鸵鸟犹悠步，浴日肥鸭喜养神。
一串琼棚花万朵，安能半醉吻莓心？

王爱香

网名潇湘，湖北省武汉市新洲区人。武汉诗词楹联学会会员，武汉市新洲区诗词楹联学会会员，诗作散见于《武汉诗词》《东坡赤壁诗词》等刊物。

早春二月

北去高空雁影斜，柳丝日照吐金芽。
啼莺暖树歌凝黛，飞鹭平湖映碧霞。
麦绿油油铺陌野，菜黄漠漠满天涯。
挥毫春帝斑斓笔，大地描图一片华。

乡村五月行

春去平畴含柳烟，熏风吹拂漾禾田。
牛鞭抽破三更梦，油菜开收百亩阡。
起垄疏沟黄麦穗，松根薅草绿秧绵。
乡村五月无闲客，农事南坡倾寨迁。

孟夏游龙灵山

同窗邀向水云行，黛墨丹青延远生。
十里花坡亭榭密，万张荷叶栈桥平。
一条绿道环山绕，千载硃湖依翠萦。
细雨浮岚峰缥缈，忘机鸥鹭世无争。

王惠开

湖北省黄冈市蕲春县向桥乡人，退休高中教师。

山　村

青山围小畈，田野绿油油。
白犬高声吠，黄鹂婉曲讴。
屋檐飞乳燕，路外淌清流。
村里来稀客，人人探不休。

田园风

弯弯坡上地，叠叠到山头。
绿绿秧方插，黄黄麦待收。
村民居瓦屋，水牯卧泥沟。
白雾峰间绕，桃源世外留。

谷雨印象

细雨纷纷下，村民却不归。
采茶头戴笠，插稻着蓑衣。
嫩果迎风长，青苗吸水肥。
池塘鱼抢浪，田野尽韶晖。

临江仙·山乡美

峻岭崇山林碧透，炊烟缕缕升浮。几家农舍落山沟，乳牛寻嫩草，素鹭守清流。
莫笑穷乡难览胜，粮田片片青油。钟情重义世风优，待人如待己，知美更知羞。

王 静

湖北省中华诗词学会会员，襄阳市诗词学会会员，老河口市诗词学会会员。创作近体诗词 1000 多首，作品发表于多家诗词刊物。

李家染坊

赤橙黄绿青蓝紫，布服霓裳灿若霞。
春种秋收粮满囤，农耕文化旺斯家。

惊 蛰

霹雳一声雷震空，蛰虫苏醒欲出窿。
风摧桃杏媚红眼，农户摩拳又备耕。

汉江绿心“八·一”村

绿岛中心月季村，繁花锦簇气氤氲。
往昔荒渚茅棚破，今日良田楼宇新。
瓜果琳琅香纵溢，菜蔬葱郁脆滋伸。
文明建设制高点，银发青丝笑脸欣。

登云湖春色

晴空万里艳阳媚，和煦春风拂面吹。
岸柳丝绦芽嫩绿，湖光潋滟水波微。
游人对对手牵走，鸥鹭双双比翼飞。
鸟语花香仙境美，如痴如醉不知归。

王静

网名月下听箫，生性淡泊，崇尚自然。喜静，独处。喜欢生活里的一切美好，并尝试用古诗韵律将其捕捉下来。

小寒所感

寒天又何若？无酒便烹茶。
赊得秦时月，凌风去探花。

回乡团年

曲曲回乡路，步如飞向前。
村头爹娘望，等俺一家圆。

过大年

老少尽开颜，相逢一笑间。
家家忙待客，把盏不留闲。

大寒观梅

连雨声中过大寒，隔窗径把瘦梅观。
曲干疏影花些许，一树清高不凭栏。

王良实

湖北省黄冈市红安县人，农民。湖北省中华诗词学会会员，黄冈市诗词学会会员，黄冈市黄州书画诗联协会会员。

故乡吟

春来绿树掩柴扉，岭上浮云绕翠微。
岸柳婆娑留倩影，轻舟荡漾映余晖。
荒坡换貌花依旧，矮屋翻新面已非。
夜色空蒙栖鸟静，农夫踏月带星归。

临江仙·美丽山村

柳岸轻舟拍浪，花丛彩蝶穿梭。春风吹绿母亲河。鸟儿啼碧树，鸭子逐清波。
座座桥梁飞架，条条荒岭移挪。山村新貌靓楼多。田畴铺锦绣，老叟喜吟哦。

喝火令·山村初冬吟

未见今飞雪，欣逢昨立冬。久晴无雨日当空。遥望岸边芦荻，疑似白头翁。
菊艳丹枫秀，霜寒柿子红。路旁村叟笑从容。喜看橙黄，喜看橘摇风。喜看满车装载，处处果香浓。

王明生

湖北省黄冈市蕲春县人，退休教师。中华诗词学会会员，湖北省中华诗词学会会员，湖北省楹联学会会员，蕲春县诗词学会理事。

过宿松县城

参差竹木绿婆娑，一路车摇转几坡。
才在峰头三县界，倏临江畔二郎河。
锦和楼上风情盛，铜塑牛边思绪多。
日暮华灯亮城景，小孤山望隐烟波。

癸卯冬月初六日赏雪

极目苍山远，迷蒙不厌看。
琼花飞作絮，朔气袭来寒。
银嵌黄丝柳，松开白玉兰。
是谁持素笔，大地画斑斓。

西江月·秋分

树上蝉声初歇，空中雁阵南翔。紫薇花谢桂花香。风雨几番凉爽。
四五片梧叶落，两三朵菊花黄。时辰昼夜一般长。秋色平分景象。

王生坦

湖北省荆州市洪湖市人。高中文化，转业军人，医生。武汉洪山区老年大学迪光诗社社员及洪湖市诗词楹联学会会员。

山茶花

花红娇艳沐朝霞，云雾山中是我家。
彩蝶翩翩飞不住，仙姑柔手采新茶。

桃花园

散花童子逸芳馨，蝶吻蜂亲各赏心。
仙女下凡痴意找，难寻那日种桃人。

谷　雨

恰恰娇莺啼晚芳，淋淋谷雨菜花黄。
村姑田里插秧种，老叟牵牛踏夕阳。
一片心思萦皓月，几丝情愫动诗肠。
仲春原野风光好，景色怡人美故乡。

〔仙吕·醉中天〕观刈麦

五月籽榴香，小麦垄边黄。收割农家日夜忙，喜乐人欢畅。机响田间列行。注眸相望，睹娇莺吟唱双簧。

王旺球

网名石雪草，湖北省黄冈市人，退伍军人，东坡赤壁诗社社员，诗词作品发表于多家诗词杂志，并获得多次奖励。

冬日农家

山家煮酒度寒冬，日子悠然岁稔丰。
晨起暮眠人睡足，大多挚爱火炉红。

初夏即兴

四野熏风阵阵凉，尖尖荷叶满池塘。
蜻蜓慢展银光翅，杜宇声中小麦黄。

冬日回乡即兴

绿竹迎门拥翠微，轩窗向日沐冬晖。
寒鸦有意旋枝叫，野雀多情贴地飞。
岭上寻欢风扫兴，塘边觅趣水相围。
乡邻好客天天醉，酒润诗肠不想归。

西江月·山村春意浓

油菜花翻碧浪，麦苗翠舞云霞。流莺织锦蝶穿花，美丽山村如画。
树上鹃声清唱，枝头嫩叶舒芽。田间老汉事犁耙，几亩青苗待嫁。

王小慧

网名惠子，中华诗词学会会员，作品在《中华诗词》《湖北诗词》等纸刊及各网络平台上发表，有作品获奖。

减字木兰花·立春

梅枝蕾豆，悄语春云今出岫。春雨归来，
润遍山山泽绿苔。
雕檐脆鸟，唤我春舟方趁早。最忆春桥，
垂柳春波映碧霄。

避暑云丹山

屋后青屏立，斜阳半壁中。
鱼穿湖面镜，燕逗岭头风。
不为逃秦塞，偏当遁世翁。
清凉绕云地，蝶梦笑周公。

王兴海

湖北省黄冈市蕲春县人，退休干部。

田园仲夏

田园仲夏景缤纷，万物生辉溢九垠。
紫燕登门携玉膳，青虾出阁换红裙。
藤撩蝶舞翩翩起，稻戏蛙鸣处处闻。
陌上飞歌飘沃野，人间胜境醉东君。

农稼度夏

时临酷暑众难当，乐见农禾喜气扬。
暖雨浇棉棉秆壮，熏风拂蔓蔓枝长。
瓜逢热浪增甘味，稻借炎晖厚灌浆。
万物纷纷呈盛景，田园处处果飘香。

深秋登山赏景随笔

商飙拂岭散凉霏，半是枯黄半翠微。
重露枝头千果硕，轻阴树下众羊肥。
溪边俯首观鱼戏，谷口扬眉望雁飞。
野菊飘香熏客醉，斜阳挥手劝吾归。

王志友

网名志爱友声。中华文化促进会王氏历史文化研究会会员，作品散见于网络微刊。

春　耕

春风三月暖，农妇早锄田。
几处忙薪火，丰登五谷年。

三角山千年茶花树

千年古树寺为家，沐雨迎风未自夸。
雪落枝丫挺身段，春敲蕾蕊绽琼花。
历唐阅宋看人世，山霭村烟伴晚霞。
不是踏青行到此，哪知还有这株茶。

望海潮·云丹山抒怀

云丹山脉，峰磐峻秀，奇姿险叠云霄。深境涧幽，烟岚雾袅，茂林苍翠妖娆。绵邈蜿峨骄。嶂壑擎云绻，地接天交。飞瀑流泉，景奇曦异幻飞瑶。

财神洞宝深消。烂泥滩湿地，龙贯腾蛟。赛老寺前，蟠桃石累，寿星仙渡虹桥。那圣境难描。极顶观日出，云幻霞涛。万仞崇峦旖旎，拔地起蕲骚。

危学忠

湖北省孝感市应城市人，国企退休干部。孝感市作家协会会员，应城市诗词楹联学会理事，应城诗联香樟园诗社社长。

初秋回乡

天高云淡正新秋，稻穗扬花香气幽。
农户葡萄新酿酒，邻翁对饮话丰收。

六月飞歌

府河两岸好风光，万户千家三夏忙。
机械打田掀碧浪，银镰刈麦满禾场。
和风送爽精神振，细雨滋苗垄亩苍。
今日辛劳挥汗水，金秋共赏稻花香。

迎春抒怀

玉兔辞归新岁贺，迎来龙载月奔欢。
香樟逢雨添祥瑞，喜鹊盈门聚福缘。
携手齐歌隆富路，同舟共济保平安。
顺风顺水扬帆远，驶向蓬莱锦绣天。

魏才旺

湖北省武汉市新洲区中医院退休副主任医师。湖北省中华诗词学会会员，武汉市新洲区诗词楹联学会会员。作品发表于《湖北诗词》《黄州东坡诗词微刊》等刊物。

新洲花朝即景

繁华街道步行跚，满目琳琅买卖摊。
一路万人相挤让，千姿百态惹人观。
纷呈四海精华品，荟萃三江美味餐。
戏曲悠扬歌盛世，花朝集市醉心端。

家乡好风光

一路摇金菜蕊黄，蜂追蝶舞溢清香。
机声震耳冲霄汉，布谷催人种稻粱。
麦嫩禾肥腾碧浪，楼高院阔绽红芳。
山清水秀春光灿，鸟赞家园鱼米乡。

一剪梅·乡村乐小康

故土田园景色昌，大厦堂皇，庭院花香。
小车家电遍村乡，汽笛声昂，屏幕歌扬。
各户粮棉堆满仓，稻粒金黄，棉朵银霜。
小康生活暖心房，国富民强，锦绣农庄。

魏泽怀

公务员，中华诗词学会会员，湖北省中华诗词学会会员，作品散见于多家报刊。有诗、楹联作品获奖。

暮春吟

青山依旧画屏连，岭绕湖光水接天。
隔岸深林啼杜宇，凭栏斜照抚琴弦。
风柔陌上清香染，气润城隅秀色妍。
最爱梨花蜂蝶吻，生机无限写云笺。

夏日遣怀

新裁画卷忘归程，夏木阴浓湖畔行。
风动繁花三五里，蝉鸣烟柳百千声。
清波鱼跃惊舟影，飞鹭桥穿缔鹤盟。
隔岸欢歌传水榭，诗倾美景最多情。

品　茶

两片藏芯气势雄，青衫飞舞水晶宫。
俗心涤尽尘难染，世事沉浮在盏中。

鹧鸪天·闻江北快速延至涨渡湖

暖日和风碧草柔，波光潋滟一湖收。门前忽起擎天柱，塔吊摩云铁臂遒。
驱重卡，驾轻舟。几回寒暑不曾休。通衢百里连云阔，人在康庄画里头。

吴 涛

网名浅吟低唱。湖北省随州市人，退伍军人。爱好乐器、书画篆刻和诗词。湖北省中华诗词学会会员，随州市诗词楹联学会会员。

春回大地

蓝天碧水雪消融，往日悲欢尽曲终。
休怨春归无预报，窗前嫩柳抢头功。

闲 吟

偏爱琴棋书画茶，闲吟秋月赏春花。
心安不欠红尘债，约得清风到我家。

乡村岁杪

清幽别院好光阴，棋子轻敲茶自斟。
窗外寒梅迎瑞雪，门前喜鹊报佳音。

行香子·独立黄昏

日暮西山。幽院阶前。草茵茵、碧翠连轩。依窗独立，微醉凭栏。水云闲处，峦如黛，霞如丹。

晚风拂柳，春梦阑珊。相思泪、更为哪般。蹉跎岁月，多少忧烦。羡绝情人，风尘客，酒中仙。

王亚池

湖北省咸宁市崇阳县人，中国楹联学会会员，湖北省楹联学会会员，咸宁市诗词楹联学会企业家诗联分会副会长。诗联散见于省市报刊，有作品获奖。

题大眼泉洞窖藏酒

美酒千坛作窖藏，神奇古洞换新装。
游人不意倾杯盏，流出清泉满畈香。

题冷水井

茶马古道一清泉，到此无人不歇肩。
虽说井名称冷水，其中暖意更绵绵。

游金沙板坑溪

网曝金沙九寨骈，名勾墨客梦魂牵。
一溪叠翠诗情写，两岸交柯画景编。
竹筏长竿撑乐趣，干柴土灶煮新鲜。
闻香欲醉陈年酒，谁度关山赴四川。

家乡美丽乡村建设印象

美丽乡村靓眼前，如诗似画起鸿篇。
白墙黑瓦围花圃，碧水深沟灌稻田。
赏景游人争打卡，健身翁妪热聊天。
平生好运才开始，要向老天讨百年。

王西亚

湖北省咸宁市崇阳县人，崇阳县诗词楹联学会顾问，中华诗词学会会员，湖北省中华诗词学会会员，湖北省楹联学会会员。

双港廊桥

两河交汇处，风雨渡廊桥。
驿道连湘赣，雄姿跨渚礁。
基牢轩岸固，谷邃廓峰娇。
咫尺天涯客，云乡不再遥。

洪下春兴

雨霁风暄草木清，幽溪潮涨水初平。
云飞廓外仙峰合，岚渡壶头竹海倾。
鹳雀啾啾鸣苇翠，夭桃灼灼落花英。
川连赤壁湖光渺，一棹烟波画舫轻。

大市石拱渡槽

一槽飞架势如虹，拱月腾波立渚空。
单孔噙峰窥雪鹤，百寻跨径傲苍穹。
山光照影烟霞绕，风雨经年质迹崇。
石砌工程臻化境，中华第一亚洲雄。

忆江南·赶龙山吊脚楼

林深处，溪上立平楼。梁倚斜坡垒石起，
花雕窗格玉阑勾。墙体半边浮。
询一叟，已历几春秋。时下安康人徙置，
老营空寂鸟鸣幽。唯见客来游。

魏学斌

湖北省咸宁市崇阳县人，曾任教师、机关职员，退休学诗词。出版《魏学斌诗联集》。

记忆中的史家渡口

家住县东逾大河，千秋渡口畏风波。
艄公摇桨长倾力，一脸沧桑戴笠蓑。

浪口大桥通车庆

好梦成真远近歌，长桥一跨竞车梭。
南来北往神州客，不见横舟隽水河。

归自谣·晴方好

春色媚，千里莺啼评嗓脆，蛙鸣彻夜谁知累。
儿童放学风鸢汇。高飞起，扶摇直上云层里。

霜天晓角·农村丧事

铺张大办，浪费人皆怨。烟酒菜肴攀比，盛情款，如婚宴。
孝堂虽呜咽，票钞多贡献。冲卡过关银子，慷慨出，何需劝。

王小艳

笔名欢颜，中华诗词学会会员，喜用文字记录生活感悟，作品偶有发表及获奖。

越溪春·漳河

三月踏青漳水畔，生态美无涯。霁云洒渚盈盈绿，向柳洲、红日飞霞。汀草沙雕，桃香柳岸，温富人家。
由来最爱风花。游步遍荆华。共伊晨景暮霭雅赋，倾城醉舞钦嗟。骚客怎当情韵热，提笔漫涂鸦。

冉冉云·初夏

雨打芭蕉润清夏。来小城、步游南野。翻柳叶、风递连篇佳话。最爱宠、香栀一把。
沁绿浓荫泛池榭。郁陶云、饮霞楚社。思美人、采艾开心抒写。细数流年当下。

朝玉阶·立秋

阴盛阳衰暑气稠。紫薇花怒放，耀青洲。微圈朋友信天游。山川湖海火、假年休。
吐槽炎日热兜头。蝉鸣心底事，意何求。红榴松架讨清幽。赴期闻喜宴、咬新秋。

相见欢·秋收

光阴醉倒归鸿。盛年丰。脆枣南瓜秋果、上霜红。
遍田垄。忙收种。兴冲冲。稻子桂花争送、小香风。

王庆元

湖北省老年书画家协会会员，湖北省中华诗词学会会员，荆州市诗词楹联学会会员，监利市离湖诗社会员，福田诗社副社长，著有《湖人诗集》。

重阳咏菊

秋高气爽又重阳，野菊篱边自吐芳。
不与百花争季节，但留清气耐风霜。

重游洪湖

中秋节近坐飞舟，又到湖心岛上游。
竹板桥连清水堡，醉仙楼耸野猫沟。
鱼翔浅底忘情乐，鸟唱深林慰客愁。
菡萏犹争昨日艳，诗家举酒放歌喉。

题赠分盐桃花中心小学

姹紫嫣红春满眼，胭脂河畔晓岚开。
正思祭祖回乡去，忽约桃花小学来。
昔是知青磨砺点，今为雅士咏吟台。
分盐不愧诗乡地，引领风骚代有才。

自　勉

少年求学在江城，誓效神农献毕生。
一世辛勤研野败，千秋德望是知行。
粮丰国富归蓬岛，史载名标耀斗庚。
裕后光前恩永驻，精神不死播芳馨。

韦小清

习书法、学诗文。现为湖北省监利市书法家协会老年分会副主席、福田诗社党支部书记、荆台诗社会员。

小　园

满园花果鲜，休闲日子甜。
人勤收获大，益寿并延年。

青泛湖访友

为求心逸静，邀友访渔村。
鸟语和蛙鼓，花香伴蝶纷。
推怀相叙旧，换盏互销魂。
不觉夕阳下，谁怜醉卧人。

游江边有感

此生无所求，心静似江鸥。
朝伴红霞起，迟随碧水浮。
独怜渔者累，更替砍樵忧。
笑看风云变，奈何春复秋。

游王大垸湖有感

八月金秋正艳阳，家乡四野稻花香。
前湖百里连天碧，后垸千畦遍地黄。
鸡鸭成群欢圈舍，鱼虾结队跃池塘。
扶贫科技双重力，政策富民奔小康。

吴宝珍

网名轻风拂柳。中华诗词学会会员，湖北省中华诗词学会会员，湖北省楹联学会会员，天门市诗词楹联学会副秘书长，天门女子诗社副社长兼秘书长。出版诗词集《轻风拂柳》。

初夏游知青农庄

轻哼小曲绪飞扬，夏物牵情话短长。
日映桑园蒲酒醉，风吹麦野菜粑香。
流莺隐去思犹远，语燕归来景更芳。
回首韶华多感慨，知青温梦在农庄。

秋游蒋湖

香染金风醉蒋湖，流连忘返恣欢娱。
云飞秀野千机锦，稻熟良畴万斛珠。
三产相融封旧迹，五城共建绘宏图。
竟陵有此桃源地，赏景吟诗兴不孤。

赞九真张家湖湿地公园

万顷湖光共一涯，竟陵此处最清嘉。
风吹荻岸引神籁，露浥枫林染锦霞。
塔上抒怀诗兴起，园中得句物情夸。
水乡泽国如仙境，天地人和伴岁华。

赞横林九条河

风景怡人共咏哦，鱼翔浅底泛微波。
欣欣力作高怀远，叒叒深耕笑语和。
夹岸芦花相掩映，沿堤柳影自婆娑。
排污整治三乡醉，惠泽民生幸福河。

夏家新

湖北省黄冈市红安县人，现居湖北省潜江市。平生爱好文学艺术，湖北省中华诗词学会会员，戴湖诗社副秘书长。

草莓大棚超市

花繁叶茂天然果，味美清鲜众口夸。
遍地红心谁撒落，竞撩采女面飞霞。

早　春

乍暖还寒卯月风，惊雷阵阵醒蛰虫。
暗香疏影花阴浅，黛水轻烟草色浓。
万象更新擂劲鼓，一元复始响晨钟。
老夫最喜农耕乐，唱起山河也动容。

美丽乡村掠影

乡村巨变展新颜，诗意农居人胜仙。
碧水池中能戏月，琼楼顶上可摸天。
庭前古树香花茂，屋后鲜蔬瓜果甜。
笑看今春归彩燕，难寻往日旧门檐。

鹧鸪天·参观潜半夏药博馆

仿古门楼沐彩霞，内藏瑰宝实堪夸。神农百草皆良药，祛病扶身玉露华。
潜半夏，近生涯。驰名道地一奇葩。今朝脱掉原生态，科技栽培富万家。

夏坤芳

退休教师。湖北省天门市石家河镇人。热爱诗词书法。中华诗词学会会员，中国老年书画家协会会员，湖北省中华诗词学会会员，天门市诗词楹联书画学会会员。

元宵瑞雪

响雷飞雪报龙年，冰冻三春神鬼眠。
瘟死虫消苗稼壮，风和雨顺农夫翩。
禾田洁水收成斐，颗粒金黄饱满鲜。
四季果蔬桌上馔，国家兴盛酿诗篇。

油菜花香

广袤黄华微浪涟，目中画影到天边。
馨香飘散招蜂蝶，隐逸传承兴子烟。
花蕊酿成珍味蜜，菜油炒出美羹鲜。
一年四季农虽倦，勤奋终收辛苦钱。

吹糖人

稻米磨浆熬软糖，曾经远步下南洋。
口吹指捻成玩偶，户串肩挑带干粮。
虽说画图拙里快，可知艺术妙中藏。
手工堪比活龙现，笑看儿童举凤凰。

夏爱菊

香港诗词学会副会长，湖北省中华诗词学会常务理事，黄冈市诗词学会驻会顾问，已出版诗词曲联集和点评集 12 部。

春　行

东风唤我行，一路彩霞明。
最是黄莺逗，逢人唱几声。

老　农

一条扁担两头霞，汗洒千重稻浪花。
待到竹林栖鹊闹，烫壶米酒品南瓜。

乘冲锋舟环太白湖

一望无涯浪击舟，诗仙游处我今游。
微风吹皱玻璃镜，叼起银鱼舞小鸥。

情寄荆门油菜花

菜食青薹籽出油，黄花好插女儿头。
荆门三月金铺地，春涌家家画里楼。

徐孝祖

湖北省天门市人。中国书法家协会会员，中华诗词学会会员，湖北省书法家协会会员，天门市诗词楹联学会会员，现为广西南宁某校书法教师。

闲游思乡

日暖荒郊百草香，闲游漫步小山梁。
无心远眺河边柳，有意高攀岭上杨。
北望长天怀故友，南寻流水赋新章。
忘归明月林间照，客路清风拂面凉。

乡　愁

每忆儿时恋夏秋，赤身裸体不知羞。
攀枝倚树掏窝鸟，越岭翻坡放牯牛。
麦地寻龟追野兔，池塘踩藕挖泥鳅。
而今皓首寒霜染，满目青山四野愁。

游南宁龙门水都玻璃天桥

四面青山十里川，玻璃桥跨两溪湾。
长亭妙道连金地，野岸流光锁玉关。
紫菊红榴修竹影，清泉秀水绕松间。
云中漫步观仙景，月下吟诗露笑颜。

咏天门茶经楼

楚天阁宇震神州，四海嘉宾结伴游。
南望洞庭湖水浅，北窥文笔塔峰愁。
藏经九鼎通中外，茗道三杯话帝侯。
品意犹酣情未尽，陪君饮至日西头。

徐唐贵

网名一湖春，中华诗词学会会员、通山县诗词楹联学会副会长。著有《一湖春楹联集》《一湖春诗词集锦》。

红色遗址楚王山

奇峰千百态，碧血染红涯。
苦雨摧青草，腥风卷黑纱。
残垣多硕果，遗址遍妍花。
峻岭天明亮，崇山焕彩霞。

沁园春·古镇南林

通邑南林，镇守西方，鄂南名扬。望崇山峻岭，云岚壑港；天工神凿，镇抱河床。六巷三街，门牌共享，特产琳琅引贾商。誉荆楚，建橘红小镇，游览观光。
丝绸古道源长。汇三县商贤誉八方。喜人才辈出，崇文尚武，朝朝称赞，代代流芳。夏畈民居，石门奇景，山水烟霞壮镇强。舒望眼，看新区崛起，连创辉煌。

满江红·登红色楚王山放怀

夏晓朝山，登高处，遥望东宇。霞绽露，赤轮升起，岑岩烟曙。碧翠峰林云漫卷，紫岚隐水沧浪鼓。百鸟和、看旖旎风光，谁怀古？
乡关石，思远旅。红色柱，豪雄树。忆腥风血雨，漫山红布。绿水青山心血秀，奇珍异木灵魂塑。喜今日，阆苑正花妍，同君抒。

夏明江

湖北省武汉市新洲区人。先后在《诗刊》《人民日报》等报刊发表诗词千余首，有诗词集《湖之歌》等多部著作。

阳逻新港春望

岸柳青鞭甩，东君暖意来。
冰融轻树杪，风过净尘埃。
旧地寒窗梦，新城大舞台。
瀛轮鸥送远，良港国门开。

清明祭涨渡湖围垦故人

芦棚近水滨，轱辘转年轮。
扁担挑星月，麻绳系夕晨。
血流千丈土，垦脱万家贫。
岸冢生春草，湖光恋故人。

古镇掠影

浪洗朱栏净，青砖砌画楼。
灯笼悬史梦，酒旆引宾游。
古匾金光耀，原林绿影留。
清渣人过后，流水更清幽。

参观黄麻起义纪念馆

云缠雾绕数青峰，百丈坚冰大别冬。
火炬擎天挥铁戟，锣声贯耳聚山农。
雄师制胜千支勇，家国欣荣亿众从。
馆壁青松长滴翠，春泉雪化浴葱茏。

肖凡

湖北省十堰市人。中华诗词学会会员，中国楹联学会会员，十堰市作家协会会员，十堰市茅箭区作家协会秘书长。

观汉江水涨潮有寄

八面雄风夺隘开，浪飞数丈一涯裁。
频惊潮气萧萧起，似卷江声滚滚来。
波涌清流争北去，光凝盛景渡春回。
关情汉水依城郭，倒影郧山枕古台。

月下闲步圣水湖

月下箫声动客舟，清音婉转上庸楼。
登高识得东风面，眺远催回太古秋。
脉脉仙山垂倒影，茫茫圣水作横流。
挥毫拟韵翻新句，仗酒匀香意慢酬。

民间春耕三月天

三月雷公初作声，催姑下地事春耕。
无忧却道天边雨，有念须知席上羹。
一亩桑麻温旧话，四时烟火即乡情。
今逢麦浪添新绿，陌上东风又放晴。

卜算子·赏花段家村

春盎野径前，麦铺溪桥后。忽有探幽骚客来，拜谒陶公叉。
渐开柳翠眉，初动桃红口。相约东风任醉狂，莫怕光阴瘦。

肖志保

中华诗词学会会员，湖北省中华诗词学会会员，荆门诗词学会会员，香港诗词学会论坛『趣园』版主。有诗词载各类报刊。

千佛寺王坡林场植树造园

乘春生绿意，披晓植天香。
土覆青苗暖，水浇新梦长。
堪惊旗猎猎，顿觉影茫茫。
待到二三载，花流一道梁。

槐月龙湾行

暮春花落知多少？雨歇风恬南郭寻。
曲径萋萋鸥鸟泛，石桥脉脉水龙吟。
一坡月季裁红锦，两岸萦丝挽绿林。
踔厉百年丰兆路，铁牛犁出满山金。

晚秋话丰年

遐心寻菊走山乡，遍野秋丰入画廊。
玉米累累千缕灿，芝麻粒粒万枝香。
岭头橘柚争晨露，湖上鱼虾抢夕阳。
一桌鲜蔬新味道，醉将红柿指星光。

行香子·故土寻秋

两节欢祥。定约还乡。逐和风、游览沙洋。老街窄巷，怡目秋光。见荷花颓，桂花艳，菊花黄。

渺渺襄江。曲曲堤长。问湍波、流向何方？雨浮思忆，渡口徜徉。现童年顽，少年梦，老年刚。

夏桂芳

微信名风雅钱塘，女，湖北省武汉市人，武汉市作协会员，诗词爱好者，《武汉诗词》副主编，《江流有声》微刊主编。

蝶恋花·观汉子山中天麻地有感

整土分畦高岸处。选种培苗，细叶承清露。栽下明天多守护。更邀云彩频相顾。
喜看耕夫坡上赋。沐日临风，惬意高声语。好梦归来心自许。深山探出黄金路。

蝶恋花·早春踏青

寒退莺催春上柳。嫩叶初开，唤雨醅新酒。红杏一枝端在手。斜簪鬓角添灵秀。
漫步花间香满袖。欲赋新词，化解相思瘦。陌上横枝箫管奏。东风又把波揉皱。

鹧鸪天·春到沙河

陌上桃花飞满天。村头岸柳正挥鞭。昨宵微雨随风入，今日新莺满树欢。
麦垄绿，笋衣宽。鸡鸣鹅闹鸭划船。黄昏喜接东山月，相伴牵牛望夕烟。

鹧鸪天·村居

鸭在波中划破天。鱼沉水底正悠闲。东君野坞敲棋局，夜月沙洲系钓船。
风渐暖，柳无言。双飞燕子半空旋。紫藤满架幽香发，绝胜群芳景色鲜。

夏启军

湖北省十堰市竹山县得胜镇人。退休教师。中华诗词学会会员，湖北省中华诗词学会会员，十堰市诗词学会会员，竹山县诗词学会会员。

静夜思

人间正道是沧桑，莫信流言话短长。
盛世每闻高兴事，安居常愿子孙康。
雄心未泯身先老，壮志思飞病在床。
我有奇方消永夜，唐诗晋字汉文章。

早春暮雨

郊原淑景尚依稀，浅草弗能淹马蹄。
丝柳才黄芽细细，暮云方聚雨漓漓。
窗前不见寻常月，案上唯余待烤鸡。
老酒一壶陪客醉，春风与我有约期。

元宵夜

红梅雪映早春寒，几辆新车拜晚年。
十字街头游客醉，上元灯下语声喧。
汤圆似玉祈康健，白发如银绽笑颜。
自古天时能守信，河边柳线露芽尖。

访复兴村兰徵故里

耸立群山卫一坪，蔡家河内访先生。
路随西涧通秦塞，燕伴东风唱楚声。
百亩水田飞白鹭，十分春色听蛙鸣。
兰徵故里今犹在，诗画留香对晚晴。

向耀星

湖北省黄冈市黄梅县人，中学退休教师，湖北省中华诗词学会会员，黄冈市诗词学会会员，黄梅县诗词学会会员。现任黄梅县五祖镇诗词楹联分会副会长。

题五祖镇渡河村

渡口依依情意牵，河清水漾碧连天。
新居栋栋增光彩，村里廉风美誉传。

访五祖镇张思永社区

欣逢仲夏访思永，满目葱茏柳岸明。
岭上杜鹃啼碧树，溪边月季绽花盈。
凉亭白发欢声唱，超市红颜笑语迎。
活动中心如画展，乡愁有感入丹城。

忆江南·踏春

山区好，新绿一层层。三月邀君游圣地，
千坡花蕊醉行程。莺舞鹊和鸣。
山里美，薄雾绕楼亭。蜂采琼浆鱼戏水，
蝶飞花海鸟调情。人杰地生灵。

忆江南·咏向桥村

桥村好，秋景袭行人。山果香枝添色彩，
红楂黄橘满坡新。游者举包吞。
山里好，到处很温淳。琼阁楼台船杆石，
向家超市迎宾门。依恋转回身。

萧文厚

湖北省荆州市公安县人。汉语言文学专科毕业，中学语文教师，晚年爱好诗词联赋创作。

湖乡仲春

惊雷醒鼓蛙，苏柳吐鲜芽。
戏鹊高枝和，顽虾绿水查。
轻风鸡报喜，丽日燕归家。
赤掌穿穹宇，勤农顶紫霞。

江南四月

风拂垂柳辫钩漪，雨落琼花艳满溪。
燕剪云霞来复往，蛙鸣星月鼓无息。
茶歌越岭山投影，渔曲盈塘水咏诗。
妙手灵心添锦绣，仙乡景色惹人迷。

行香子·吟荷

水上兴家，逐日迎霞。脱污泥、洁净光华。玉身不露，盛绽琼花。看鱼潜底，蛙鸣叶，蝶亲葩。

风雷不惧，阴晴无碍。盎然生、博吸精华。勤知奉献，愬入泥巴。再促残根，催眠带，发新芽。

鹧鸪天·垄上诗人赠诗友李宏才先生

志立乡村咏陌阡，佳词文赋蕴田间。银锄挥舞吟优律，沃土躬耕撰妙联。

花蝶吻，蕊蜂跹，香甜瓜果涌诗篇。御寒抗暑吟心旺，四季丰收雅韵绵。

萧显国

湖北省丹江口市人。中华诗词学会会员，湖北省中华诗词学会会员，湖北省楹联学会会员。作品多次于《湖北诗词》《农村新报》等刊发。

秋　播

新耕垄土列行翻，鞭响吆牛映过山。
秋种勤劳多汗洒，春来梦浪起波澜。

题银洞山村

峰高近彩云，水碧绕青山。
几牯行东岗，群鸭戏北渊。
楼台依岭下，车轿列房前。
人理茶园草，时发笑语喧。

山中小院

农家小院百花开，桃李梅兰我自栽。
风送开芳香四面，月邀华影步层台。
翠滴书卷烦忧去，江映毫端兴致来。
山野莫言庭院僻，内中趣味荡情怀。

南乡子·采茶姑娘

天放亮，日衔山，妖娆幺妹进茶园，万绿丛中飞玉指，春光美，香汗微微编织翠。

肖宪荣

中华诗词学会会员，湖北省中华诗词学会理事，荆州市诗词楹联学会常务理事，公安县诗词学会会长。有诗词集《湖乡之恋》。

庆丰收

江南遍地染秋黄，放眼田园如画廊。
满树橘橙摇倩影，千家谷物进粮仓。
农民存折添金喜，商贾串乡销售忙。
笑语欢歌人惬意，举杯邀月庆荣昌。

初秋景色

一夜金风天渐凉，丹青水墨透芬芳。
碧荷丛里花迷蝶，垂柳枝头叶换装。
片片良田棉稻熟，家家小院果瓜黄。
举杯邀月秋收庆，五谷丰登鱼米乡。

西江月·玉湖漫步

湖面涟漪微荡，岸边垂柳轻摇。荷花绽放晚霞飘，鱼跃钓翁惊笑。
朋侣吟诗观景，水鸥起舞凌潮。心清气爽玉湖骄，满眼风光醉倒。

夏日乡村即景

夏日农村绿满庄，闲翁树下正乘凉。
芙蓉出水仙姑笑，橙柚摇枝知了忙。
潜鸭芦丛追野趣，蜻蜓湖面点韶光。
端来夕照千重意，一碗酡红敬故乡。

肖北平

东坡赤壁诗社会员，湖北省蕲春县诗词学会理事，诗词作品散见于多家网络平台、微刊、纸刊。

大美八里湖

七里江滩八里湖，河堤柳岸与人殊。
舟车往返通津渡，路港迂回泊画舻。
水满稻田虾共养，农兴商贸客相呼。
湾村守护原生态，鹭舞莺飞织锦图。

春雨江南

春潮带雨过江南，散作千溪下碧潭。
沃野莺啼杨柳绿，长空雁叫水天涵。
泥生牧草风吹树，雾湿沙滩露浥岚。
夹岸连山堆翠色，醺香欲醉梦犹酣。

人间四月

人间四月稻田青，烟雨迷蒙湖上亭。
陌里斑鸠林里雀，风中柳絮水中萍。
车行绿道通幽境，客倚朱栏入画屏。
花海香消云淡淡，龙泉吐玉翠泠泠。

入秋行吟

晨曦带露湿河堤，天际霞光照水低。
柳岸林稀人独步，池塘草浅鹭双栖。
秋风起处心波漾，暑气消时眼影迷。
万朵莲蓬青转褐，藕田成片积香泥。

肖碧源

湖北省黄冈市罗田县胜利镇人。基层公务员退休。诗词爱好者。罗田县诗词学会副会长。出版有个人诗词集《山水清音》。

小院黄昏

片片斜光绿叶裁，榴花如盏照诗台。
轻吟应和枝头燕，引出唐风宋月来。

小村晨曲

夜幔徐徐隐，山村露静姿。
莺筝弹碧树，鸭阵演深池。
骋目田禾嫩，入心花气怡。
小楼飞稚语，带梦读晨曦。

项家河村行吟

项家河上暖风微，轻裹时鲜淡淡飞。
百亩大棚春意闹，一方碧水甲鱼肥。
名花冉冉香云路，笑语频频逐夕晖。
好景行来随手采，轻车载我抱诗归。

小　村

阴阴玉树趁时栽，引得征鸿次第回。
三径雕栏连鹤梦，一湖朗月映楼台。
闲尘已向清云净，繁朵欣迎晓露开。
笑看千年古村落，春风移入画中来。

肖华香

湖北省武汉市新洲区人，武汉市新洲区诗词楹联学会会员。

蓝玉项链

蓝玉湾边故事多，开山劈壤接江河。
涓流浩浩歌声漾，穿过当年黄土坡。

阳逻过江铁塔

巍巍铁塔屹矶头，戴月披星瞰涛流。
银线含情牵万里，光明一片照神州。

游涨渡湖湿地森林公园有感

浪卷云飞白鹭翔，瑶林玉树沐秋光。
碧波荡漾鱼龙跃，湖果湖花别样香。

田园乐

春暖花开别样天，栽瓜种豆院门前。
三分畦地田园乐，丰我盘中五味鲜。

菩萨蛮·农民文艺队

红男绿女身姿俏，试看今日农民佬。请到社区来。掌声送舞台。
吹拉弦管奏。个个花腔秀。一曲送香茶。春风入万家。

肖俊声

湖北省十堰市人，湖北省诗词学会会员，十堰市诗词学会会员，作品刊登于《大岳诗盟》《武当风》《农村新报》《湖北日报》等。

摘橘子

山酿风流果孕香，橙黄橘绿嵌长廊。
游人购买排成队，农户园中采摘忙。

春　耕

家乡杨柳荡莺声，云淡烟迷晓雾轻。
千顷好田连野水，一犁春雨润春耕。

乡村初秋

初晴山野白云飞，鸟叫蝉鸣耳畔来。
袅袅溪烟幽谷吐，悠悠涧水惠风裁。
沾衣欲湿清泉下，拂面犹寒玉女腮。
快步流星阡陌上，情依农舍夜方回。

乡村年味

怀乡今道故乡游，穿越车站走码头。
爆竹烟花横县邑，对联灯笼挂山楼。
熏鱼腊肉堆东市，喜鹊春风过北州。
临近新年年味重，长街短巷乐悠悠。

邢必山

现住湖北省荆州市公安县埠河镇双合村，热爱诗词，现为荆州市诗词楹联学会会员，公安县诗词学会会员，有诗作散见于省内外诗刊。

江南初冬

蒙蒙细雨浥荆江，秋尽冬来夜气凉。
初种麦芽争出土，谁家果圃橘先黄。

晨　练

鸡鸣曙色日升东，薄雾轻轻淡淡风。
麦绿四围连菜圃，练拳刚到马分鬃。

昔日土家人

傍水依山建土房，浓茶烈酒旱烟枪。
亲朋好友通宵语，国事家情话短长。

月季花

曾与春风结伴来，也同梅菊一齐开。
随机应变趋时令，富贵荣华总不衰。

杜息亭

酒后与君游，寻芳意气稠。
繁花摇倩影，细柳拂苍头。
观赏德山语，尤欣杜息楼。
春深忧绪远，怅望一江流。

注：德山指对联名家曹克定先生。

熊虎三

网名孤生竹，湖北省宜昌市秭归县人，执业医师。中华诗词学会会员，湖北省中华诗词学会会员，三闾骚坛常务理事，有作品散见于微刊和纸刊。

冬　泳

缭缭雾锁峦，疑雪化将干。
水漾腾微气，舟行卷巨澜。
飘摇追浪远，搏击忘身寒。
琐事抛云外，怡然独觅欢。

仲夏雨后

云开阴雨霁，天气若凉秋。
红蟹蒸欢愉，青梅煮淡愁。
穿林沙径软，采菌鸟声柔。
恰恰清欢语，时光冉冉流。

正月初七乐平里吊屈原

千秋屈子美名存，诞日骚坛祭楚魂。
响鼓岩旁曾见影，读书洞中亦留痕。
庙堂议政献良策，山野修辞传雅言。
最叹汨罗江上殁，披肝沥胆世称尊。

行香子·西陵峡村

葡紫含情，桃碧邀芳。倚兰亭缱绻长江。朝行清露，暮醉斜阳。看水中舟，林中蝶，画中廊。
兵书宝剑，平湖高峡。任和风舞动时光。嘉政良谋，叶绿橙黄。适人同住，月同饮，梦同香。

熊树忾

金融作协会员，中华诗词学会会员，湖北省应城市诗词楹联学会常务副会长兼秘书长。诗词在《中华诗词》等多家刊物上发表。

拓宽农民增收致富渠道

稳岗纾困重孵化，机体劳伤可再生。
不信膏田无雨露，农人谷口自躬耕。

农民诗人

池塘洗笔问徐墩，宅院题诗诗浪掀。
檐下庭前参物我，耕余播后咏田园。
怡心善解农家意，幽草伴生樟树根。
风雨经过晴正好，香泥抖落韵常存。

好女儿·新四村

旧日穷乡，新式农庄。引凤山、遍植梧桐树，欲留棠棣景，圃温苗暖，李熟桃香。
此去沿途宽敞，文明语、阅红墙。镐锄挥、拓展勤劳壤，僻地黎庶养，栽培桑土，播种希望。

归田乐·暮春话农事

冬小麦，拔节伸茎今又是。秧苗绿，铁牛吼、泥带水。暖风吹正合，老农意。
昨数过、辛勤粒，仓盈望天赐。悦丰稔、传承陶秫，汗珠儿远寄。

熊宗兴

笔名熊焰，现为中华诗词学会会员，中国楹联学会会员，湖北省作家协会会员，湖北省中华诗词学会会员，湖北省楹联学会会员。作品散见于报刊，著有诗集，并与人合编散文集、诗集等。

春游城郊八一村

河滩洁净树峥嵘，掩映琼楼硬道平。
扮靓三山铺植被，拥军百载训民兵。
墨联展示文明史，板报宣传改革声。
八一村风存久远，军民永固铁长城。

观光太平镇

乡村崛起驭东风，南麓太平启靓容。
风动能源呈伟岸，吉阳蒜业满山冲。
时髦产业蓝莓旺，传统果园酸李红。
水秀山清奔富路，群楼掩映百花丛。

夏日风光

难违时序暑嚣张，暑又多情美四方。
洁白栀花羞答答，鲜红榴火气昂昂。
田蛙禾下频敲鼓，知了桑阴直喊娘。
鸟语花馨仙境界，葳蕤万物任癫狂。

夏日荷塘

盛夏湖乡遍种莲，文人墨客步相牵。
蓬蓬绿叶裙裾舞，朵朵娇花碧水穿。
彩蝶闻香传喜信，蜜蜂吻蕊试情缘。
为何隐者频来顾，品质清高比圣贤。

徐超君

湖北省潜江市人。中华诗词学会会员，湖北省中华诗词学会会员，湖北省楹联学会理事，潜江市《笔架山诗词》副主编。获『湖北联坛精英』称号。

后湖魏沟村写意

风熏草色参差绿，雨润芳菲次第妍。
柳碧三分侵染水，桃红一片点燃天。
禾听蛙唱争抽穗，村枕莺歌渐入眠。
赛道路灯时眨眼，林梢皎皎月初圆。

鹧鸪天·湖乡

水抱云霞鲤跃涛，沿湖翠柳舞纤腰。蒹葭采采原生态，栀子盈盈玉质苞。
翁下网，媪撑篙。天空水阔鹭逍遥。横竿钓叟迷清景，夕照羞红吻栈桥。

鹧鸪天·水乡秋

暑去蜩蝉闹不休，西风送爽到村头。腴田迤逦千重画，空水澄鲜一色秋。
香拂面，果盈眸。金黄稻谷覆平畴。葡萄串串机车载，货款乡翁扫码收。

一剪梅·采风垄上行

一辆中巴垄上行。满畈机耕，几处鸠鸣。
逢渠桥闸总相迎。畅了云程，富了农丁。
今日乡村似画屏。道侧杉青，楼侧花明。
春光无限暗香萦。痴了流莺，醉了诗情。

徐黎明

号石鼓墨人，湖北省丹江口市人。中华诗词学会会员，中国楹联学会会员，丹江口市诗词楹联学会常务副会长兼秘书长。

蜡　梅

极目山萧瑟，凌风白雪飘。
遍寻深谷里，一树蜡梅娇。

冬　雪

任其凛冽北风刮，绿蚁红炉醉暖家。
稚子不觉冬日冷，院中徒手逮琼花。

登沧浪之光

拾级银塔矗沧浪，欲上云霄揽日光。
绝顶扶栏极目处，万千丽岛翠湖镶。

登沧浪之光体验时光隧道有感

置身投影道，如坐裂空船。
惊探均遗貌，纵观今古天。
金龙旋铁塔，碧瓦没沧渊。
造化千秋亘，无极法自然。

点绛唇·登均凌阁

五彩高阁，俏然独立青峰顶。天光霞映。千里烟波静。
极目骋怀，应赞均凌胜。贪游兴。一笺辞令，化作翩翩梦。

徐慰祖

湖北省应城市三合镇徐墩村人。小学语文高级教师。应城市诗词楹联学会会员。

田园人家

六月来临夏日长，浓荫树下歇肩凉。
蜘蛛屋角织天网，蝴蝶花间采粉忙。
满畈禾苗柔沃野，一湾溪水绕山乡。
地灵人杰丰年望，和美农家步小康。

冬日村头眺望

满畈禾苗翠色柔，明年准拟八成收。
冬来展现无穷景，秋去重呈别样畴。
光照南洼油菜茂，风吹北庙麦苗稠。
可怜新绿农家乐，眺望云山处处幽。

立春大雪

村庄一夜白茫茫，瑞雪迎新兆吉祥。
岁杪家家添壮景，春初处处展银装。
冷风着力天空啸，冻雨无情地面僵。
麦盖三层圆好梦，千门万户枕头香。

金店道中

雨住风停天欲晴，泥巴踏尽始车行。
出门处处征程港，喇叭声声数里鸣。
雾内云山添锦绣，街头楼阁闪光明。
欣然抵达胡金店，一路平安胜客情。

徐泽先

湖北省黄冈市黄梅县人，中华诗词学会会员，曾任黄梅县政协常委，黄梅县文史资料委员会副主任，黄梅县流响诗社副主编，著有《腊履诗存》三部。

咏李大金新村

日照新村耀眼红，风光无限印深衷。
楼堂厅室规模壮，山水园林气象雄。
粮果成批输皖赣，鱼虾专篓送西东。
广场独特灯光丽，箫鼓声喧震夜空。

咏大河镇一河两岸

一河两岸好风光，北望攒峰碧水长。
栉比高楼连县市，纵横大道接城乡。
粮油片片无公害，草甸萋萋有异香。
喜得贤人前引路，齐心协力创辉煌。

水乡即景

堤外风荷堤里秧，侬家位在水云乡。
一年四季花长发，村北村南总是香。

古角水库

巍峨大坝接山巅，夕雾朝霞一片天。
堤外纷驰南北毂，库中交织往来船。
水深浪阔兴渔业，域广流长润稻田。
砼石护坡凝底面，虹栏电炬灿星边。

徐章浩

湖北省洪湖市人，中华诗词学会会员，湖北省中华诗词学会会员、洪湖市诗词楹联学会常务副会长。著《紫阳小草》诗词楹联集三卷。

春　耕

相约村前景灿眸，犁耙水响鸭鹅讴。
耕田块块沃泥卷，级地层层麦浪流。
播种农夫撒星斗，育苗艺妹绣花洲。
春风放胆挥椽笔，画出虹霞圆梦畴。

秋日小港行

小港农场好个秋，果枝鹊跳放声讴。
千池水富翻霞浪，万亩粮丰织锦绸。
莲藕青泥商贾竞，龙虾红硕货车流。
条条玉带黄金滚，人喜机欢乐抢收。

赞洪湖雄丰农业合作社

如醉如痴赏劲雄，一田碧绿一田丰。
莺梭虾稻频弹曲，燕舞鱼蔬若剪虹。
两水双收迎曙色，三机连作鼓春风。
创新发展高科竞，遍地流霞游客崇。

水乡美食特色

百里洪湖水映天，禽鳞野色五洲传。
鲢蒸鳜煮佳肴美，藕炖鱼烹味道鲜。
米酒飞香吟胜事，才鱼爆炒乐群贤。
蟾宫设宴名牌点，醉了人间醉了仙。

徐至珪

湖北省应城市人，高中文化。农民。诗词爱好者，应城诗词楹联学会会员。

高李农牧场访友不遇

登高胸次阔，放眼景观新。
茂草牛羊壮，熏风稻菽纯。
荷塘围井圃，樾舍蔽山珍。
野老仙居地，陶然每入神。

早行马堰新村

还建房成心愿了，新村气派自生豪。
开荒辟地田园阔，尚美追风档次高。
跑道环行情得得，晒场弄舞兴陶陶。
霞歌欲搅丝萝梦，却引楼台鹤阵翱。

初　冬

乡村露月轻寒下，节令新更览物华。
竞艳枫林凝紫气，争肥麦畈泛青娃。
红炉试煮三冬景，热舞翻飞五彩霞。
自得悠然田舍事，晴空鸽唱兴无涯。

西江月·团年

电掣风驰畅想，浓情快意铺张。爸妈声脆慰城乡，大喜团年饭况。
慨说更新万象，趣谈开泰三阳。烟花热舞夜辉煌，春启钟声一撞。

解同斌

湖北省荆门市人。湖北省诗词学会会员，荆门市作家协会会员。爱好文学和书法。作品散见于各网络平台和报刊。

故乡行

走近家乡少粒尘，秋风送爽气清新。
挖机正掘淤塘土，热火朝天更似春。

梨　园

一片园林水库连，晴空六月景无边。
青梨徐姐相迎笑，满载欣归唱暮烟。

漳河农家

漳河北岸一徐家，赤柱飞檐衬高瓦。
碧绿柑林绕宅生，金黄蜜柚倾枝挂。
犹欣堰里白鲢翻，更赏堤边芦笔画。
日暮欢声满载归，还思夏泳穿丝褂。

枇　杷

五月榴花红似火，乡园枇树挂金珠。
行车瞥望馋涎溢，美丽村庄景色殊。

熊 文

湖北省汉川市田二河镇人，医务工作者。系湖北省中华诗词学会会员，汉川市诗词楹联学会理事，田二河镇诗词楹联分会副会长。爱好诗词、摄影、骑行。

咏梨花

城北若瑶台，梨花次第开。
草新风习习，春韵雪皑皑。
迁客匆匆至，佳人缓缓来。
相思愁绪了，任你仄平裁。

汈汊秋韵

际涯汈汊无，江汉夜明珠。
浅底翻红鲤，接天跃绿凫。
摇舟诗一阕，唱晚酒千壶。
画卷收斜影，苏杭叹不如。

临江仙·伤秋（嵌句红叶黄花秋意晚）

红叶黄花秋意晚，迁鸿羁旅南翔，芦花漫漫满天霜。寒鸦枝上语，几度暗生伤。
溪水悠悠东去也，萋萋葭草苍苍，花飞花谢落谁方。千千心底结，何处诉离肠。

行香子·清明节

拥车流，忧锁双眸。玉带荷沙柳丝抽。蜂飞蝶绕，麦浪千畴。正花儿香，风儿软，鸟儿啾。
潺潺溪水，苍苍古柏，踏青追远诉离愁。清明小吊，游子情酬。望烛光明，春光媚，月光柔。

许启明

湖北省黄冈市蕲春县人，中国老年书画家协会会员，东坡赤壁诗社会员，蕲春县诗词学会会员，蕲春县老年书画家协会副会长。

龙年山村

龙年伊始话山区，村寨农民笑脸舒。
坡整冈田边复地，又盘活水架长渠。

赞普阳观

霞蔚仙楼似画屏，山门里外景婷婷。
虽无鱼跃波纹碧，却有斋人诵梵经。
学道娥吟苏子句，寻医叟访杏园亭。
三清云水舒心梦，观内琴钟别样馨。

夏　种

日暖风和四月天，雨帘织幕正犁田。
机声震耳平畴播，偶见耕牛在半山。

大雪节无雪感吟

大雪无由有叶飞，乍寒还暖是为非。
艳阳普照如秋日，四序循环怎的违？

许娟

中华诗词学会会员，荆门市诗词学会副秘书长，荆门市诗词学会女子分会副会长兼秘书长。

越溪春·三月

三月雨催芳信满，春水绿参差。落梅不与梨花伴，胜小桃、妆点园池。惊起鱼龙，平分昼夜，栽得莺枝。
浮烟日暖晴时。人困燕双飞。近来心上指上纵有，新黄满把柔丝。仍使路人头自白，襟袖带香归。

一丛花·夏日抒怀

南风一缕逐闲云，摇曳水波纹。骄阳照映芙蓉色，汗微沁，满脸轻匀。无端雷动，飞虹走电，惊起眼中人。
天张玄幕散珠珍，池满著啼痕。风停雨歇枝条绿，藕花放，西坠红轮。人间处处，清凉无限，幽意晚来新。

采桑子慢·芦花

纤纤骨相，开尽平生秋气。正情切临风飞舞，簌簌多姿。错认苍烟，再招鸥鹭落斜晖。借花催雪，三千白发，望尽天涯。
往事不堪，伊人在水，无限幽思。几时歇、芦花赠远，千里心知。雁影微茫，一襟怀抱寄新词。江湖如许，梦回月落，心与鸿飞。

徐娅玲

笔名米粒。高级教师退休。中华诗词学会会员，湖北省中华诗词学会会员。樱花诗书画社副社长兼秘书长。

鹧鸪天·寻春红树林

我欲寻春问海声。长桥栈道遍青横。号称白鹭却难见，闻属红林愧未呈。
渔帆远，塔灯明。滩涂一片绿繁荣。漫游最喜风光带，留得葱茏满目情。

西江月·春节游北海园博园

数点叶花喜气，一弯丝路氤氲。满园佳树尽争茵。又见莺传春讯。
水静湖光入画，帆张风力追云。牌楼翘首候来宾。写个序言小引。

北　海

三月和风细雨微，似乎不舍客人归。
已怜庭暖流莺啭，更羡池深锦鲤肥。
疏蕊荔花开萼面，奇姿榕树织根帏。
倏然方觉寒凉过，心动春阳那抹晖。

早　春

冰寒才去地开封，布谷催来绿意浓。
点豆同将希望播，春风浅笑慰田农。

胡文斐

陕西省咸阳市乾县人，中国民主建国会成员，武汉市作家协会会员，现定居武汉市，高级工程师，出版作品《自砺为王》。

夏夜忆母

忆起堤边摆竹床，似船出海夜风凉。
梦中还是那轮月，衣上仍留几点光。
扇驱蝇蚊无尽语，儿行云漠不迷航。
指针总在罗盘里，朝向娘亲从未忘。

蹚桃花渡的女子

裙花点水踏溪流，溪水随花叠浪头。
倩影似鱼波似鳞，心如潮涌月如钩。

寒冬不负一场大雪

江山指点信天游，草木无春愁白头。
待到晴光潜入地，溪流送我向东流。

题花乡茶谷诗会

春光不把四时违，茶谷花香鸟语稀。
千百彩球追日影，也牵诗兴伴云飞。

袁勤英

中华诗词学会会员，湖北省中华诗词学会会员，中国楹联学会会员，湖北省楹联学会会员。曾任洪湖市诗词楹联学会会长，洪山区《迪光诗刊》执行主编。现任湖北省中华诗词学会财政税务审计分会栏目编辑。诗词曲联多次刊登于全国、省、市级刊物；并多次获奖。著有《花甲之旅》等四本诗文集。

满庭芳·洪湖春韵

披着晨曦，湖乡春早，苏醒阡陌青帷。肩担希望，挥汗几扬眉。蕙馥风吹水起，耕耘处、泥土翻飞。犁扶稳，轭牛前进，满垄响鞭追。
凝晖，新气象，勤劳致富，笑语相随。抖原野金斟，醉了香薇。村绕云流爽籁，民歌唱、烟柳丝垂。鱼农市，丰盈汇聚，一路步花回。

画堂春·抽藕带

湖乡水产尽珍肴，采鲜寻宝辛劳。荷林深处隐千娇，谁领风骚？
小妹花丛魅力，芳姿倩影神飘。船中满载白金条，富路昭昭。

鹧鸪天·农家战高温

烈日炎炎似火烧，庄稼饥渴受煎熬。畦田抗旱披星月，期盼甘霖垄上浇。
勤灌溉，润禾苗，汗流衣湿不伸腰。抢墒农户麻桑寄，等到金秋物富饶。

姚礼萍

湖北省潜江市人，诗词爱好者，闲时侍花弄草，偶尔听风听雨胡乱涂鸦。

夏晚过荷塘

星落二三点，烟云漫自闲。
香风掀翠盖，频探藕花颜。

游空山洞见缝中细叶有题

鬼斧一抡惊动魂，冥冥深处见青痕。
蕴藏心底千年梦，静待姗姗摆渡人。

浣溪沙·减肥夜走长渠（二首）

之一

体胖缘为心态宽，偏偏众口说难看。高标须学赵飞燕。
半卷诗书看未透，一轮红日渐斜天。玉环才与美相关。

之二

一习凉风水一湾，轻柔丝柳月姗姗。十分清气拟从前。
莫笑心怀还似昨，绝知往事不如烟。俗情到此已全删。

余功辉

湖北省中华诗词学会常务理事，十堰市诗词学会常务副会长，《大岳诗盟》主编，获第九届『华夏诗词奖』优秀奖。

过板桥村

白云开合处，零落有村庄。
菌满层层架，禾翻道道梁。
一波微信广，万户豆干香。
翁媪皆忙碌，不虚夏日长。

窑淮农家

山乡日暮里，溪岸两三家。
竹茂鸟声静，烟疏夕照斜。
逢人夸好事，围桌品新茶。
期待秋收日，来尝豆与瓜。

初夏访宇翔生态农场

万亩庄园漾碧波，青瓜紫豆费张罗。
深丛走过荷锄影，侧岭飞来采摘歌。
陌上葵开香郁郁，枝头果满叶娑娑。
荒山喜变仙居境，动兴长吟与短哦。

浣溪沙·神雾岭采茶歌

神雾初凝一树香，新丛半吐短旗枪。精挑细拣入丝囊。
便取山泉文火煮，笑看蜂蝶闹芬芳。轻歌相伴采茶忙。

严永金

曾任湖北工业职业技术学院副院长，中华诗词学会会员，湖北省中华诗词学会常务理事，十堰市诗词学会副会长。

三官道中

一路茶歌听未穷，山光已涤俗尘空。
桫椤树比连翘右，红豆杉从银杏东。
翠色欲流花点缀，苍烟似卷水通融。
三官洞隐民心许，福运还如善念中。

过刘家湾村

已改河川不老颜，风流细数到刘湾。
花开红紫高低树，色作青黄远近山。
地无腴瘦皆生玉，民有亲疏俱向贤。
日子恰如溪涧水，春秋冬夏总潺湲。

壬寅立秋日上庸楼即兴

商飙渐欲老蒹葭，再上高楼看晚霞。
蝉噪深阴当请雨，鸦鸣浅绿应怜花。
夏荷半褪罗裙色，秋水空浮范蠡槎。
吩咐西风吹雪雁，菰蒲鸥鹭向湖沙。

樱花谷漫题

层峦至此接平川，十里朱樱散紫烟。
皆水皆山皆莞尔，亦花亦树亦嫣然。
且行且坐且吟啸，堪卧堪游堪醉眠。
用舍由时酤酒去，行藏在此解鞍鞯。

喻华甜

湖北省十堰市人，自号峤上南枝、墨雨羁人，业余时间从事古典诗词创作，题材广泛，偶作散文诗。

龙井新村

上庸府志誉高名，巴楚仙乡远客迎。
榉柳蛇攀浮翠气，飞泉龙跃走雷声。
茅亭踏曲新风萃，白鹭分烟懒意倾。
且问陶公邀此住？交觞云水与鸥盟。

武汉长江大桥

六秩沧桑捻指穷，云波高枕汉江风。
蛇龟冷望千年月，百舸闲摇九夜虹。
勘定几随刀火误，新篇更继曙光通。
嚣然汽笛无时歇，南北关情一线中。

甲辰新正登武当金顶行吟

玄岳山光久慕名，飞车云路冽寒生。
翠岚万壑蓬莱指，瑞叶千株玉殿横。
疑说国猷承蜜烛，叹伤铜鹤阅昏明。
俯躬拜首祥风起，关尹何邀栖碧城？

蝶恋花·春末即事

池上潆波蛙迭鼓。晚梦香残，寻迹东园路。飞絮衰红萧索雨，乘风催送春何处？莫说幽心春病苦。轻抚花魂，还约东君顾。且摘青梅诗酒煮，新凉纵赏荷钱露。

袁怀志

湖北省十堰市竹山县人，竹山县诗词楹联学会会员，十堰市诗词学会会员。偶有诗作见于各类刊物。

夏日晨趣

蒲扇轻摇纳早凉，霞投琼树柳荫长。
孩童犹惧残更短，戏蚁粘蝉打闹忙。

孟　秋

秋到山村画韵长，金英桂子写华章。
微风阵阵扬金浪，大雁声声说故乡。
推牖欣收云锦色，开门喜纳稻粱香。
农人今夜无愁事，拾罢磅台挪谷仓。

秋　思

细雨潇潇暂日停，斜阳冉冉放新晴。
秋芳半闭迷红蝶，霜叶全舒染翠茎。
曲径难求同行客，连山易断故乡情。
孤鸿云上遥相应，恰似慈母唤子声。

村　居

一溪寒玉漱金沙，两岸梅园映早霞。
半隐旌旗林沚处，满墙藤蔓顺檐爬。
依山瓦屋炊烟袅，沿水青苔步道斜。
稚子扫扉迎远客，老翁劝饮酒当茶。

杨其书

湖北省十堰市人，经济师。湖北省中华诗词学会会员，十堰市诗词学会会员，现为竹山县诗词楹联学会副秘书长。

武汉大学赏樱

日丽好春光，樱花吐暖香。
和风窗眼过，陶醉读书郎。

星光闪耀

女娲山下有一村，昔日歪风远近闻。
采矿得时成暴富，赌博失意陷长贫。
十星照耀精神振，百户争荣面貌新。
从此文明惊大地，超凡脱颖获专勋。

钟鼓楼

两座云楼六百年，桑田与共住长安。
催眠报晓分值守，暮鼓晨钟声震天。

走四方

昔时颠沛亏千里，此后逍遥走四方。
西入天池嗟岁月，东临辽海忆沧桑。
三春暖爱江南景，九日寒摇塞北霜。
踏遍河山人未老，漂洋过界赏风光。

姚永辉

湖北省十堰市竹山县人，中华诗词学会会员，曾任竹山县诗词楹联学会会长，现居武汉。

村　游

一路莺声沐晓霞，山隅欲尽现田家。
农夫麦垄深翻土，桃树田头半放花。

西河等你

一溪如画廊，四季醉游郎。
菜籽三春嫩，禾田八月黄。
北山茅屋雅，南亩藕花香。
白鹭低飞处，亲亲似故乡。

调水源头，移民客居荆门夏夜闻鸟

客地风光好，凭栏赏晚晴。
天边弦月起，屋上子规鸣。
鹊语同乡味，人音异域声。
一溪清亮水，应已入津京。

故乡行

故里深冬万物亲，繁华落去莫言贫。
肥田瘦树村居白，幽径明霜垄麦新。
屋上炊烟堂上酒，儿时伙伴宴时宾。
殷勤父老谆谆劝，约我桃红还踏春。

杨　波

湖北省黄冈市罗田县人，罗田县诗词学会副秘书长。

登拔云尖

路似羊肠陡又弯，亭廊抱翠好投闲。
一坡红雪邀松舞，袖带香风撷韵还。

雨润春融

细雨如丝织绿毡，李花飞谢逊桃妍。
多情岂独依依柳，时有莺声到耳边。

忆儿时大寨捡柴

山高我更高，寨上捡柴烧。
棘刺难伸手，丛林好试刀。
逞能攀峭壁，止饿啃红苕。
樵路何其窄，沉沉一担挑。

秋　兴

寻幽秋日里，身寄白云乡。
置酒东篱菊，凝眸北岭霜。
深山萦野趣，高树澹晴光。
觊觎田边柿，低眉问楚娘。

杨慧

网名未来。湖北省中华诗词学会会员，文学爱好者，热爱生活，愿用文字编织美好未来。

春柳

春江西岸六桥头，碧柳抛丝做钓钩。
况味千般随逝水，云霞万里一杆收。

春情

连天芳草正堪题，蜂蝶绕枝让客迷。
梦里贪春谁得似，桃花坞又桃花溪。

闲

群峰向后我朝前，淡淡清风绕发间。
一棹撑开烟水阔，余生尽享五湖闲。

春游圣水湖畔

吟罢诗章乘兴游，乡村秀色入清眸。
长空万里云闲步，玉岭千重景自悠。
几缕清风堪解意，半山红叶已含羞。
此身愿共秋光老，心是江湖一叶舟。

杨磊

罗田县诗词学会副会长，在《中华诗词》等刊物发表作品，曾参加三省五市中华诗词区域联盟新田园诗大赛等并获奖。

客板桥四季满园农庄

客自远方来，板桥春水涨。
道旁万竹斜，门外千峰障。
交契尽盏倾，寻幽扶云上。
如归竟忘归，坐听流泉响。

夜宿天堂湖

酒浅何须再续杯，帝乡往事只堪哀。
夜阑断续风催雨，似遣鱼龙出水来。

丁酉暮春于黄狮寨见一株杜鹃独放

山花十万委于尘，岁序由来旧换新。
独有芳心开不败，一枝撑到最残春。

清平乐·秋雨苍葭冲

枯荷滴雨，滴落秋如许。望里山乡张画布，点染云烟几处。
田间收了桑麻，邻间坐与分茶。听得书声翻过，有人念起蒹葭。

杨席华

湖北省武汉市新洲区人。大专文化。作品散见于微刊、纸刊。

麦收女

五月开镰乐万家，香风遍野向天涯。
焉知多少田园妇，醉放心中那片霞。

故园秋田行

往事随心念，新风拂面来。
牧歌云会意，野望陌相裁。
稻穗金钩倒，棉桃雪玉开。
欣逢少时伴，问答不思回。

水乡曲

欣同举水放清歌，十里乡原荡绿波。
徐治新村飞壁画，凤娃古寨舞春娥。
洲头蔬菜侵城早，堤外瓜蒌订约多。
莫道农家皆富庶，还期四海共嘉禾。

鹧鸪天・春种

二月乡村活计忙，田头地垄着新装。犁开冻土惊酥雨，柳上流莺浴暖阳。
抛豆种，植瓜秧，嫩芽寸寸竞谁长。万千景象怡人处，透出农家汗水香。

杨先德

号闲云斋主，现为黄冈市书画院副院长。系中华诗词学会会员，湖北省中华诗词学会会员，湖北省楹联学会副会长，黄冈市黄州区书法家协会名誉主席。著有《野鹤吟草》。

送春联下乡感怀

东风腊雪入蕲阳，辉映楚江新市乡。
健笔书联春意闹，红光喜庆满城香。

红梅傲雪闹元宵

九曲桥连遗爱滨，红梅傲雪景犹新。
游人谈笑三分白，词客欢欣一树春。
但得山河光海岳，何须灯火动星辰。
喜看今岁上元夜，歌舞烟霞涌月轮。

春日郊游

长河赤野白潭行，路出三台别样情。
油菜花开蜂得意，水波风引鸟争鸣。
草人作势无须问，村妇因声有若迎。
谁使酒香迷我醉，农家小店会经营。

青玉案·登薄刀峰（贺铸体）

轻烟瑞气消残暑。海云起，松风舞。爵主存遗尊独古。铜锣峭壁，鹤皋横宇。直到苍穹处。
薄刀峰上凌云路。歇马摇旗九霄羽。抚览乾坤新得句。金蟾戏凤，卧龙横步。人醉开心语。

杨宇金

湖北省荆门市税务局退休干部。中华诗词学会会员，荆门市诗词学会会员。诗词作品散见于《中华诗词》等杂志及网络平台。

喜迎兔年新春

梅已镶仁柳脱寒，绿茵若毯兔犹欢。
劫波度尽迎新岁，湖海江河春卷澜。

樱花谷

吐吐樱花散淡香，熙熙攘攘雪连霜。
老翁举镜卧斜出，男女笑翻一大帮。

如梦令·回乡踏春行

碧水春山空旷。对岸行人三两。不独柳丝风，隔堰红梅染绛。莫抢。莫抢。待我开怀慢往。

西江月·圣境玫瑰醉太极

飞荡水龙盘礴，忽间悬落垂欢。玫瑰月季好灿烂。圣境一山红漫。
靓女飘然低嗅，吾犹专注划拳。花香沁内欲魂牵。招式轻描画卷。

杨忠科

湖北省鄂州市人，副教授，副编审，中华诗词学会会员，鄂州市诗词学会副会长兼秘书长。

故乡行

村名从未改，只是换新颜。
楼耸接蓝宇，堤高佑沃田。
梧桐招凤落，鄂渚引鸥旋。
路路皆宽畅，家家尽乐闲。

江夏灵山生态文化旅游区

江夏有灵山，秋来亦靓妍。
丘坑成圣景，旷世结奇缘。
花馥盈平路，枝荫伴侧边。
欣迎骚雅客，泼墨赋华篇。

八月看梁湖有感

云淡天高亦自由，茫茫鄂渚享清秋。
忘机鸥鹭凌空舞，有爱鸳鸯结伴游。
郁茂荷菱浮水雅，葳蕤荇草躺风悠。
蓬莱美景何方觅，舍我梁湖无处求。

梁子湖区梧桐湖生态文明馆湖边漫步

愚在湖西看故居，乡山若鸟水中凫。
凡尘总说蓬莱好，仙界时惊鄂渚殊。
芦苇菱荷群雁乐，菖蒲鸥鹭众莺娱。
清风拂拂心怀畅，郁馥飘飘醉楚吴。

姚志坚

湖北省武汉市新洲区人，高级会计师。系湖北省中华诗词学会会员，武汉市诗词楹联学会会员，武汉市新洲区诗词楹联学会会员。作品散见于报刊网络。

重阳登高

看惯云山绿与黄，秋声送爽又重阳。
金风摇得千枝醉，玉露滋开万蕊芳。
岭上红枫燃似火，溪中泉水碧如潢。
登高此日舒心境，最是怀亲思故乡。

初夏邾城

仰望崎山云雾漫，一轮旭日挂前川。
堤边岸柳嵌河水，橡坝群鸥聚论坛。
庭院燕飞千宅驻，公园花绽万人观。
光阴流逝星辰易，古邑新城亦焕然。

我爱长江母亲河

开天辟地一长河，古老文明财富多。
渝沪千帆迎浪竞，蜀吴百业物丰和。
桥飞天堑北南畅，经振洞庭湘鄂歌。
九省通衢荆楚起，黄金良港是阳逻。

卜算子·咏菊

露重晚霜凝，月淡西风冷。不与春花比艳争，坐爱秋旻净。
寂寞向黄昏，月上疏篱影。云淡天高展蕙心，气畅清香沁。

叶子金

湖北省黄冈市蕲春县人，湖北省作家协会会员，蕲阳诗社副社长。

跨蕲河大桥南行经停故乡南征湖古渡口

堪叹流光擅易容，纵横路网布迷宫。
骑牛打桨儿时趣，征地招商今世风。
画栋妆成新视野，乡愁泊在旧乌篷。
堤边问讯观花叟，恰是当年摆渡工。

柿外陶园管窑镇纪行

水岸风牵袖，林荫燕导航。
明窑升焰火，柿树挂铃铛。
亲友铭心久，湖山寄意长。
围炉温旧梦，我在梦中香。

沁园春·四星级旅游景区李山村纪游

榜上明星，画里新村，迟日访临。似绿荫太盛，乱云留白；莺声稍软，野涧鸣琴。花海浮香，茶园滴翠，一寸青山一寸金。凭谁问，是何方神圣，著此天琛。

漫将雪碗匀斟。听本土神仙侃古今。曰万家摘帽，方为至美；百年圆梦，乃证初心。雨露垂怜，官兵搏命，每忆攻坚感慨深。辞归际，正翩翩客鸟，取次投林。

叶子青

湖北省荆州市公安县人。诗词爱好者。

起龙虾

龙虾肥壮满田畴，鼓眼弓身跳小舟。
跳到农哥心坎里，千箱万篓起高楼。

鹧鸪天·塔湖今昔

少小湖滩龟晒阳，成年勤力垦荆荒。浅洼插稻常淹水，薄浪游鱼几泛塘。
吸教训，再思量。养虾栽藕带秋粮。开渠硬路田头电，铆劲农夫挥所长。

忆儿时

一

半大儿时鸡狗嫌，邻居左右碎烦添。
三爷那棵弯桑树，最爱深红果子甜。

二

钢丝做就利叉钩，冬水田间走一周。
辛苦寻来湖野味，香酸盐菜煮泥鳅。

三

顽皮本性哪闲呆？打趣专欺小女孩。
雏稚长成雌老虎，规规矩矩做庸才。

殷沐榕

湖北省随州市女子诗社副秘书长兼编辑，湖北省中华诗词学会会员。

暮春乡村游记

小溪流水送花香，玉瓣纷飞卸旧妆。
莫怨落红春色少，时来青杏一筐筐。

鹧鸪天·摘草莓感怀

粒粒红心动客情。瘴仙为友水灵灵。时将浆果长空笑，不附高枝平地生。
镶丽日，耐寒冰。酸甜有味态丰盈。采莓趁早田园翠，觅晚空枝负了卿。

蝶恋花·春华秋实

柳绿桃红晴日罩。紫燕双飞，物物皆争俏。黄嫩枣花如米小。蝶蜂恣意枝头绕。
国色天香分外好。转眼成空，莫笑青青枣。一树春华江月钓。唯期秋实清风晓。

鹧鸪天·我的家乡

断壁残垣三两房。满田杂草已成荒。空巢老树风中泣，瘠土初芽地里凉。
人渐少，菊微黄。垄头不见采花郎。而今农务千条路，有志男儿走四方。

余国民

湖北省鄂州市人。中华诗词学会会员，湖北省作家协会会员，湖北省中华诗词学会散曲分会常务理事，鄂州市诗词学会名誉会长。

菜园铺道

身共春风爽，踏霜盘小园。
方圆才筑路，横竖又成田。
白袜沾泥恼，苍皤带露鲜。
衰翁无所好，劳作当休闲。

过杨王村

冬走雉山前，村庄静似眠。
野鸡鸣雅舍，青菜卧良田。
温暖湾中路，欢腾屋顶烟。
杨家豆丝好，香遍一方天。

采桑子·农庄秋色

田头识得晨风味，稍觉秋凉。行走农庄，满畈青禾渐转黄。驾车村妇身旁过，笑语盈腔。放养牛羊，啃罢荒坡啃夕阳。

〔中吕·山坡羊〕种萝卜

秋风微笑，炎阳高照，萝卜点种真奇妙。草刚烧，水才浇，小畦一股轻烟冒，饼粪齐全都喂了个饱。播，须趁早；收，唯愿好。

余文斌

湖北省中华诗词学会会员，湖北省楹联学会会员，随州市诗词楹联学会会员，随州市诗词楹联学会万和分会副会长。

春　韵

天清气爽景纯真，领略风光陶醉人。
蛙鹊喜抛寒夜梦，蝶蜂欣舞暖阳春。
檐梁燕绕情怀旧，岸柳莺飞语唱新。
靓丽佳人留倩影，耕畴乡老弄泥尘。

田王寨怀古

云垂叠翠露嶙峋，栈道盘蜓画里伸。
鄂豫界前寻旧址，固城山上望无垠。
千秋善恶诸多事，万代兴亡总为民。
叹古田王今不在，青峰老寨属游人。

春到山村

日照群山鸟唱频，田畴绿染自清新。
岭花呈彩芳香远，溪水抚琴雅韵真。
政策惠农人振奋，民康物阜地生银。
游春莫道春依旧，美丽乡村景醉人。

游花鹿沟水库有感

平湖千顷映波光，久忆当年此战场。
箕畚板车充主械，窝头酸菜做军粮。
万人合力搏风雪，三地同心筑坝墙。
今日仙池装福水，浇得百里稻花香。

余永源

武汉市新洲区人，湖北省中华诗词学会会员，福建省戏剧家协会会员。诗词楹联作品多次获奖。自创、改编多部古装戏剧。

天一阁

典藏一座沐云烟，数百春秋种福田。
范氏书城储锦绣，宁波商宦恋文川。
乾隆艳羡麒麟阁，沫若褒扬学海船。
浪里淘沙拈智慧，清风雅咏谢先贤。

咏　雪

银光闪烁出仙宫，仙态仙姿舞彩空。
涌入凡尘花烂漫，凝成冰国势恢宏。
龙衔吉瑞康庄到，兔撵瘟神社稷蓬。
且喜苍天常助力，斟杯煮雪品年丰。

破阵子·祖居

草树堂前疯长，蚯蚣地下横行。水井无眠孤守候，花果深情按季荣。寂寥各显能。
窗牖玻璃破碎，门庭铁锁经营。秦瓦经年身体老，汉木凌霜骨质英。祖居负重生。

咏　春

潇潇洒洒报天声，急急忙忙伴雪行。
我到凡尘兴万物，按时按季把身倾。

於治军

农民。湖北省黄梅县诗词学会常务副会长，《流响诗词》杂志副主编。2022年被《东坡赤壁诗词》列为新田园诗人。有论文发表。

春分节写意

阴阳消长两相依，节届春分昼夜齐。
万顷黄花争丽日，三更骤雨涨清溪。
风吹柳絮童呼雪，鼓响禅林月上篱。
吟罢田园声又起，牛哞蛙唱杜鹃啼。

立夏行吟

日晒枇杷半吐黄，蛙声不倦唱荷塘。
云飞大壑携时雨，燕翥新楼觅旧梁。
塝地初晴齐种豆，泥田两熟抢栽秧。
农家院里鸡鸣早，唤醒山乡唤晓阳。

鹧鸪天·小满节感怀

又是乡村四月天，芸薹谢尽海棠妍。东郊日出西郊雨，垄上泉流塝上干。
桃泛水，柳含烟，阴阳消长总依然。人生小满皆知足，花莫全开月莫圆。

小暑节参观原生态农业合作社

早谷初黄小暑间，山乡户户喜开镰。
村头稻垛随心垒，陌上犁歌带月编。
几许惊雷携骤雨，数重彩练挂蓝天。
谁家牧子横牛背，令我回眸忆少年。

喻志烈

退休老人。喜欢读书，喜欢诗词，喜欢远方。

夏日童趣

小河潋滟柳荫凉，稚子叉鱼喜若狂。
阿姐呼来不上岸，光臀直扑水中央。

初　恋

又约村西绿道边，银铃响处小天仙。
枝头有果还青涩，树下人儿手已牵。

留守即景

送走夫君剩下愁，怀中小脸怯还休。
乖乖不懂伤离别，也学娘亲抹泪眸。

新　晴

盼得云开举目新，幽蓝万丈绝纤尘。
青天自古喻明镜，也照山川也照人。

袁勤英

中华诗词学会会员，中国楹联学会会员，湖北省中华诗词学会会员，湖北省楹联学会会员。曾任洪湖市诗词楹联学会会长。著有《花甲之旅》等三部诗文集。

田家乐

柳绿花红布谷鸣，一犁烟雨沐熏风。
湖塘阵阵渔歌荡，垄上悠悠麦浪腾。
蝶舞林间穿翠筱，花飞天际戏苍鹰。
田家披露闻鸡起，榴月物华铺彩绫。

长江礼赞

天池宣泄汇成江，滚滚东流玉带长。
九省通衢千古利，百桥联袂五湖昌。
波光万里呈丝缎，风景无垠藏锦囊。
最是神奇三峡笔，妙书雄伟大文章。

画堂春·抽藕带

湖乡特产誉珍肴，采鲜寻宝辛劳。荷林深处弄千娇，谁领风骚？
小妹花丛嬉笑，仙姿倩影神飘。船中满载白金条，富路昭昭。

雪梅香·金色洪湖

燕莺语，风光泽国碧云天。看湖乡渔火，星星点点嬉悬。鱼蟹鳅虾戏鸥鹭，藕菱芡芡伴荷莲。水藏宝，湿地悠悠，彩蝶翩翩。
家园，绿丛荟，物产丰盈，金色华冠。垄上行吟，稻黄棉白丰年。致富脱贫小康路，壮怀兴业大同篇。芙蓉曲，欸乃声随，舟荡歌甜。

杨继宁

中学化学高级教师，曾任湖北省荆门市沙洋县沙洋中学副校长，民盟沙洋总支主委，沙洋县政协三届、四届、五届常委。现任沙洋县作家协会副主席。

梅　开

梅在春园径不荒，才回风暖就开张。
眼前已是晴明艳，坐看清香沐大塘。

梅　梦

沉梦枝梢战不休，冰川铁马忆重游。
嫩芽抖擞迎寒起，不负光阴到埠头。

梅　望

立身高地望消息，姹紫嫣红就入迷。
云水三千空度梦，一重清瘦待春栖。

梅　愿

一念青山兀自坚，清香浮动许英年。
惊雷纵是乘风起，焉可争春在我先。

梅　思

措身廊下觉迟迟，冰剪雪裁成玉姿。
默首当年唯皓月，为谁宵立费迷思。

杨想芳

湖北省孝感市汉川市人。自由职业者，孝感市作协会员，作品常见于《湖北日报》客户端、《楚天都市报》、《孝感日报》、《孝感晚报》等媒体。

香　山

风轻雨霁赴香山，遍野红枫火热攀。
空翠清溪留倩影，登高日暮忘回还。

汈汊湖

香樟列队喜相迎，湖面轻飘凤乐声。
九九清波连一片，采莲倩女笑盈盈。

汈汊湖荷花

汈汊荷花赛彩虹，莲蓬玉藕蟹虾丰。
八方游客齐称赞，江汉明珠绚鄂中。

采桑子・汈汊湖

日型湖泊唯汈汊，浩渺烟波。杨柳婆娑。
九曲桥间游客梭。
阁楼水上巍峨立，对影娱鹅。戏水观荷。
仙子飞临神笛歌。

卜算子・汈汊湖湿地

地千顷多，生态原生造。两岸棕榈绿满荫，垂柳沿堤绕。
鸭逐伴鸥鸣，浅底鱼虾闹。楼阁悠然水上漂，汈汊荷花俏。

袁生芝

笔名蓝天碧海，湖北省中华诗词学会会员，梅苑诗社社员，戴湖诗社副社长。崇尚自然，与山水结友，与有缘人修度。

浣溪沙·春

野径花溪蝶舞频，二三新羽试清音。沧笙歌伴岁流金。
游子焉知芳草绿，东风且系故人心。席间杯酒尚余温。

采桑子·夏日返湾湖

风翻翠盖千层浪，丽日明空，白鹭悠从。婠婠妆红理镜中。
丰收一曲云倾耳，郎起渔罾，妹采香菱。并立芙蓉别样情。

秋　望

栾点灯笼杏染缃，青山次第换秋妆。
风香五谷肥田雀，影叠千钧富水乡。
婠婠情思云上落，菁菁岁月梦中藏。
呢喃蛩语清平乐，天籁之音咀蜜糖。

袁作茂

湖北省潜江市渔洋镇人，从教40余年。作品《谢巡抚的传说》被市非遗中心收藏。

春　耕

绿涌春潮染故园，人机共舞演双簧。
老牛犁耖早离任，新秀农机正闪光。
冬麦畅汲润穗酒，夏苗劲孕健身秧。
冀希续奏丰收曲，廪满国安谱靓章。

清明祭隆平

辛丑清和巨星陨，应邀吾辈疾奔丧。
国旗覆体功勋显，民众献花荣耀彰。
湘水含悲卷噩泪，友邦降帜敬哀伤。
谷神未竟乘凉梦，幸有新才挑大梁。

农家乐

野滩寂寞蒹葭繁，才女新开游乐园。
抬脚即临仙赏境，何须求远觅桃源。

光伏礼赞

千秋沉睡荒凉洲，吐电光伏傲炭油。
颠覆能源荣耀史，骄君潇洒竞风流。

严新炎

湖北省天门市人，土木建筑工程师，湖北省中华诗词学会会员，天门市诗词楹联学会会员，诗词曲作品在多家微刊和纸刊上发表。

意难忘·立春

梅映轩窗，正三冬将尽，欲报春光。风摧江岸柳，月破石桥霜。天际阔，雁南翔。渔歌唱斜阳。白鹭飞，千重云水，三径风篁。

衔杯醉道沧桑。恨意长字短，几许凄凉。尤知精力减，且觉面颜苍。村舍外，怎能忘。一念许成狂。问流光，春风有约，情寄家乡。

苏幕遮·暮春

柳垂枝，鱼戏水。荡日生波，波绿连空翠。和煦东风花妩媚。浓郁馨香，熏得游人醉。

草声柔，芦影晦。杜宇频啼，惹得人心碎。转眼之间春已逝。细算浮生，多少辛酸泪。

行香子·思乡

柳影斜斜，月影弯弯。夜已深、辗转难眠。凭窗伫久，望断关山。正秋霜酷，白露冷，月光寒。

经年客旅，如烟往事，最难忘、茅屋篱栏。窗前花落，檐下灯残。念心中人，家中事，事中缘。

杨竞成

湖北省天门市人。喜欢古典诗词，中华诗词学会会员，湖北省中华诗词学会会员，天门市诗词楹联学会会员。有诗词曲作品见于省市级刊物。

梅　花

旭阳似锦灿烟霞，自我欣娱小院花。
不意添场冰雪雨，更加妩媚更芳华。

桃　柳

蛙虫还在酣酣睡，梅已西园几度红。
桃李怀春心别扭，东君赶紧送和风。

惊　蛰

惊蛰雷声唤鸟鸣，阳升雪化喜新晴。
天空雨洗埃尘净，大地风吹万物生。
贤淑鸳鸯嬉绿水，喧嚣蜂蝶闹红英。
一年好景从今起，万类欣欣直向荣。

〔越调·小桃红〕春分桃花

梅开几度雪销魂，杨柳心生闷。久等幺姑却无愠，更香喷，年年都有桃花运。早前冷窘，此番别困，约友去踏春。

清明随感

时临四月尽开荣，节至三春涌六情。
旷野尊亲供果品，山头祭扫斗鞭声。
高堂教诲常回念，处事为人秉至诚。
哪有平生都得意，坦然淡泊最清明。

邹春华

出生于湖北省监利市。大学本科毕业于华中工学院（今华中科技大学）电厂热能动力专业，硕士研究生毕业于华中理工大学（今华中科技大学）工程热物理专业。本是理工男，却偏爱古诗词。长期从事文字工作，退休后，仍坚持每天创作一首诗或词。

游乌江有吟

一江碧水泛清波，两岸奇峰石笋多。
百里画廊浮水影，几声牛笛满山坡。
十弯九曲疑无路，西转东回又一河。
似使风光无限好，如今独缺唱山歌。

野三关避暑

晨曦观日出，夕照彩云悠。
月亮清辉洒，河星碧海流。
云来山变幻，雨霁鸟鸣幽。
最是清凉爽，天然离子稠。

行香子·游赛里木湖

碧水泱泱，草甸离离。望远山，冰雪神怡。天鹅戏水，骏马奔驰。看画中人，水中影，梦中曦。

毡房点点，沧桑古道，忆当年，大汗传奇。远征西域，万里穷追。叹史如歌，难如意，恰如诗。

西江月·新疆上马酒

离别无须折柳，一条哈达呈祥。载歌载舞好儿郎，花貌月容豪放。

再敬三杯美酒，琴声大漠悠扬。酥油瓜果奶茶香，一片深情难忘。

赵国华

湖北省潜江市积玉口镇人。湖北省中华诗词学会会员，潜江市诗词楹联学会会员，潜江市积玉口镇《借粮湖文苑》执行主编。

播　种

晨起巡田理水洼，平畴播种育新芽。
炎阳当顶衣衫湿，一笛清风月入家。

乐　土

赤足卷管手挥鞭，举趾何谈烈日炎。
沐雨栉风适养性，披星戴月且偷闲。
晨踏朝露巡阡陌，晚送夕阳入万山。
命蹇陶公空羡妒，乡村乐土胜桃源。

插　田

灌水插田五月忙，无暇品味酒食香。
鸡鸣早起星作亮，犬吠迟归月借光。
烈日烧头头冒汗，热汤泡脚脚生疮。
莫言黎民一何苦，以丐丰年满廪粮。

和美乡村

水绕人家一树烟，浮光溢彩映云天。
麦花飞舞芬芳沁，稻浪翻腾笑语传。
虾地禾田耕日影，亭台小院约婵娟。
陶公莫恨无津渡，胜境桃源不少船。

赵常乐

退休教师。中华诗词学会会员，湖北省中华诗词学会会员。酷爱古诗词。偶有作品在各纸刊、微刊发表。

次韵姚泉名先生过曹公祠

力持戟槊更谁从，霸业勋名千载空。
马饮沧州横塞笛，兵屯赤壁染江枫。
登台所见非唯色，煮酒相论岂止雄。
独对荒祠生感慨，初心何必效周公。

步查慎行韵春阳

春来岸柳舞毵毵，兀自随风力不堪。
好似重帘垂幕下，唯将绿色美江南。
送迎行客夫妻俩，倾倒游人姊妹三。
待至斜阳情未老，一轮炫丽映芳潭。

南京历史博物馆有记

重楼却把万年藏，趣史勋功说大方。
一夕清游生感慨，千秋佳话乃飞扬。
眼前似见干戈影，个里犹闻翰墨香。
亘古风流唯转瞬，江河逝水证其长。

苍山雪

弟兄十九似屏风，绝顶峰头雪不融。
四季苍烟难见首，千年赤日未收功。
倒悬洱海伴明月，遥接晴云现白虹。
辉映青松成妙景，遍寻广域哪曾同。

翟宗鹏

湖北省洪湖市人。中华诗词学会会员，湖北省中华诗词学会会员，荆州市诗词楹联学会会员。《洪湖诗联》总编审。

洪湖湿地行

小舟摇荡皱清波，起舞莺鸥拂面过。
手举竹篙轻点水，当心划破一湖歌。

今日桥头村

家临杨柳岸，手可掬清泉。
白鹭一塘舞，红荷万朵妍。
桥边人恐后，陌上梦争先。
带笑播希望，沃畴描彩笺。

洪湖湿地生态旅游区

笔绘环湖彩，梦追生态篇。
莲蓬摇碧水，人语动青川。
明渚芦林静，长空夕照妍。
鸥随游艇泊，回首共陶然。

菩萨蛮·李桥村拾零

李桥六月风光好，青葱岭上行人早。锦鲤弄清波，禾苗发浩歌。
香菱追梦想，藕带抽希望。见面问乡情，笑从双脸生。

张卫国

湖北省黄冈市蕲春县人。

西湖里行吟

面向蕲河背靠山，半湖半陆沪渝穿。
招商在建储油库，创业重光种福田。
热血曾经浇故土，激情又念振兴篇。
梅开代代香风送，更待春花映楚天。

老垸荷叶塘生态园

青山绿水两重围，湖鉴粼光竹掩扉。
路接城遥三楚客，门迎日暖四时晖。
移云出岫亲归鸟，到岸横舟换钓衣。
耳畔鸡鹅争唱晚，宾朋坐品鳜鱼肥。

浣溪沙·牛头舞队广场舞

向晚徐徐落夜帘，霓虹灯下彩衣衫。翩跹姐妹舞犹酣。
银汉离情翻作浪，人间乐事汇成潭。繁星眨眼慕尘凡。

西江月·楼新塆见闻

古柿亭亭玉立，新楼款款端庄。柏油路阔达山乡，四海通联顺畅。
别墅环山画影，绿杨对影池塘。行人指点说沧桑，应是窑洲榜样。

章治民

中学教师，竹山县诗词楹联学会会员，诗词作品散见于《湖北诗词》《堵河》等刊。

庸国古韵

秦楚未堪谈，庸人战不凡。
三千年隐逸，八百里桃源。
振武青山外，补天流水边。
一湖风色好，可以挂吾冠。

上庸野望

窗开收暖色，堆雪隐蓬莱。
柯烂观棋局，风高隐钓台。
一双蝴蝶醒，几簇李花开。
庸国传遗响，今朝有俊才。

上庸码头

扁舟渺河汉，明月送君归。
夜冷轻云遏，波因柳絮飞。
床头书卷满，渡口妙音稀。
云路莫相望，回头泪沾衣。

平湖夜月

指上玲珑月，横波隔柳听。
泠泠污垢点，脉脉有繁星。
光射青山动，风惊好鸟鸣。
回思明镜里，千载水鱼情。

周少力

湖北省十堰市人，自幼喜读文史。饱读唐诗宋词，令其在年轻时修身励志、开阔胸襟，白头时怡情养性，通达人生。

美人梅

路见芳菲倚槛开，梅桃两似费疑猜。
美人本性爱春色，嫁与东风不用媒。

过官渡武陵峡

湖静平高峡，泉潺汇野沧。
清流生紫翠，神力借洪荒。
闲客惜桃窅，黎民盼岁穰。
但居安乐世，何处不仙乡。

春　行

四时轮转自乾坤，微雨东风拂旧痕。
一树红梅生竹坞，几家紫燕觅柴门。
柳黄稚子看春色，塘浅鹅儿试水温。
轻杖缓行逢野老，过坡便是杏花村。

打年货

物阜民安足稻粱，予求予取不须忙。
嘉宾多访酿家酒，年味更添熏腊肠。
为客故人今得志，倚门游子早还乡。
闲行闹市几迷眼，欣采韶音诗一筐。

周天明

湖北省十堰市房县人。亲近山水田园，兼房县作协常务主席多年，曾有诗文被收录或得奖，著有诗集《犁耙水响》。

春行西河

得意春风傍暖阳，西河路岸柳丝扬。
低飞紫燕穿丛竹，逆向黄鹂绕曲塘。
闲处逢场舞兴发，静中寻友踏歌狂。
放怀再度两三里，明眼深期雁影长。

春走田园

一元复始播耕忙，凤凰山中绿叶长。
露重花新梅影动，云深柳细鸟声狂。
村头银杏嫩黄色，岭上青松翡翠妆。
岁岁年年春信早，风调雨顺比甘棠。

夜宿土城黄酒民俗村

食宿房陵正土城，星稀村静月东升。
微风拂槛惊山馆，黄酒倾壶伴夜灯。
世事物华多难得，乡愁尘虑有何凭。
代言落笔说民俗，日出当期天下闻。

踏青窑淮镇东沟茶园

正是初春万物芳，踏青访友到西乡。
沿途林木藏鸥鹭，过处菜畦成画廊。
烟柳参差千态在，露花齐整几重阳。
行来驻足刘家院，轻叩门扉乞茗香。

张百成

字恒，号策麓愚夫，蕲春县人，农民诗人。

秋

风瘦林塘叶自凋，老荷倦坐叹秋寥。
莫道此时无胜景，连天稻色弄云娇。

春　笋

雨霁晴岚荡竹林，新香漫醉稚龙参。
青袍裹体憨而秀，弱冠冲霄志可钦。
破垒行艰成夙愿，搀天路远守贞心。
骈肩阆苑情惟重，楚楚虚怀共碧吟。

夏

炎逢伏日喘吴牛，傍水红衣掩面愁。
才静瞋蛙塘里怨，又闻蜩范树中咻。
庭梧已倦身犹老，竹院堪凉兴自悠。
感慕流萤明月伴，清风一盏与谁酬？

鹧鸪天·秋游策山

狮踏群峰势自轩。烽台鼓歇耳犹酣。云浮破虏青锋影，雾锁殇城玉刹寒。
枫吐火，竹摇岚。一堂秋味醉连连。南望柳陌牵江去，北袅炊烟催客还。

张海望

企业退休。大专学历，统计师。爱好诗词、书法。

野草吟

霜摧籽落荒村外，风卷残沙倚石埋。
雨露偶沾花吐艳，无人观赏照常开。

压岁钱

爷爷就怕过新年，干活从来冇管钱。
祖传家规孙不懂，荷包翻个底朝天！

长江新区

长江左岸钟灵秀，战略新区欣启航。
古堡得天深水港，华能独厚照辉煌。
武湖产业高科技，仓埠人文宽画廊。
时雨春风过楚地，珠联一串鄂黄黄。

无　题

竹翠花红衬紫烟，清风入院伴枯禅。
桃符写意濡新墨，碑帖临形试古笺。
体阔不忧猪涨价，心宽无虑犬升天。
白天美梦连环做，路上车多我靠边。

张河清

湖北省咸宁市嘉鱼县人。中华诗词学会会员，曾荣获『荆楚诗坛中坚』称号，诗词及论文多次获奖。著有《茂月吟稿》《暮云诗钞》《张河清对联集》等。

一犁春愁

欲翻新土种新蔬，却有残根腐朽余。
何忍良田生杂草，唤来春雨动春锄。

孙暑期体验乡村生活有记

孙欲问农事，寻园喜为邻。
几回挥汗水，一笑品甘辛。
饱餍膏腴味，饥餐野菜珍。
明知耕作苦，偏学种田人。

南嘉春景

绿涨南嘉四月天，秧针刺水一方田。
声声喉放山歌亮，处处蜂飞彩蝶旋。
旱地欣逢甘露雨，牧童喜奏小康弦。
东君点染山村艳，一幅丹青映眼前。

蝶恋花·陆口珍湖留韵

湖上碧涛湖岸树，粉蕊初开，便有蜂来顾。翠柳低头闻鸟语，寻芳人入蓬莱处。赏景匆匆时已暮。收网渔翁，仓满催归路。萌发诗心波荡去，悄然溜到荷尖住。

张建雄

湖北省黄冈市蕲春县财政局退休。现为蕲阳诗社社长，蕲春县诗词学会会长。

春意浓

淡日寻春过故家，溪头芳草没平沙。
麦田吐秀深藏雉，豆荚生香尚带花。

过后山寺

晓起寻芳入紫霞，盘龙古寺试分茶。
悠然岁月随流水，一径空蒙步落花。

山中夏夜

村墟向晚锦云红，鸟噪蝉嘶乱暮空。
酒后乘凉看歌舞，楼前更喜话包公。
参差柳影团团月，远近荷香细细风。
城里岂知山夏夜，枕边还似洞天中。

回老家看压新醅逢大雪

万树千山失翠微，瑶姬剪玉六花飞。
槽床碧溜涓涟出，户外寒篱鸟泊稀。
满瓮醇醪心欲醉，数椽老宅客真归。
此情此景诚难得，物我陶陶两忘机。

张立敏

湖北省随州市人。下乡知青、军人、退休公务员。中华诗词学会会员，湖北省中华诗词学会常务理事，湖北省楹联学会常务理事，现任随州市诗词楹联学会会长。

游　春

樊笼久困意懵懵，郊野风光大不同。
阡陌初耕神愈旷，冈峦新洗趣无穷。
林青每见鸡栖树，池碧时惊燕剪空。
村酒三杯浇块垒，欲归已是夕阳红。

尚市桃花节

暂离喧闹远风尘，漫入山乡醉晓春。
忽去忽来天上燕，时无时有画中人。
芸黄麦绿芳菲近，梨白桃红蓓蕾新。
更喜前村敲社鼓，欢歌笑语漾淳真。

桐桥畈蓝莓庄园自采

天高气爽叶轮飞，青紫离离绣作堆。
香漫桐桥歌远近，参差左右采蓝莓。

桃源秋深

古寨幽然薄雾蒙，小桥流水日当空。
虬枝铁干千钧力，柿子经霜别样红。

注：桃源村古称大城寨，有柿子树近两万株，百年以上者600余株。

张家观

湖北潜江人，戴湖诗社社员。

农忙双抢

炎光增暑气，蝉噪渐天长。
浅水秧流翠，轻风麦吐香。
熏蒸三伏苦，插割二头忙。
何惜汗衣臭，岁丰喜举觞。

家乡巨变

昔日草深耕地荒，墙歪屋漏锁门廊。
一锅烟叶吐云雾，几位农人趁夕阳。
桑梓回春山染绿，田畴入画稻飘香。
儿孙绕膝天伦乐，美丽家园胜小康。

农庄文化

贯耳楚潜村韵声，今朝专访喜登程。
自收香稻丰年宴，客钓肥鲢美味羹。
荒垒演兵添野趣，繁星篝火更欢情。
长廊文化休闲舞，浑似顽童夏令营。

江南好·返湾湖

湖村美，醉美胜仙葩。红染荷塘香似阵，
堤修赛道歌如霞。风景顶呱呱。
情未了，乘兴荡轻槎。湿地氤氲喧野鸟，
镜湖潋滟戏鱼虾。不负好年华。

张体格

网名坐听风吟。湖北省天门市人。中学语文高级职称，天门市诗词楹联学会会员。诗词散见于报刊网络。

春　约

乐岁初临鸟雀欢，连天晴好去风寒。
茵茵草碧邀人赏，灼灼桃红待客看。
最喜菜花黄沃野，独怜柳岸绿新冠。
熙春和我曾相约，媚景幽情两不瞒。

惊蛰日遐想

有言惊蛰仗雷惊，拥戴春风督导行。
湖畔同欢听鸟唱，亭边独坐赏蛙鸣。
天浇细雨桃花艳，地供精肥柳叶荣。
荒野田畴添喜气，筑巢燕子亦生情。

春分即至晓吟

晓起楼台雾若纱，东方旭日放光华。
亭中独赏黄莺语，堤畔闲观油菜花。
有兴窗前研古卷，去忧月下品新茶。
春风荡得田园绿，尽览山河少宅家。

送上仓侄及家人返伊犁

自赴新疆音讯断，每逢寒暑倍思亲。
天酬背井远求富，地励兴家喜脱贫。
应是乡园风景美，从来叔侄感情珍。
倾杯晚宴辞行酒，老眼潸然泪湿巾。

周运潜

高级政工师。曾任荆州市外贸实业公司总经理。中华诗词学会会员，湖北省中华诗词学会会员。天门市诗词楹联学会会长助理。出版诗集《枫叶》。

龙尾山下看油菜花

踏青闲步小溪旁，翠绿点成迷彩装。
花海层层金浪涌，风从阡陌过来香。

车过佛子山

大野季秋收割时，金波满畈浪参差。
棉张玉口吐银絮，稻曳蛮腰舞秀姿。
一路桂香人半醉，千家酒熟鼻先知。
远山半岭红枫笑，好个田园尽是诗。

春游故居高新园区带状公园

杨家沟畔碧连天，一带繁花生紫烟。
水底云山龙变虎，岸边垂柳线摇鞭。
耍童浅水捞河蚌，闲叟凉亭话杜鹃。
行至儿时掏鸟处，眼前景物倍新鲜。

留守翁中秋邀月

柳遮玉镜半窗明，独望他乡愁绪生。
儿立岭南思陋舍，父留楚北放风筝。
数杯酒托穿云雁，一曲歌酬栖树莺。
无奈相邀月仙子，飞觥醉饮到三更。

张孝法

湖北省天门市拖市镇人，情钟诗词。湖北省中华诗词学会会员，天门市诗词楹联学会常务理事，天门市诗词楹联学会张港镇分会会长。

农家山院

阳关古道汉江边，格局新奇小雅园。
门纳千祥迎紫气，室藏百册结书缘。
庭栽凤竹藤缠树，池养龙胎鲤戏莲。
四季时鲜餐桌满，桃花源里住神仙。

谷　雨

布谷枝间赋好声，乡村热火闹春耕。
铁牛吼落天空月，号子惊飞树上莺。
天降甘霖滋沃土，地腾紫气蕴诗情。
黄金季节闲人少，不误农时绣锦程。

咏二乔玉兰（红玉兰）

恰似朱华映碧天，二乔玉蕊绽芳颜。
蓬蓬勃勃红如火，袅袅婷婷美若仙。
春艳秋浓开两度，香幽韵雅醉群仙。
和风染绿虬枝后，彩蝶纷飞满大千。

春雷惊蛰

电闪雷鸣九九天，春苏万类醒冬眠。
坚冰已破溪水响，桃蕊方开彩蝶旋。
嫩柳枝柔舒广袖，平湖水暖泛青烟。
儿童怀揣航空梦，结伴登堤放纸鸢。

张　军

湖北省天门市人。退休医师。天门市诗词楹联学会会员。钟爱文学。多首诗作曾在《荆楚田园文学》《天门诗苑》见刊。

游醉美枫林谷

峰峦叠翠霭烟浓，霜染桠枫遍野红。
陡峭石级幽静壑，巍峨峻岭迩遥峰。
古松倒挂岩飞瀑，溪水潺湲鸟传声。
美味珍馐游客醉，流连忘返趣无穷。

年夜饭

贤妇庖厨里外忙，八珍巧配赐福汤。
烧鸡炒肉南瓜饼，蒸鳝烤鸭白玉粮。
三代叩头行祭礼，几樽入肚叙离肠。
烟花朵朵映除夜，春晚声声迓旭阳。

游漳河水库

峰峦叠翠霭烟浓，小艇遨游碧浪中。
洲渚观音花木盛，洪山古寺鼓钟鸣。
漳河灌地滋千垧，库水输村哺万丁。
更有珍馐宾客醉，流连忘返趣无穷。

咏早春

榆梅美美几枝丫，垂柳纤纤尖冒芽。
细雨柔风滋万物，春来桃李漫天霞。

张 明

现居湖北省荆州市公安县县城斗湖堤镇。诗词爱好者。

乡居吟

啼鸟听山淡淡风，鸡鸣狗叫月朦胧。
清霜描素红尘染，如醉如痴吟梦中。

春 晨

晓雾晨风搓露圆，开天曙色照庐边。
机声朗朗耕耘梦，百鸟争鸣百蕊燃。

听《花妖》思《梁祝》

《花妖》一曲撼杭城，媲美千年《梁祝》声。
泛起钱塘潮沸涌，喧嚣灵隐蝶飞盈。
西湖潋滟红尘梦，东海潆洄蓝色情。
坎坷磨成新筚路，今朝儿女敢峥嵘。

注：《花妖》即刀郎新歌曲。

张巧玉

中华诗词学会会员，中国楹联学会会员，湖北省中华诗词学会会员，湖北省楹联学会会员。曾在《中华诗词》《中国楹联报》等多家报纸杂志发表作品。

邻 居

几树凌霄过矮墙，含馨吐蕊两家香。
邻翁晨钓一竿鲤，隔院频呼送蒜姜。

春 种

隐隐轻雷携杏雨，催花醒草润春泥。
舍翁最解农耕事，点豆栽瓜早动犁。

村 居

小住农家远世尘，田园葱绿养精神。
压枝大枣垂虬树，蔽日老槐遮比邻。
蝶恋菜花轻吻蕊，鸡鸣柴舍乐司晨。
炊烟袅袅腾青瓦，一盏粗茶也醉人。

蝶恋花·醉春

杏雨香风柔细播。翠柳梢头，燕子横飞过。婉转莺鹂争唱和。蜂嬉蝶恋桃花朵。
乍试春衫红袖拖。插鬓花枝，醉把春光锁。莫叹韶华揄弃我。春心不老身婀娜。

张心明

中学教师，退休后酷爱诗歌创作，已有诗集出版。

孟　春

八九还寒料峭天，孟春之季雨连绵。
日升室内疲乏去，月上梢头夜色妍。
小草萌芽如卷发，娇添兰叶扮新颜。
人间喜送香千里，不忘初心永向前。

雨水时节

严寒已过雪消停，日暖风和雨水增。
树木霖滋萌浅绿，田禾露润绽微青。
群山默默鲜花放，湖畔悠悠鸿雁鸣。
大地升温生万物，辛勤农户备春耕。

田园风光

万象更新景复苏，田园多彩展新图。
风吹稻菽千层浪，雨润菱荷百粒珠。
潋滟波光萦柳岸，氤氲露气绕桑姑。
牧童牛背笛横奏，几缕炊烟伴日出。

春暖花开

春光三月美，暖日照山河。
喜见东风拂，聆听翠鸟歌。
鲜花开艳丽，细柳曳婆娑。
布谷催人早，耕耘收获多。

张有富

湖北省丹江口市人。中华诗词学会会员，丹江口市诗词楹联学会顾问，作品多次刊载于《中华诗词》《湖北日报》等报刊。

均县镇观景廊

秋风骀荡纵平湖，浩渺烟波绘美图。
飘带方山霞霭载，凌云龙塔玉珠浮。
慢观楼岸缀高地，兴叹江津变坦途。
孺子歌谣千古颂，均陵底蕴世间殊。

草莓小镇

大棚一片映蓝天，致富彩珠生沃田。
埂埂妖娆摇绿叶，株株丰厚露红颜。
精心选育优良蕙，勤苦耕耘甜润鲜。
顾客信服销路俏，蒿坪莓果美名传。

鹧鸪天·白杨坪新貌

杨柳雄峰茂密林，河流明镜映山深。蜿蜒公路飘银带，环绕梯田植富根。
思以往，看如今，僻乡蝶变喜盈门。楼阁亭榭宽舒广，人面桃花待客宾。

踏莎行·水都春晓

柳树丝摇，梅花枝俏，大桥并列迎春晓。
玉龙横卧映祥光，碧波荡漾飞鸥鸟。
汉水明珠，天池丽岛，群山环绕林丰茂。
琼楼亭榭布村庄，水都百姓扬眉笑。

张志贤

退休教师，小学高级教师职称。武汉诗词楹联学会会员，作品见于《荆楚田园》《武汉诗词》等媒体。

元旦寄语

隆冬正遇一年头，万里山川冰似油。
志者胸中藏日月，新年生计早绸缪。

早　春

篱落沟边多野花，红梅静待燕飞斜。
蒙蒙细雨寒风起，杨柳乘机孕幼芽。

游阳新仙湖岛

神仙撒下万珍珠，恰似星星坠玉湖。
紫雾茫茫峰屹立，山歌阵阵起新符。

鹧鸪天·中秋

明月金风贯九州，邀朋把盏贺中秋。人逢盛世精神爽，酒遇知音醇味牛。
醉梦幻，吐心愁。少年奋斗老无忧。人生数载如场梦，处世随和才乐悠。

郑从华

中华诗词学会会员，曾任湖北省中华诗词学会常务理事，洪湖市诗词学会第七届理事会会长，著有《欸乃声声》诗词楹联集。

渔翁春早

雪缀年头遍地花，老翁踏浪访蒹葭。
手抓渔网迎春撒，长出湖光第一芽。

渔家五月

雨梭杨柳绿田畴，牛嚼粽香蚕小妞。
最是夭荷情满满，叶捧春心蕾孕秋。

渔家新事

货运红莲货运虾，也乘潮涌也乘霞。
饮茶阿妹茶还热，一点手机钱到家。

渔村新貌

野鸭盘旋天罩纱，微波戏弄水中花。
扁舟击浪没还出，网竹鼓弦弹共拉。
旭日升空球跳跃，嫩菱氽水狗攀爬。
红莲绽蕾红彤色，疑是韩英胸吐霞。

曾祥谱

中华诗词学会会员，湖北省中华诗词学会会员，湖北省楹联学会会员，《书法报》特约书法家，作品时有入刊入展、获奖。出版作品集《信笔》《漫笔》《梦笔》。

惊　蛰

今日卯时雷发音，众生惊醒懒腰伸。
花红柳绿争先后，铺满人间都是春。

捕鱼能手

五九沿湖看柳枝，海鸥戏水亮英姿。
见鱼扎猛擒香鲤，得意入屏声扑哧。

残　荷

一路欢歌近水亲，摇寒枯槁笑冬云。
残荷风骨殉情叶，玉藕藏泥孕再春。

忆秦娥·夕阳美

夕阳美，快将美景即时收。即时收，风光易得，意境难求。
人生苦短无须愁，应知画卷盈双眸。盈双眸，洪湖水色，唱晚渔舟。

曾庆炳

中国楹联学会理事，黄冈市诗词学会常务理事，黄州书画诗联协会副会长，《鄂东对联》副主编。

田园诗兴

田园灵感笔生花，触景诗来韵自佳。
绿水青山都是句，乡村美景灿奇葩。

春　耕

时来新雨绿畴葱，布谷催春杜宇红。
农父相邀科技客，村夫笑指白头翁。
犁耙水响繁忙景，中华振兴立大功。
喜见田园多秀色，赢来人寿与年丰。

行香子·大别山乡村美景

绿染山冈，翠掩农庄。醉凝眸，一派风光。长天碧水，夹岸红芳。看楼成栋，路成网，树成行。
稻花凝露，莲叶摇光。蓦然间，顿觉迷茫。十年故里，满处新妆。任画来描，诗来咏，曲来扬。

临江仙·乡村老宅

老宅后山坡拥翠，虽无画栋雕梁，玲珑雅致胜堂皇。院中敲雅句，座上论诗章。
改革琼楼令眼亮，层林更换新装。枝头粉蝶舞霓裳。阶前芳草碧，槛外桂花香。

钟方平

湖北省武汉市新洲区人，农民。武汉市新洲区诗词楹联学会会员，张店文史会创建人。
作品见于《新洲诗词》《武汉诗词》。

蝶恋花·我的家乡

落日余晖塘水景。傍晚时分，一片怡然静。绿树霞云成倒影。高楼公路镜中逞。
昔日穷庄变仙境。栏楯围塘，楼靓新齐整。沉睡乡村正苏醒。一天更比一天挺。

立冬乡村

十月阳春暑气消，乡间祥景似春潮。
麦苗油菜铺青毯，阴雨惊雷润嫩娇。
靓妹村头争跳舞，大妈院内学吹箫。
高楼绿树清平道，欢乐农家瑞气飘。

立春大雪

仙女舞蹁跹，琼花连地天。
寒风朔原野，冰棍挂屋檐。
超市人挨挤，农家客满筵。
立春逢大雪，瑞雪兆丰年。

水调歌头·新屋塆全塆大拜年

初一新春日，村友大团圆。龙年祭祖家庙，虔敬祖宗前。钟氏齐安理事，主办全塆酒宴，首创始为先。鞭炮震天响，祝酒乐开颜。
桑梓地，故乡水，最甘甜。与时俱进，新屋乡貌大变迁。游子他乡归里，乡佬精英汇聚，商讨写新篇。钟氏谱修事，重任共挑肩。

周永凤

湖北省荆门市沙洋县人，高级教师。荆门市作家协会会员，荆门市音乐家协会理事。出版诗集《凤凰台上》、歌曲《家乡行》等。

苦菜花

盼得春风渡，弹衫抖积埃。
亮眸非阆苑，纤手握蒿莱。
寂寂无人问，欣欣向日开。
应怜贫处砺，甘自苦中来。

江月晃重山·春耕时节

千里东风寄意，万畴时雨滋禾。绿肥红瘦岂蹉跎？犁耙响，惊醒小田螺。
布谷时鸣旧曲，流莺高唱新歌。连天青麦舞婆娑。群蜂醉，约蝶赛穿梭。

西江月·田园春行

万顷菜花轻染，一川锦缎新铺。风皴香浪漫天书，好约娇莺来叙。
乘兴纵游阡陌，忘机沉醉瑶图。尘氛久困已迷途，愿与芳春常住。

鹧鸪天·中国沙洋油菜博物馆

一馆收罗万顷香，寻蜂觅蝶走沙洋。漫天油菜熙春笑，七彩芸踪盛夏藏。
攻堡垒，架桥梁，旅游美食做文章。东西南北嘉宾赞，阔步荣登五百强。

周才亮

湖北省黄冈市黄梅县小池镇人。爱好诗词。湖北省中华诗词学会会员，黄冈市诗词学会会员，湖北省黄梅县诗词学会会员，小池清江诗联社会员。

孔垄新安村赞

徜徉郊野久流连，美丽乡村名早传。
花圃群楼通网道，画桥纤柳映云天。
风吹银浪红霞赏，池养霜鳞绮梦圆。
喜看群英挥彩笔，倾情大地写新篇。

清江烟雨

春风堤杨湿几重，清江水碧雾蒙蒙。
无机鸥鸟时张翼，有趣河鳞偶跃空。
百舸梭飞天际外，一桥帘挂楚江中。
今朝此幅灵嘉画，费尽骚人运笔功。

十五夜南天湖赏梅

百里风光雪咏成，一湖碧水绽梅英。
嫦娥也爱南天景，捧出银盘看彻明。

临江仙·咏竹

无论多沙瘠壤，依然叶茂枝繁。从容三伏笑迎寒。雨来添翠色，风起舞清欢。
秉性生来谦让，凌云向上襟宽。欣荣枝叶报平安。松梅为挚友，相伴路漫漫。

周路平

湖北省中华诗词学会辞赋工作委员会主任，中国楹联学会中华对联文化研究院研究员，罗田凤山诗社社长。著有诗集《冰涵诗草》。

行游周家沟

轻车绿道上山头，回首惊看百丈沟。
古寨古岩古村落，迎人野老出红楼。

至古羊寨下

未陟山之顶，知存古寨垣。
入村多掩映，足我久盘桓。
秋熟田犹画，寒来木亦繁。
新园余旧垒，谐和共桃源。

赋咏笔架寨田园边天河沙海景观

疑是银河降，从山隔远涯。
岸围千顷雪，水射一天霞。
架笔相依寨，堆银不尽沙。
连村成异景，羡此作田家。

题独尊山

云根古树上千阶，挥汗牵云到日台。
越笔架山原失路，溯闻广寨遽衔哀。
诸峰肩并相环护，巨石形奇巧列排。
今古崇巅成异界，独尊名号不须猜。

周孟春

网名亦客，罗田县诗词学会副秘书长，企业退休人员。自幼喜欢诗词，近年尝试习作。

青苔关漫步

躞蹀幽林隙，青溪十八弯。
沉吟兴未尽，举步向雄关。

宿薄刀峰山居有吟

夜半闻溪语，晨趋幽处寻。
清风知我意，引路向林深。

题黄冈庙村古石桥

石桥盈古韵，风雨迹堪寻。
些许陈年事，清溪细细吟。

到笔架山下观景品泉

潺潺溪涧下云天，笔架奇峰出自然。
放眼频收光与影，甘泉一掬沁心田。

行游黄冈庙村印象

老巷新街亮眼眸，远山竹影映红楼。
古桥石径通阡陌，更有寒香伴菊幽。

周文堤

湖北省武汉市新洲区人，诗词爱好者，现为武汉诗词楹联学会会员，黄冈市诗词学会会员，武汉市新洲区诗词楹联学会会员。作品散见于微刊及纸刊。

忆儿时夏夜纳凉

难忘儿时卧竹床，荷池堤岸纳清凉。
微风拂柳热烟散，艾草熏蚊雾气香。
父辈闲谈聊月色，孩童嬉戏扑萤光。
母摇蒲扇催眠曲，数着星星入梦乡。

望　春

腊雪初消玉宇澄，遥观象阙紫云升。
山中日射千峰丽，陌上光摇万物兴。
屋舍生辉添暖气，田园吐秀化寒冰。
望春归至新年到，我备筵馐待友朋。

咏　蒜

抱团兄弟一家亲，媲美姿容绿叶新。
凉拌调羹甘入镬，热煎炒菜勇捐身。
缘牵结伴茎和瓣，情断分离辣与辛。
骨碎成泥何所惧，犹存正气配山珍。

西江月·农家乐

宅外燕莺喝彩，田畴瓜果飘香。琼楼倒影映斜阳，水秀山清景象。
弦动千年古曲，歌飞万户新章。村头几处酒家忙，乐在河边垄上。

朱大金

湖北省丹江口市人，丹江口市老年大学诗联班教师。中华诗词学会会员，中国楹联学会会员，湖北省中华诗词学会会员，湖北省楹联学会会员。

喜庆农民丰收节

秋雨随风日渐凉，农民开始抢收忙。
层层岗地葡萄紫，畈畈田园稻子黄。
割罢芝麻掰玉米，挖完红薯弄高粱。
家家喜获丰年果，岁岁温馨福满堂。

中国水都写意

山峦叠翠茂林深，偎倚澄湖沐水恩。
拂晓开门能见绿，暮临闭户可闻馨。
欣尝橘杏舒心果，赏览城乡满眼春。
锦绣风光除旧貌，均陵又展画图新。

故土情深

韶光妩媚百花馨，和煦轻风沐润身。
习店田园观景色，朱营老院问乡亲。
常怀桑梓山河水，勿忘家国雨露恩。
岁月如流难复返，人生能有几回春？

卜算子·庆丰年

白露沐秋寒，田野金光耀。瓜果飘香稻谷黄，展望丰年笑。
丽日正开镰，满载粮车叫。颗粒归仓把酒欢，拍个舒心照。

朱贵春

中华诗词学会会员，湖北省中华诗词学会理事，湖北省楹联学会会员，随州市曾都区诗词楹联学会副会长，随州市诗词楹联学会万和分会会长。

初秋即景

舟荡澄波柳带烟，稻花香袅沁心田。
蝉鸣红树萤流夜，鹤叫黄云月上天。
炎夏已过消暑日，金风刚到入秋年。
且将淡墨调成色，欲在乡园绘雅篇。

夏夜漫吟

幽幽钩月九霄飞，寂寂林间倦鸟归。
点点萤光田野舞，嘤嘤蛩语稻边叽。
身闲心静生凉爽，云淡风轻遣暑威。
摇曳荷花香满路，撷芳入梦拥朝晖。

芒　种

莺歌燕舞鹤翩翩，峻岭崇山绕紫烟。
阡陌园林分沃野，楼台亭榭布长川。
油茶万亩平坡植，稻菽千畦福地连。
勤奋农工芒种苦，心将家国食衣牵。

劳动节赞新农民

志在乡村事务农，钻研科技做先锋。
大棚种植开蹊径，无土栽培逐梦踪。
绿色佳肴餐桌富，有机珍果食单丰。
创新拓展生财路，乐业安居笑语浓。

朱建英

银行退休。中华诗词学会会员，蕲阳诗社会员。

插　秧

活活新泥酥似绵，平畴竞展薛涛笺。
凭谁划破秧针绿，一只白鸥过水田。

雾云山梯田

如诗迤逦写千年，若画斑斓映碧天。
莫道仙姑披彩锦，不辞劳作绣华篇。

仙人台避暑山庄

消夏寻佳处，吾乡别有天。
连云园舍美，带露果蔬鲜。
飘荡花间雨，叮咚石上泉。
敲诗随品茗，枕月任酣眠。

乡村夏夜

东风渐老梦犹存，北斗星光映石门。
遍野林青微弄影，满山泉响久留痕。
花香鸟语生群乐，犬吠鸡鸣自一村。
小曲悠扬明月下，家人围坐酒盈樽。

朱金才

中学高级教师。中国教育家协会会员，武汉诗词楹联学会会员。发表文论60余万字，诗作散见于《中华诗词》等期刊。

江山信美种华年

春潮涌动薄云天，旌旆摇红绮梦芊。
觅路阡塍忙稼穑，荷蓑烟雨理桑田。
犁耙水响拖新月，柳甸苗青秀大千。
浩荡东风凭借力，江山信美种华年。

垄上行

花信风高拂面轻，一蓑烟雨趁春耕。
千畦麦浪芳香溢，五彩云霞绮梦生。
南亩桑田菁翠景，桃溪柳陌丽人情。
犁铧九曲心胸定，笑语平畴垄上行。

插秧女

方畦如镜映骄阳，秀女鳞波插稻秧。
纤指禾株凭淖溅，红裙黑发任灰扬。
欣裁云水青纱缎，巧绣田园碧玉妆。
戴月披星留靓影，一身风露带天香。

蝶恋花·凤凰花开

朱夏凤凰花似酒。赤焰妖娆，尽醉相思柳。烂漫云霞披锦绣，嫣红漫卷香盈袖。
逸韵标高心自厚。蝶梦庄生，愿共天长久。一任风烟凌白首，诗魂常伴芳魂秀。

朱卫东

湖北省老河口市人，号汉水真人。喜爱诗词和散文创作，作品散见于《中华诗词》《农村新报》等报刊。

浣溪沙·秋行袁冲乡引丹渠时遇

丹水盈盈白鹭飞，秋光萧飒桂芳菲，鹊声流啭路萦回。
霞绕流连延寿客，云来从赏远山眉。还邀明月醉扶归。

浣溪沙·春游丹渠时遇

绣野芳菲翠柳塘，清波流照晓霞妆。风和气朗楚云乡。
蛙鼓欢歌鱼水戏，燕泥衔乐麦花香。田歌坐忘鹭回翔。

〔正宫·塞鸿秋〕贺新春

雪梅疏影幽香送，竹溪流照明霞动。时风感慨长思咏，前程锦绣高歌颂。贺年腾玉龙。望岁鸣丹凤，普天同乐中华梦。

一剪梅·欢度元宵

皎洁幽芳梅月圆，汉水盈盈，疏影婵娟。
烟花璀璨动神州，钧曲悠扬，韶舞蹁跹。
且共今宵不夜天，把酒高歌，四海同欢。
欣荣中华乐无穷，锦绣河山，春满人间。

朱英霞

湖北省监利市人，副主任医师。湖北省中华诗词学会会员，武汉诗词楹联学会会员，武汉市新洲区诗词楹联学会会员。作品散见于微刊和纸刊。

咏　春

芳草茵茵霁色明，一溪流水绕山行。
风吹翠竹千枝嫩，雨洗春梅万朵盈。
含笑红桃蜂竞舞，多情绿柳鸟争鸣。
又闻布谷声声唤，正向村头催早耕。

初秋乡景

垂柳千丝舞袖长，金风拂面写生忙。
蝉声高处唱秋景，蛙鼓水中鸣夕阳。
十里稻禾千叠浪，一池菡萏四围香。
妙词欲赋乡村美，彩笔如诗绘画廊。

秋游涨渡湖

金风送爽水乡游，十里田园一带秋。
季稻丛中惊鹭鸟，杉林深处起渔舟。
红枫聚秀情如火，丹桂飘香雪满头。
谁说蓬莱无觅路，此间仙境醉双眸。

鹧鸪天・盼团圆

雪霁云开三九天，门庭祥瑞鹊声连。欣闻游子回家聚，喜看亲朋赋锦联。
情切切，意绵绵。思儿夜半独无眠。老翻日历嫌时慢，细数归期盼子还。

朱志安

笔名可夫，中华诗词学会会员，稻香诗社成员。有作品散见于《中华诗词》《诗刊》《湖北日报》文艺副刊等。

新村印象

层楼栉次续无垠，玉树莺声别三春。
碕岸有情花似锦，游人行径草如茵。
香分阆苑村村好，露浥禾苗日日新。
风展红旗讴盛景，青山绿水蓄金银。

茶山春色

堆层叠翠渺无垠，圣水山园雨后新。
玉叶浮尘盈淑气，龙芽浥露养精神。
穿丛芳径缠霞影，绕树红云蕴锦春。
宜坐亭前收画色，入诗皆是采茶人。

初冬写意

长空玉露润乡邻，百里田园色色新。
橙橘飘香迷去路，丹枫落影醉游人。
山中柿树迎风笑，篱外金英傲骨伸。
一水丛芦生瑞雪，时随岸柳舞红尘。

春日田园

竹篱浅水润楼旁，几树桃红染碧塘。
熹雨细飞新麦壮，晓风轻带老梅香。
农翁荷锄人行垄，机械耕田鹭吻墒。
独倚石栏看日晚，牛驮笛韵入霞光。

朱祥麟

鄂州市中医院主任医师，湖北中医名师，中华诗词学会会员，鄂州市诗词学会会员。诗论推重叶燮，词尚秦七。

浣溪沙（四首）

——题鄂州太和镇“梁稻”有机稻谷种植基地

之一

河姆溯源古渡头，深藏谷种几千秋。平畴风远豁明眸。
一粒萌芽伸渴望，千仓充物免饥愁。丰碑无字傲神州。

之二

耒耜之勤满冀希，阳春有脚布朝曦。清峰山下正当时。
碧水一湖春雨密，良田千顷子规啼。插禾织锦美何其。

之三

道法自然意蕴长，和谐之路步康庄。追求碧绿着新装。
叶化春泥更护本，露滋禾稻复催黄。熙天日照水云乡。

之四

荧炬高擎映月光，飞蛾扑火自消亡。蛙声一片奏华章。
鸩毒误投怜致损，仁心不改岂能戕。愿供饱暖普天尝。

查旺春

湖北省黄冈市蕲春县檀林镇四流山村人。笔名蕲巅山人。现为湖北清音诗社顾问，蕲阳诗社理事，蕲北诗社责任编辑。

四流山顶之山楂

枝滋三邑露，翠盖楚吴天。
雨霁花盈蝶，霞辉叶隐鸢。
狮头生瑞木，树底蕴灵泉。
助得岐黄济，颐翁不羡仙。

蕲源双珍之薏仁米

层层碧浪岫云蒸，三邑区间日映明。
地育晶笼枝上缀，田凝素玉杆头盈。
蕲源一径生春色，药膳双宜润露英。
千里周边寻二处，休言僻处独峥嵘。

重阳丽景

九九登高望远山，层层叠叠掩笼烟。
林中柿软鸦环跃，坡上松摇鹤绕旋。
簇簇菊黄妆野径，株株果缀引苍鸢。
骄阳夕照千峰秀，枣熟枫红景正妍。

春　深

春风春雨绿春山，日照清明蒸柳烟。
旷野黄花峰绰约，泓池碧水鹭翩跹。
园中梨李飞瑄玉，岭上藤萝隐紫鸢。
缕缕茗香频出谷，路边探脑现幽兰。

曾昭立

湖北省中华诗词学会会员，湖北省楹联学会理事，荆门市诗词学会副秘书长，荆门市东宝区诗词楹联学会会长，有作品在各级刊物上刊载。

赞全氏西瓜

体圆皮彩翠花裳，绛蜜盈腔献桂浆。
全氏西瓜尤可爱，八方宾客敞怀尝。

观官庄湖农场美景

旭日东升映景浓，如今旧貌迹无踪。
改天换地村村富，筑路修桥处处通。
鸟艳花香挥笔上，自然风物动真容。
官庄湖似神仙境，百姓安居笑意融。

沁园春·咏石牌襄河

石牌辽浑，三股融合，缕缕分明。眺苇塘水岸，鸥歌鸢舞，襄河湿地，雨润风清。芦絮扬花，柳丝弄影，白鹭悠悠抖羽翎。和风细，更点金秋灿，百鸟争鸣。

葳蕤美景如屏。聚荆楚游人奔望行。看农家小院，六畜兴旺，禾田沃野，五谷丰登。秋尽天寒，雁南泪别，眷恋风光此处馨。无须叹，待好春归日，再会流莺。

定风波·大柴湖巨变

为改山河别淅川，举家南下大搬迁。筚路立来新础业，还惬，汉江流缓寄行船。

开发柴湖多白首，游走，野田千里竞瑶轩。乡韵楚风弥漫处，谁舞？豫腔十万起欣欢。

庄传富

湖北省潜江市后湖中学退休教师。文学爱好者。有作品载于《湖北诗词》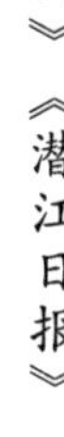《潜江日报》等报刊。

莫岭新村

放眼新村想唱歌，高楼林立与天摩。
三房两卫蚊虫少，一路双车宝马多。
田野稻虾金灿灿，村中街舞乐呵呵。
返乡企业家门口，既打工来又养鹅。

老家流塘

春风送暖好还乡，脚踏轻骑似鸟翔。
油路宽平遛宝马，红楼亮丽映天光。
村头老少尽情耍，池里莲花扑面香。
兄弟呼儿沽美酒，捻须把盏赞流塘。

潜江春天

日暖冰消待晓晞，湖乡处处尽芳菲。
青蛙阵阵擂天鼓，紫燕翩翩晾锦衣。
和雨清风杨柳绿，精心细养稻虾肥。
鼠标一点钱到手，春早人勤事不违。

鹧鸪天·返湾湖之秋

湿地风光处处幽，频来骚客返湾游。高天亮丽双飞雁，碧水澄鲜一色秋。
湖心岛，尽风流。藕姑巧踩下轻舟。莲香鱼大虾皇美，又是丰年好兆头。

张春训

中学数学高级教师，湖北省书法家协会会员，潜江市诗词楹联学会名誉会长，戴湖诗社社长，出版诗词及评论集《春讯书韵》。

插　秧

耖子犁耙交响声，鹭鸶惊起雾中鸣。
一帘鸠雨悄然至，几处春田绿浪生。

踏莎行·游楚潜村

陡壁争高，浮桥弄险，仿真枪战游人演。
碧波钓得锦鲢归，园中采摘春风满。
篝火撩人，乡思迷眼，泠泠村韵霓虹艳。
问君何以笑开怀？休闲遂了由来愿。

望海潮·游周矶农场百卉园

暮春三月，霞飞雨霁，相携诗友描春。游兴正浓，童心未泯，寻欢旧赏园林。泥径探幽深。看樱花烂漫，紫玉香熏。溢彩流光，海棠更喜看花人。
卉园自摄心魂。恰漫行垄亩，醉卧芳茵。飞蝶弄晴，黄莺唱晚，徐徐风拂瑶琴。心澈转冰轮。对景吟佳句，尽享良辰。怎得东君厚爱，留住戴湖春。

鹧鸪天·史家湖秋游

金稻银棉引兴长，远行郊外赏秋光。林间小路温馨语，坡上闲花自在香。
黄犬跳，铁牛忙。天然盆景影疏狂。何须方外蟠桃会，且喜庭前剪韭尝。

张立琼

网名素馨，梅苑诗社社员。

过古城村

东风袅袅杏帘斜，临水吹开一树花。
市远农郊无所有，春盘佐酒小龙虾。

踏莎行·初夏早班途中

晓露初干，浮烟渐散。榴花如火村头见。
水乡几日不曾来，恍如一夜青秧满。
上学孩童，荷锄老汉。蝶儿欲吻行人面。
替谁风里作叮咛，殷殷莫许归家晚。

减字木兰花·乡间早晨

远村烟树，恍若云间仙境处。鹭影双飞，
且向稻香深处归。
溪边青草，曾有牛儿相逐闹。拂面风轻，
吹皱霞衣红日迎。

早春老屋后的小河

玉带牵南北，无风似镜磨。
来人惊翠鸟，入水乱清波。
旧埠垂杨柳，嫩芽生老柯。
依稀杏衫女，哼唱那时歌。

张和平

中华诗词学会会员，湖北中华诗词学会樱花诗社执行社长，湖北省报告文学学会副会长，出版有个人诗集及学术技术专著七部。

登牛山过月亮湖山庄

登山临堑渊，鸟唤柳榆颠。
郁郁远人迹，苍苍墟里烟。
星湖斜照处，蓬岛夕阳前。
幸甚无尘杂，悠悠度百年。

刘家湾村晚闹新春

唤醒锣鼓拔河人，齐聚村头争闹春。
龙虎威仪频仰首，莲船娇媚正回身。
花灯猜定百年梦，彩袖飞来今日新。
乐得刘湾山水醉，秧歌扭出好精神。

鹧鸪天·江山如此总相宜

一任清风过碧溪。几番烟雨沾余衣。前程往事随流水，身后浮云隐画诗。
欣锦绣，吐珠玑。江山如此总相宜。偷闲但做听禅客，漫看山花同与痴。

鹊桥仙·夜宿木兰草原原野舍民宿有寄

惊鸿一面，千思百转，唯恨情长时短。相思难慰念君长，娉婷面、娇容呈现。
芳心正许，举觞祝愿，只怨情深缘浅。依栏遥望盼佳期，把神女、今朝顾眷。

赵玉文

天津市东丽区人。戍疆界踏浪蹈海许多年，仍眷念诗词长河。孜孜不倦，修习养身。作品散见于报刊及微信平台。

春　夜

暮临但看鸟归林，溪水叮咚唱夜春。
碧草沐珠疑喜泪，绿枝吐蕾误含情。
三更鸡唱断鼾梦，半夜蛙声催晓晴。
眠尽何须再入睡，月窗笑我咏诗文。

农　忙

年年夏至尽农忙，总把目光接月光。
机器吞珠吐细浪，木掀扬谷喷馨香。
金黄禾草耸天宇，玉白食粮堆满仓。
颗粒来源汗咸里，一糜一黍应储藏。

咏菜花

平原万里遍金黄，疑似新娘化雅妆。
几缕清香关不住，招来游客醉春光。

曾广斌

湖北省天门市人。湖北省中华诗词学会、天门市诗词楹联学会会员。湖北省中华诗词学会散曲分会理事。诗词曲散见于《中华诗词》《中华散曲》等刊物。

〔仙吕·锦橙梅〕乡村幸福之家

高大爷发染霜，李大娘细眉长。一家三代乐融融，住别墅心舒畅。门前花红圃场，屋旁水蓝鱼塘，开宝马、跑四方。俩成双，夜舞池歌欢唱。

〔中吕·快活三带朝天子〕黄鹤楼

蛇山建顶巅，长江守旁边。一桥西伴浪推船，岸北龟山见。（带）古渊，史渊，光亮文明献。李崔诗句脍人篇，千古楹联绚。劲舞鹤仙，竞放花鲜，尽情笑语喧。美卷，丽卷，游客依依恋。

冬乡见闻

蓝鸟翻飞跳树丫，八哥觅食任巡查。
池塘屋后摇青鲤，场地楼前蹦彩娃。
碧野茫茫风里麦，大棚片片菜间花。
车驰道上匆来去，路遇亲朋邀喝茶。

红宝石婚感悟

风雨人生总并肩，长河苦渡共摇船。
妻耕碧野翻泥浪，夫履红尘化赋篇。
尊老双亲华蜜绕，爱孙两幼乐池旋。
白霜尽染秋枫叶，不惑姻缘再策鞭。